阅读之前 没有真相

午 夜 文 库

马普尔小姐历险记
Marple

[英]阿加莎·克里斯蒂 等 著

苗 淼 译

新 星 出 版 社　NEW STAR PRESS

前 言

简·马普尔小姐是阿加莎·克里斯蒂创作的最精彩的人物之一。她是文学作品中杰出的业余侦探，在一九二七年十二月出版的短篇《星期二晚间俱乐部》中首次登场。一九三〇年，这个有趣的角色在《寓所谜案》中再次登场——正如克里斯蒂本人所说，为了"让老小姐发声"。随后，克里斯蒂接连出版了十一部马普尔系列长篇小说和多部以圣玛丽·米德村最敏锐的头脑为主角的短篇小说集。最后一部马普尔小姐系列长篇小说《沉睡谋杀案》于一九七六年克里斯蒂去世后同年上市。

女性，特别是中老年未婚女性，经常被等闲视之，并成为世人的怜悯对象，这引起了克里斯蒂的关注。但这位世界级畅销小说家了然于胸，没有什么能逃过这些乡村拥护派的眼睛，她们顶级精明的大脑藏匿于端庄的蕾丝帽之下，甚至能够胜过苏格兰场最优秀的警探。毕竟，无论是在英格兰最为风景如画的角落，还是在最破旧的城市街道，都能轻而易举地发现邪恶——无论你身在何处，人性大抵都是相同的。就这样，她创作的这个最令人难忘的角色应运而生。

目录

1	乡间罪行
31	寓所命案重演
51	马普尔小姐的曼哈顿攻略
83	死亡解织
109	马普尔小姐的圣诞谜局
141	开放的心态
165	玉皇后邮轮喋血
191	夺命婚礼
221	罗莎别墅谋杀案
245	杀人狂
275	酸性土壤的秘密
307	失踪谜案
336	作者简介

乡间罪行

露西·福利（Lucy Foley）

"我有时在想，小地方会不会藏着很多罪恶？"

"什么意思，简？"普鲁登丝看着她的老同学。她坐在对面的扶手椅上，手里拿着一小杯樱桃白兰地。温暖的火焰光影抚平了她脸上的岁月痕迹。简·马普尔和她的少女时代相比几乎没有任何变化。她的举止依然如飞鸟一样敏捷轻快，明亮的眼神充满好奇，身上散发着令人肃然噤声，甚至望而却步的智慧。

马普尔小姐刚要开口回答，外面的夜幕里就响起了鞭炮声，紧接着是一连串仿佛来自地狱的鬼哭狼嚎。这时，又有人敲起了鼓。她们看不到外面的情况，因为普鲁登丝的女仆早在下午四点就准时拉上了全部窗帘。费尔韦瑟大宅是一栋宏伟的乔治时代建筑，可以俯瞰梅恩·马尔泰斯镇的主干道。窗外的暮色中，一群异教徒装扮的人正在聚集。

等外面的喧嚣稍稍平息，马普尔小姐又开口了。"当然，人们都知道在城市和大城镇中存在大量恶行。报纸媒体会不遗余力地确保我们不错过任何一个可怕的细节。但我想知道的是，英格兰的乡野村庄里会不会藏着更多的罪行。"

普鲁登丝抿紧了嘴唇。"好吧，但梅恩镇不会这样的。这是个非常体面的地方。"

梅恩镇是一座古老的小镇。这里的建筑保留了几个世纪以来的红瓦屋顶和燧石墙风格，杂乱无章的房屋沿着倾斜的鹅卵石街道一路延伸至南唐斯丘陵，海景一览无余。马普尔小姐到达时还是白天，这里确实看起来很体面，但现在已笼罩在夜幕中。而就在这时，街上又传来了一阵抱怨声和刺耳的尖叫。

马普尔小姐挑起眉毛问道："你确定吗？"

普鲁登丝摆了摆手。"就是本地人在开玩笑而已。无伤大雅。简，你总是想象一些阴暗的事。"

"亲爱的，这可不是想象。我目睹过的——"马普尔小姐正要说她的"亲身经历"，讲述她过去几年遇到的一些事情。但是，外面又传来了一阵轻微的爆炸声，也许这并非坏事。喋喋不休地讨论罪恶会让同伴不安，即使是像普鲁登丝这样意志坚强的人也不一定承受得住。

但是，趁着外面相对平静了一会儿，马普尔小姐继续说道："人们对其他人的事情了如指掌，这是罪行的起因之一。它会引起各种误解和怨恨。另一个原因是出于无聊。乡村没有电影院、剧院或餐馆可供人们打发单调乏味的生活。有些罪行可能仅仅是因为无事可做——"

普鲁登丝皱起眉头，用她最擅长的骄矜声调（事实上，她在多年前曾经是女生代表[①]）说道："其实，自从十五年前，可怜的乔治去世以后，我在这里颇受欢迎——这令我很意外。毕竟，在我带着爱丽丝和他重组家庭之前，他已经在这里过了这么多年的单身生活。"

马普尔小姐看着壁炉架。"这张照片是在邮轮上拍的，对吗？"

在这张照片里，普鲁登丝还年轻，身旁是她和前夫的女儿

[①] 某些英国学校通常会推选一位相对年长的女生担任女生代表，她们将代表学校并担任特别职务。

爱丽丝，以及已故的乔治·费尔韦瑟。马普尔小姐上次见到普鲁登丝就是在那次挪威峡湾之旅。乔治·费尔韦瑟比普鲁登丝年长许多，他身材瘦削而虚弱，脸色斑驳得如同被风吹落的苹果。在她的印象里，爱丽丝是个漂亮的姑娘，但当时她的衣着对她的年龄来说似乎有些过于奢侈。

"爱丽丝现在住在哪里？"马普尔小姐问。

"哦，就住在村外。我们的关系一直比大多数母女更亲近。她嫁给了本地乡绅亨利·泰森爵士。他们在梅恩镇广受爱戴——"

马普尔小姐轻咳了一声。"你真的融入这里了吗？据我的经验，在这种地方，一个外乡人要花几十年才会真正被接纳。而十五年才仅仅是一眨眼的工夫。"

普鲁登丝挺直了身体。"简，我可是行政堂区委员会①的主席！"她说，好像这个职务足以平息一切质疑。"那个唱诗班教师比我来得更晚，和她比起来我已经算是老近卫军②了。她一直租住在城郊的巴杰公寓，那座建筑丑得出奇。关于她，可有不少流言。"

马普尔小姐凑了过来。"哪方面的流言？"

"首先，她是外国人——法国人。很年轻，可能还不到四十岁，事实上和爱丽丝差不多大。她以前是一个很红的歌剧演员，但是声带出了点问题，不得不离开舞台。不管怎样，她已经没有过去那么有名了。一个单身女人，你知道的。当然，我可不会信那些八卦。"

---

①行政堂区委员会，英国的特有机构，为管理公共区域俗务的地方管理机构，由委员会主席和不少于五人的委员组成。该委员会有权拥有土地和使用公共建筑，并向堂区居民提供部分公共设施。

②老近卫军（法语：Vieille Garde），是拿破仑帝国卫队的精锐成员，全部由老兵组成。

马普尔小姐点点头。"当然。"

"但我们这儿的诗人克里斯托弗·帕尔弗雷,也是一位很有才华的男高音。他刚刚出版了一本新作品集,书里却写着献给'歌之女巫'。你能想象吧,这让他的妻子安娜贝尔颜面何在?任何人都不会将她和'女巫'联系在一起。她有点像个社会主义者,总是令人生厌。她经常反对堂区委员会的一些最合理的建议,很烦人。无论如何,她一定对这本书大动肝火,她已经连续好几个星期没有笑过了……当然,这很正常。"

"我想知道的是,她为什么搬到这里住呢?"马普尔小姐喃喃自语,明显陷入了自己的思绪。"我是说那个唱诗班教师。一个外乡的单身女人,为什么搬到这个前不着村后不着店的地方?这看起来很奇怪,不是吗?"

"这里也没你说的那么偏僻,"普鲁登丝干脆地说,"我们有直达伦敦的火车,还是个主干线车站。你也看到了。"

马普尔小姐以前想参观霍宁顿庄园的花园——邦奇·哈蒙向她极力推荐了那里的日本枫树和每年此时美不胜收的秋色。只是那里路程实在太远,一天难以到达。但马普尔小姐记得,在那次邮轮上重逢时,普鲁登丝提起过住在附近。于是她便写信提议拜访。她俩在学校时并不算密友,但马普尔小姐一直对她很感兴趣,并认为这次拜访会很有趣。

"不管怎样,"普鲁登丝继续说,"今晚你会见到西莉亚·博坦普斯,就是那个唱诗班教师。今天晚上就在她家排练,因为教堂屋顶正在修缮。希望爱丽丝能得空出门,那你也能再见到她——她也会唱女低音。她和亨利养了一些动物:几只羊和几头猪。"然后,为了避免马普尔小姐瞧不起这件事,她补充说道,"当然,亨利只是把饲养动物当消遣。人总得想法子发挥土地的最大价值。"

"今天晚上?"

"是的!当然,唱诗班练习。我说过的,对吗?在圣灵降临节之前,有很多要排练的。而且圣灵降临节马上就要到了。"

马普尔小姐根本就不想去。她宁愿安静地坐在火炉旁,继续编织——她刚刚开始织一件混色菱形花纹的套头毛衣,这是为她的外甥雷蒙德准备的圣诞礼物。

"对了,简,我记得你唱女高音很好听,"普鲁登丝说,"像铃铛一样清澈动听。所以,如果你想加入我们——"

"亲爱的,我在学校合唱团唱歌都是很多年前的事了,我现在觉得当观众就会非常开心。"

就在这时,一阵风顺着烟囱吹了下来,吹得炉膛里爆出无数火星。马普尔小姐深深地凝视着火焰,仿佛在其中看到了什么。普鲁登丝捕捉到了她注视的方向。"火苗太低了!我马上把女仆叫来!"

"不用,不用,"马普尔小姐举起一只手,"我已经够暖和了。"

但普鲁登丝已经转身按了铃。几秒钟后,女仆出现了。"加点木头!快点,丫头。"马普尔小姐看着熊熊燃烧的柴火盖住了下面的一切。她现在太热了。这就是住在别人家里的不便之处。马普尔小姐很少在别人家过夜。哪儿都不如自己家舒服。

"那个丫头,真是呆头呆脑的,"女仆出去之后,普鲁登丝叹了口气,"这年头,找个好女仆太难了。"

"我记得,上次见面时,你也是这么说的,普鲁登丝。"

"没错。乔治对仆人总是太宽厚。他有时一毛不拔,却让男仆上了驾驶课,还支付了前管家女儿的学费——乔治觉得她天赋

7

过人，不能把一辈子浪费在帮厨上。他还支付了管家去布莱顿度假的费用。我觉得正是这些事让他们开始痴心妄想起来。"

马普尔小姐不禁被普鲁登丝这一副俨然庄园夫人的态度逗乐了。普鲁登丝是一个蔬菜水果商的女儿，靠全额奖学金才完成了学业。马普尔小姐也知道，毕业之后，她做了几年底层的工作：如家庭教师、图书管理员等。她的第一任丈夫是个药剂师，年龄几乎是她的两倍，当时她是他的助手——在当乔治的秘书时，她已经是个年轻的寡妇了。

"当然，"普鲁登丝说，"乔治的心脏出了问题之后，我辞退了很多人，而且再也没有请他们回来，因为实在承担不起足够的人手了——天哪！"她的话音戛然而止，抬头看了一眼时钟。"我们得出发了，不然就迟到了。"

没过多久，她们就出门了。十一月的凉意让她们不禁拉紧了外套。这时，她们迎面碰到一帮戴着面具的人，他们成群结队地从房子的前门走过，打扮得就像中世纪绘画中的魔鬼，来抓捕人间的罪人。石蜡燃烧的刺鼻气味让人喘不过气来。其中有几个人在敲鼓。所有人都举着点燃的火把，几队人高高举着真人一样大的纸人。纸人的脸令人毛骨悚然：头颅巨大，眼睛凸出，穿着天主教红衣主教的长袍，戴着帽子。他们身上充斥着一股奇怪的能量场。四处弥漫着危险的气息——仿佛空气随时可能被点燃。马普尔小姐停住了脚步，凝视着这一切：嫌恶又着迷。

普鲁登丝傲然招了招手，对这些人视若无睹。"过来，走这边。"

她们不得不从人群中挤过去。有好几次，马普尔小姐感到自己被推搡——她发誓有人伸手要把她推开，她不得不挣扎着重新站稳脚跟。对这些人来说，他们中间挤进来两个老妇人似乎无关痛痒。晃动的石蜡火把在蒙面人头顶上发出嗖嗖声，火焰炙烤着她的脸颊。他们像一群野兽或侵略部队向前行进。夹在这些来历不明、意图不清的人群里让她有些不安。

"我不明白，"马普尔小姐对普鲁登丝说，她们终于钻出了拥挤的人群，来到了路的另一边。"'盖伊·福克斯'之夜①在两周之前就结束了。圣玛丽·米德村的庆祝方式是在田野里点燃篝火。当时海多克博士贡献了一些罗马蜡烛，牧师的妻子格里塞尔达·克莱门特做了一种加香葡萄酒……叫什么来着？是一个外国名字。格吕韦因，对，就是这个名字。很好喝——但也许肉桂有点多。当然，我没有在外头待太久。太冷了。"

"啊，"普鲁登丝说，"但是梅恩镇的庆祝方式是完全不同的，他们有点像康沃尔人②。今晚的庆祝活动纪念的不是天主教叛乱分子，而是十七名新教殉道者在城里十字架上的自焚。这就是为什么他们会焚烧红衣主教——就是刚才那些你看到的纸人。我想你可以把这种方式理解为是一种复仇，尽管已经过了几百年。"

"复仇，"马普尔小姐几乎是自言自语地说，"复仇，清算旧账。这是另一种在乡村小镇经常发生的事情。"

---

①盖伊·福克斯之夜（又称篝火节之夜，Guy Fawkes Night），英国的传统节日，时间为每年的十一月五日。它是为纪念"火药的阴谋"这个历史事件——天主教反叛分子密谋炸毁位于伦敦威斯敏斯特的英国国会大厦，但是盖伊·福克斯被卫兵发现，他在严刑拷打下招供了一切。今天，当地的庆祝方式常为用旧衣服填充做成"盖伊"假人，再把它放到篝火上焚烧。人们还会准备丰盛的美食，称为"篝火之夜食谱"，食谱中包括加香料的热葡萄酒。
②康沃尔人，英国官方承认的本土少数民族之一，具有独特的文化和宗教庆祝活动。

"嗯，虽然这些旧账已经过去好几个世纪了，但参加的主要是镇上的年轻人。而且，在我看来，"普鲁登丝说着，对狂欢者投去不满的目光。"他们的活动已经和宗教没有任何关系了。事实上，我们今晚应该去唱诗班练习，这才是该做的事情。让我们在这些异教徒的瞎胡闹中走出一条基督教正义的光明大道吧。"

她们沿着主街继续前进，离嘈杂的人群越来越远，最终到达了城郊。

"走这边，"普鲁登丝说，"从树林里穿过去，我们就能快速到达酒店背后。"她拿出了一个小手电筒，摁亮。

现在，这条街已经变得越来越窄，最后变成了一条黑色灌木丛中的小路。身后的路灯光线已经基本看不到了。圆月皎洁，透过交缠的枝叶照在地上。普鲁登丝的手电筒光线在她们前方闪烁着。虽然刚到下午五点左右，但天色让人感觉更晚一些。很难相信熙熙攘攘、人声鼎沸的街道和灯火通明的店铺离这里只有一百码左右。脚步声和树枝折断声都清晰可辨。还能听到夜行动物从周围的灌木丛中偷偷穿梭的沙沙声。

"还要走多远？"马普尔小姐问道，小心翼翼地跨过了小路中央冒出的一截树根。

"快到了。我们要从后门进去，这样能更快一点。车道入口很长，但需要从主街的另一端过去。马上就能看到房子的灯光了。博坦普斯夫人整夜都不关灯，本地的观鸟爱好者对此颇有微词——他们认为她把所有的鸣角鸮都吓跑了。她真的把这里搞得鸡犬不宁。"

"你说的是猫头鹰吧？"马普尔小姐说。

"不，简，"普鲁登丝说，"大家根本不是这样说的——"她忽然停了下来，因为骇人又刺耳的动物叫声划破了天空，回荡在树丛中，久久不散。

"真奇怪，"普鲁登丝说，"一定是附近终于有几只鸣角鸮了。我说到哪儿了？哦，对。西莉亚·博坦普斯和我们唱诗班的大多数人也都合不来。我之前不是跟你说过帕尔弗雷一家的事吗？还有唱男低音的伍德奇上校，他讨厌所有法国人。他的儿子在战场上试图搭救一伙法国逃兵时失去了双腿。普鲁弗洛克夫人也不喜欢她——她是上一任唱诗班教师，过去三十多年都是——原因我就不用说了。我们认为皮博迪牧师一定是被她缠住了，不然他也不会毫无征兆地换掉了可怜的普鲁弗洛克夫人。"

"我觉得，她应该生牧师的气，而不是接替她工作的人。"

"也许吧。但更糟糕的是，博坦普斯夫人坚持认为普鲁弗洛克夫人不应该唱女高音，因为她的高音已经唱不上去了。还有男低音戈登·吉卜林，是为本地狩猎旅游项目提供猎犬服务的狗主人，他坚信她杀死了自己的三条狗：就在她抱怨狗叫声两天之后（他就住在那边，那些树后面），狗就被鼠药毒死了。还有——"

突然，普鲁登丝发出了一声很奇怪的惊叫。一切都发生得猝不及防。她们还没反应过来，一个身影就出现在了面前，仿佛是从黑暗中冒出来的。这个人蒙着面，以极快的速度向她们迎面冲了过来。普鲁登丝站立的位置正好挡住了他的去路。陌生人停顿了片刻，似乎在犹豫是否绕过她。然后，马普尔小姐看到一只手突然伸了出来。一秒钟后，普鲁登丝已经倒在地上，手电筒从她手中飞了出去，"啪"的一声，灯光熄灭了。几秒钟后，那个身影已经消失不见了。树林里又剩下了她们二人。

"普鲁登丝!"马普尔小姐朝她的朋友奔去,吃力地扶她站了起来,"你没事吧?受伤了吗?"

"我——我不知道,"普鲁登丝颤抖地说,"我的意思是:是的,我想我——没事,就是这样。我只是……需要喘口气。他推了我,简!你看到了吗?"

"是的,是的。我看到了!太可怕了!我们应该去报警吗?咱们经过主街时,我看到警察局了——"

"不用,"普鲁登丝勇敢地说,"我不想大惊小怪。也没什么摔坏的地方。他藏进人群。警察永远也找不到他。你扶着我胳膊,咱们马上就到了。"出乎意料地,她似乎丝毫没受这件事的困扰,不过普鲁登丝的性格一直都很坚强。

马普尔小姐弯腰捡起了手电筒。这时,她看到手电筒旁边的地上有什么东西:一块白色小鹅卵石。她把它捡起来,装进了口袋。

很快,她们就到了房子的后门。迎面传来了阵阵乐声:如果马普尔小姐没记错的话,这是《蝴蝶夫人》中著名的咏叹调《晴朗的一天》。所有的灯——包括外面的灯——都是亮着的,强光一直照进黑暗深处。两扇玻璃门开着,有人像一尊雕像一样矗立在灯光前面,看不清任何特征。直到走近些,马普尔小姐才能看清她的样子。这是一个年轻的女仆,脸上充满了惊恐的神色。她马上明白了,刚才听到的不是鸣角鸮的叫声。

"天啊,夫人。夫人……发生了可怕的事情。"

"姑娘,发生了什么?"普鲁登丝立刻回到了现实。马普尔小姐想起了她说过的话。必须对他们严格要求。让他们明白本分。"快点。说清楚。"

女孩颤抖着用手指了指身后的房间。

"我知道,她在书房里时不能打扰她。而且留声机的音乐声那么大——我什么也没听到。他们一定是从玻璃门进来的,简直难以置信。"

面前是一张大胡桃木桌子,挡住了半张地毯。起初,她们只能辨认出一只小脚,穿着绿色仿麂皮鞋。等她们绕过桌子,就看到了其余的部分。女人碧绿色的羊绒披肩下掩盖着惊心动魄的一幕——披肩盖在她倒下的身体上。乍一看,披肩似乎有酒红色的图案;再仔细看,就能发现这实际上是血。大量鲜血从女人锁骨上方的一条致命伤口中涌出,已经浸透了披肩。显然,她已经死了。

她们三个盯着地上的尸体,一时间面面相觑。马普尔小姐注意到,死去的女人手里抓着一张纸条,另一只手则拿着一个空白信封。她看到了上面以大写字母打印的文字:

我了解你
我知道你的底细
偿还你的债,否则所有人都会知道真相

马普尔小姐不禁注意到那只抓着信封的手。她总是会留意人的手和指甲。在前不久她刚刚卷入的一桩事件里,指甲是关键线索。她发现西莉亚·博坦普斯的指甲丑陋畸形,又厚又黄。她以前见过这种指甲——她只是需要想起是在哪里。

死者的头发凌乱不堪,一半都从发髻中散落了出来。马普尔小姐可以辨认出黑色的染发下掩盖着灰褐色发根。

"姑娘，你报警了吗？"普鲁登丝询问道。

女仆扭着双手说，"没有，夫人。我还没想到。我吓坏了……"

"现在就去报警。必须让警察马上过来。"普鲁登丝抬头看了一眼书房里的时钟。"现在是五点半。唱诗班的其他人很快就要到了。"

像是在回应她的话，突然传来一阵尖锐的敲门声。普鲁登丝派女仆去应门。"我去报警。"

现在，只剩下马普尔小姐和尸体共处一室。她盘算着，在现场开始混乱之前，尚有时间在不受干扰的情况下快速检查房间。她又看了看那张纸条和信封。她走到书桌前。上面还有一沓没有打开的信封，有几封上印着最后警告的字样。一本诗集打开着，露出了一首题为《我的夏洛特夫人》的诗。

她来到墙边，墙上挂着西莉亚·博坦普斯风华正茂时期的各种登台演出照片，旁边是伦敦市政厅音乐学院的装裱证书。在壁炉台上放着一个看上去不值钱的小锡瓮，旁边的小照片里的女人依稀戴着一顶白色帽子——不过很难确定，因为照片很旧，已经变色了。

忽然间，她察觉到房间里不再只有她一个人。小女仆回来了。她现在发现，这个女孩看起来不仅仅是对眼前的事故感到震惊和不安，而是真的很悲痛。

"谁干的？"她直截了当地问。

"我不知道，孩子，"马普尔小姐说，"但我们会查出来的。"

"她是个很好的主人。不像我之前的那些雇主。她把我当人看，给我买了专用的清洁手套，在其他事上也很照顾我。"

"听起来她对你很好。"

"她是位善良的女士，夫人。但梅恩镇的人不这么认为。他们散播她的各种流言蜚语。她觉得是有人在故意为之，正是这些谣言让人们讨厌她。但她说她最终会获得正义的——"

她的话被打断了：刚刚有人冲了进来。这是一个年轻的男人，脸色苍白，相当英俊。他一看到地板上的尸体就停住了脚步。马普尔小姐怀疑他可能是诗人克里斯托弗·帕尔弗雷。紧随其后的是一个身材高大的女人，棱角分明，一脸凶相。这一定是他的妻子安娜贝尔。在他们身后跟着一个身形修长、头发花白、胡须浓密的人，看上去像个军人。然后是一个衣着过时、身材矮小的憔悴女人。最后是一个身着时髦的花呢夹克，衣扣紧绷、略显浮夸的英俊中年男人。他们似乎都带着看热闹的心理，纷纷来窥探事发现场。

那个憔悴的女人——大概是前唱诗班教师——禁不住叫了出来。毫无疑问，她吓坏了。但她的叫声很奇怪，听起来就像马普尔小姐从圣玛丽·米德观看烟花的孩子们那里听到的兴奋的叫声。

"我的上帝，"那位穿着花呢夹克的男子喊道，马普尔小姐猜他就是猎犬的主人戈登·吉卜林。"那个婊子被人杀了！"

"冷静点，伙计。"留胡须的男人说。

"非常抱歉，上校，"吉卜林马上说——似乎和其他人一样对自己的一时失态感到震惊，"不过，看着真他妈的吓人。"

大家的注意力很快就被另一阵骚动所吸引，这无疑让他松了一口气：有人突然发出了类似动物的痛苦的闷哼声。克里斯托弗·帕尔弗雷跪倒在尸体前。"她死了，"他呻吟着，手捂着嘴，从指缝里挤出来低沉的声音。"她死了，是我杀了她。"

房间内顿时充斥着一阵惊愕的嘈杂声。"看在上帝的分儿上。"安娜贝尔·帕尔弗雷说。她朝他走过来，把瘦骨嶙峋、指关节发白的手放在他的肩膀上。"起来，你这个该死的蠢货，"她发出嘶嘶的声音，"马上给我起来。小心你的心脏。布里格斯医生说过，你不能太激动。"她把他拽了起来。她的脸颊泛起了一抹红晕：也许是因为寒冷，又或者是刚才的体力消耗——也许只是愤怒。

然后，她自己跪在尸体旁边，去摸脖子和手腕的脉搏。"我受过医学训练，"她回头解释道，"一九一八年开过救护车。"

然而，马普尔小姐认为，如果尸体上有她的指纹，这些"医护"行为恰恰可以提供理由。

"我已经报警了，"普鲁登丝说着，大步走了进来，"他们应该马上就到——警局离这里只有几分钟的车程。你们所有人都离开这里。这里太恐怖了。"

过了一会儿，外面的车道上传来了停车的声音。又过了几分钟，两名警察走了进来。高个子警察明显年龄稍大一些。他看起来很像雷蒙德·钱德勒小说里或者美国黑色电影中的警察：下巴瘦长，身着大衣，帽檐压得很低，遮住了眼睛。马普尔小姐怀疑他可能是特意打扮以给人留下这种印象。因为他一开口，浓厚的苏塞克斯口音就破坏了整体气场，"我是艾德尔探长，"他告诉大家，"我需要问你们一些问题。"

过了一会儿，马普尔小姐被那个年轻的警察领进了一个小客厅，她几乎是屋里最后一个被问话的人。他指了指艾德尔探长对面的扶手椅。

"简·马普尔，"艾德尔探长说，然后停顿了一下——也许是因为马普尔小姐正越过他，看着窗外的树林——然后大声说，

"你能听到我说话吗,女士?"

马普尔小姐怔了怔,然后目光回到了他的身上。"听得很清楚,谢谢。"

"你的朋友告诉我,你们今天晚上在树林里和一个蒙面人发生了争执。和你们反方向——是从沿着通向房子后门的小路过来的。对吗?"

"不太对。"马普尔小姐干脆地回答。

"不好意思,什么?"

马普尔小姐歪了歪头,表示原谅①他。"那不是晚上。当时刚过五点——虽然每年的这个时候,天都黑得很早,很容易忘记时间,我确实理解……"

艾德尔探长用力清了清嗓子。"抱歉,女士,这只是一种修辞方式——"

"但从一开始就把这些事情说明白非常重要,不是吗?作为警察,你当然会明白。话是这么说,但这样可能很危险,容易产生误导。所以:我的回答是,我今天下午在那里。我们遇到了一个蒙面人。我的朋友被粗暴地推倒、摔在地上——这件事令人震惊。更恰当地说,几乎完全平白无故。"

"什么意思?"

"我不太确定。只是那人看起来特别凶狠。就这样把一个老妇人推倒在地,而他完全可以直接绕过去我们。好像要借此传达什么信息。至于是什么,我就不清楚了。"

"好吧,女士,"艾德尔探长说——马普尔小姐觉得他有些傲慢——"我们现在讨论的人很有可能刚刚杀了一个女人。所

---

① "什么"和"原谅"在英语中同为"pardon"。

以也许这并不奇怪。不幸的是，无论是谁，他现在早就消失在去城区十字架游行的人潮中了。我们得——"

"我还有些疑问，"马普尔小姐插话道，"当然，他会希望你这么认为。但是，如果假设那个蒙面人就是凶手，我确实同意你的看法，这是一个可以冒险的假设。那么，根据普鲁登丝所说，许多与受害者有过矛盾的人都在这座房子里。你没发现吗？伪装成游行者本来就是个相当巧妙的招数。然后，花几分钟时间脱掉伪装，把它藏在树林里，再换回日常服装回到这里，准备进行唱诗班练习——好像这一切都没有发生过。所以，探长，如果你愿意听的话，我的拙见是——"艾德尔探长似乎明白他在这件事上没有太多选择，"就是搜查普鲁登丝和我遇到蒙面袭击者附近的树林，寻找一切与此事相关的蛛丝马迹：比如衣服。"

艾德尔探长转向拿着笔记本坐在躺椅边的年轻警察。他们交换了眼神。年轻警察点了点头。"我会给霍宁顿警局打个电话，看看他们能不能派几个警察过去。"

艾德尔回头对马普尔小姐说："在死去的女人的手里发现了一张纸条。"

"我知道。我看到了。是一封威胁信。"

"你不是本地人，对吗，马普尔小姐？"

"对，我住在圣玛丽·米德。你听说过吗？是一座小村庄，没什么名气，但相当漂亮——"

"所以，"艾德尔打断了她，"我想，你不是本地的，应该很难猜测是谁把纸条寄给受害者的？"

"噢，但我当然知道答案。没有人！"

"什么？"

马普尔小姐又歪了歪头。"当然,信封可以告诉我们一切。"

"信封是空白的,马普尔小姐。"

"正是!信封不仅仅是空白的,而是新的,没有用过。我相信这足以说明并没有寄信人,收信人也未曾可知。受害者就是纸条的作者。她在勒索别人。被杀时,她显然正在准备寄信。"

屋内陷入了长时间的沉默。马普尔小姐能听到艾德尔粗重的呼气声。终于,他又开口了。

"我们从其他几个人那里得知了另一件事,克里斯托弗·帕尔弗雷说过一句话。"

他看向年轻警察,后者清了清嗓子,念着记录:"她死了,是我杀了她。"

艾德尔转向马普尔小姐。"是吗?"

"对。确实如此。他确实说过这些话。"

"谢谢你,马普尔小姐。"

"但我完全不觉得这是认罪。这些爱显摆的人——你知道,我的外甥雷蒙德就是这种人——他们确实习惯于认为自己和自己的职业非常重要。"

艾德尔皱起了眉头。"你到底是怎么搞清楚这些的?"

"帕尔弗雷最近送了西莉亚·博坦普斯一本诗集。其中一首诗的标题是《我的夏洛特夫人》。我想,这是对丁尼生的致敬——我非常喜欢丁尼生,我确实喜欢押韵的诗……也许这反而表明我是维多利亚时代的人。"马普尔小姐皱起了眉头,"我说到哪儿了?哦,对了!在传说中,夏洛特夫人死了,当然你也知道。我认为就是这个巧合显露了帕尔弗雷在艺术方面的傲慢——他肯定认为,因为他在诗集中想象过博坦普斯夫人的死亡,所以他以某种方式预言了她的命运。这种艺术气质的傲慢——我的外甥也是这样，作为疼爱他的姨妈，我可很有发言权。"

"艺术气质，"艾德尔轻声重复了一遍，"是……命运？"

"再说了，帕尔弗雷不可能是你要找的蒙面人。"

"不可能是他？"

"不可能，当然是因为他的心脏问题！"

"他的心脏？"

"他面对尸体情绪激动时，安娜贝尔·帕尔弗雷提醒过他。在我们等待问话时，我和伍德奇上校谈过这件事：他说帕尔弗雷因为心脏问题免于服兵役。如果他能够在那种树林中开辟出一条路来，我反而会非常惊讶。"

屋内又陷入了一阵长时间的沉默。

"谢谢你，马普尔小姐，"艾德尔最后说，"我认为我们已经知道了需要知道的一切。下面请——"他转向他的下属。

"戈登·吉卜林。"下属答道。

马普尔小姐回到餐厅和大家会合。就像客厅一样——事实上，马普尔小姐在这座房子里瞥见的任何部分看上去都像无人居住的临时摆设。例如，与费尔韦瑟大宅的豪华家具完全相反，这里的家具极少，显得屋子空荡荡的，墙上的挂画也很少，木地板上没有铺地毯。普鲁登丝、帕尔弗雷夫妇、普鲁弗洛克太太、伍德奇上校、戈登·吉卜林和女仆围坐在桌子周围。

克里斯托弗·帕尔弗雷看起来和他在书房现场时一样痛苦。他脸色苍白，微微颤抖，倚在一边。他的妻子坐得笔直，似乎在支撑他，也是唯一能阻止他从座位滑到地板上的力量。

马普尔小姐在普鲁登丝旁边坐下，看大家都没有说话，便拿出了她的针织用品。

"我不喜欢那个女人,"上校突然打破了沉默,"我先说,摊牌好了。但是,在你们说出来之前,我不喜欢她并不是因为她是法国人。事实上,我不认为她身上的法国气质比我多。她的口音有些不对劲,有些元音读得太模糊了。不,我不喜欢她是因为别的事……她身上的争议和谎言。"

马普尔小姐注意到前唱诗班教师普鲁弗洛克太太对此微微点头以示回应。她想起了纸条上的字。我知道你的底细。但是,如果她的预感是正确的,她非常确定,那么西莉亚·博坦普斯一直在准备揭发某人的骗局。伍德奇上校接着说:"我喜欢诚实的人。我不相信那个女人,但并不希望她死。我希望他们能找到这个杀人恶棍。"

"她杀死了我的三只猎犬,"戈登·吉卜林说,"我确定是她。所以可能有人会说这只是报应——"

他停住了话头,因为餐厅的门打开了。

一位年轻的警察站在门口。

"我们想搜查一下各位的全部随身物品,"他有些紧张地说,好像是在提问而不是宣布决定。"需要大家配合。你们可以不必同意,但是如果拒绝……会被纳入案件调查范围。"

马普尔小姐向普鲁登丝靠了靠。"我认为这意味着他们已经在树林里找到了蒙面人的衣服。但还没找到凶器。"

"什么意思,简?"

"哦,我认为凶手——也就是袭击你的人就在这里。我想艾德尔也是这么认为的。"

他们被再次挨个叫进了客厅。马普尔小姐把她的手提包交给警察,等待他们搜查。她知道除了她的编织用具、钱包和一些嗅盐之外，包里几乎没什么东西——作为一个维多利亚时代晚期的人，她不论到哪儿都随身带着嗅盐，因为你永远不知道什么时候会派上用场——但让这些男人翻弄她的个人物品，确实相当降身价，甚至有种被冒犯的感觉。之后，她在外面等着，而普鲁登丝也受到了同等待遇。终于，她们可以离开了。但就在她们从前门离开时，他们听到了一个嘶吼的声音。"把你的手从我身上拿开！谁给你的胆子！放开我，你们这些傻瓜！这太侮辱人了！"

"那是安娜贝尔·帕尔弗雷的声音。"普鲁登丝说着在入口处停下了脚步。

马普尔小姐歪了歪头。"是的。我估计他们在她的手提包里找到了刀，正在逮捕她。"

普鲁登丝转向她。"简！难道这就是帕尔弗雷说他杀了她的意思吗？他意识到他的妻子发现了他们的婚外情并杀害了他的情人？"

马普尔小姐正要回答，对面飞速驶来了一辆车，车灯的光照在她们身上。车放慢速度，停了下来。普鲁登丝的女儿爱丽丝向外张望，和马普尔小姐记忆中的一样漂亮。这个乡绅的妻子戴着丝巾和珍珠首饰，穿着漂亮的乡村花呢大衣。普鲁登丝和马普尔小姐上前去迎接她。

"我错过排练了吗？"她问，"对不起，我来晚了，我家的波斯猫的爪子受伤了——"副驾驶座上的柳条箱子里发出了可怜的喵喵声。

她看到了停着的警车——现在是好几辆警车了——她瞪大了眼睛。"发生了什么？"

"博坦普斯夫人死了。"普鲁登丝告诉她。

"死了？"

"很可怕。"普鲁登丝阴沉地说。

"警察……"爱丽丝问道，"他们找出谁是凶手了吗？"

"我们认为安娜贝尔·帕尔弗雷刚刚被捕。简确信他们肯定在她的手提包里找到了那把刀。"

这时，那个女人被带出了房子，手被铐在身后，身侧跟着两名警察。即使一名警察把手放在她的头上把她塞进了汽车后座，她依然保持镇定自若，这着实令人惊讶。马普尔小姐她们静静地看着。"居然是安娜贝尔·帕尔弗雷，"爱丽丝等到警车离开后说道，"试想一下！但这不难想到，不是吗？她有些冷酷无情……还很精明。像个男人一样。"然后她转向她们说，"快上车吧。我送你们俩回费尔韦瑟。"

"不用了，谢谢你，"马普尔小姐说，"我想走回去。清醒一下头脑。"

"可是太冷了！再说了，杀人犯可能还逍遥法外！"爱丽丝疑惑地看着母亲，然后又看着马普尔小姐。

"如果简想走路，我陪陪她。"普鲁登丝说。

"我一个人不会有事的。"马普尔小姐告诉她。

普鲁登丝摇了摇头。"好了，我必须得陪着你。"

爱丽丝开车离开了。她们沿着主车道走了很长一段路——考虑到她们在另一条路上遇到了凶手，这次她们没有再冒险走那条穿过树林的黑暗捷径。马普尔小姐几次停下来检查两边的树林，普鲁登丝等待时有点不耐烦。回到费尔韦瑟大宅之后，她们一起吃了一顿清淡的晚餐，早早上床睡觉了。但是马普尔小姐并没有睡着，接下来的几个小时里，她一直在思考，直到黎明的微光透过窗帘照进屋子。然后，她让用人送了一壶养生茶到自己的房间。

"你能把这张字条带给警察局的艾德尔探长吗？"她问昨天进来给壁炉加炭的那个女孩，"告诉他有急事。"

"这真的令人震惊，"普鲁登丝在吃早餐时说。她给吐司涂上一层黄油，然后抹了一小勺酸果酱。"我承认，我一直都与安娜贝尔·帕尔弗雷合不来。但我没想到她会是杀人犯。你是对的，简！小地方确实也有罪恶发生。"她抿了一小口茶。

"确实如此。"马普尔小姐小心翼翼地给自己的吐司涂着黄油，"但我不相信安娜贝尔·帕尔弗雷与那个女人的死有任何关系。"

普鲁登丝放下茶杯。"你不相信？"

马普尔小姐皱起了眉头。"首先，你看，我不明白的是，如果一个人能大费周章地把衣服藏在树林里，还做了之后发生的那些事，最后为什么却把凶器留在手提包里。我想手提包是可以藏在斗篷下面的。但为什么不把刀也一并处理掉呢？这看起来相当愚蠢，完全不像我昨晚遇到的那个女人。她似乎应该比这要聪明得多。"

"所以你要说什么？"

"我认为我快想明白了。先从受害者身上调查很重要。你看，我一看到那些指甲，就知道可能抓错人了。"

普鲁登丝厌恶地撇了撇嘴。"指甲？"

"我以前见过类似的指甲。她的指甲很丑，有些增厚，表面发红。我后来想起来，曾经一个女仆有过同样的症状。我把她送到海多克医生那里进行了治疗。那是甲沟炎，是家庭用人的常见病，因为他们的手指长期接触热肥皂水。如果不及时治疗，甲沟炎可能会变成慢性病，经年不愈。我想，这种指甲在著名女高音歌手身上应该不常见。但是，如果在成为歌手之前，西莉亚·博坦普斯过的是另一种人生呢？如果她甚至做过家庭用人呢？也许有某个好心人支付了她的学费。还有一个事实，西莉亚·博坦普斯毕业于伦敦的市政厅音乐与戏剧学院。我认为这件事本身就很奇怪：为什么一个法国女人不在自己的国家上学？法国人一向很势利，对这种事情特别讲究。"

普鲁登丝拿起茶杯，又喝了一口茶。

"我继续说吗？"马普尔小姐说。

普鲁登丝歪了歪头。

"所以，你看，我认为法国人的身份也是伪装的一部分。上校已经抱怨过她那'含糊的元音'：用法国口音来掩饰一个人的工人阶级出身可比模仿上流社会的英国口音要容易得多。"

"我认为西莉亚·博坦普斯——如果这真是她的本名，但我根本不相信——曾经是一位家庭用人，受富人资助才去学了艺术。你昨天不是提到你的丈夫乔治就资助过这样的人吗，尽管他在其他支出上相当吝啬？前管家的女儿，你说过的。而且，从梅恩镇有到伦敦的快速火车，可以让一个女孩轻而易举地用空闲时间去伦敦。"

普鲁登丝把茶杯放回原处。碟子被撞得叮当作响。"你到底想说什么，简？"

"我要说的是，我认为西莉亚·博坦普斯是一位故人。事实上，普鲁登丝，是你的故人。她是个你希望消失的人——尤其是在她母亲去世之后。我想她回到这里,是因为她的声带问题导致她难以继续职业生涯,希望通过勒索你谋生。还记得她手里的那张字条吗?昨晚我在火里看到了类似的东西。你似乎突然非常想把火烧旺——是不想让我看见火焰里的碎屑。"

"这太荒谬了,"普鲁登丝用她最响亮的骄矜语气说,"别人有什么理由敲诈我?"

"哦,"马普尔小姐说,"我想是你杀了你的第二任丈夫——也就是她的前雇主。"

普鲁登丝愤怒地张开了嘴,但马普尔小姐还在继续说。

"看到你们三个人的合照让我想起了乔治看起来是多么虚弱。满身瘢痕,皮肤上遍布瘀伤;还有消化问题,以及最后的心脏衰竭。这都是慢性砷中毒的迹象。"

"怎么可能——"

"那些用来装饰帽子的染色花朵——我记得问过大本纳姆的女帽制造商,怎么没有可爱的绿叶装饰——那种颜色叫谢勒绿。她告诉我,工厂里那些可怜的女工干过染色工作之后会病得越来越重,变成慢性中毒。症状也是皮肤长斑,胃部不适,心脏病——就像乔治一样。你曾是药剂师的妻子!应该很清楚该怎么下毒。"

"你说过在乔治生病后辞退用人是为了减轻养家负担。也许更是为了清除潜在的证人。"

"这太荒谬了。你还想说西莉亚·博坦普斯的死也和我有关?她尖叫时,我正和你在一起——那个可怜虫被杀时。你也亲眼看到了我被凶手推倒在地!"

马普尔小姐点了点头。"确实。用刀杀人不是你的风格,普鲁登丝。你更习惯用毒药。多么聪明,把自己摘得一干二净!

被凶手袭击过似乎切断了你们两个之间可能存在的任何联系。但我认为，这也是一种转移凶器的方式。你想把它栽赃到安娜贝尔·帕尔弗雷身上。你告诉过我，她曾经在教区议会里跟你作对——我记得你在学校的风格，普鲁登丝，你从不喜欢别人质疑你。这简直就是一石二鸟。那个蒙面人推你的时候，我想她实际上是在给你递刀。在餐厅里等待问话时，你坐在安娜贝尔·帕尔弗雷旁边，把凶器栽赃给了她。是什么呢？小而锋利的东西——我怀疑是那个女人自己的裁纸刀。"

"这完全是胡说八道——"

但马普尔小姐现在开始不留情面了。"这次我来拜访你。你是怎么说你和你女儿的？'我们一直比大多数母女更亲近。'爱丽丝个子很高，很像我们在树林里碰到的蒙面人——你对警方很仔细地把他描述成'男人'。但你的女儿其实也很适合当凶手——一个养猪户的妻子，即使是乡绅，也知道该如何割喉。"

"爱丽丝是在一切都发生后才到的，还是开车来的！"

"她确实是开车来的。但我检查了车道两侧的树林。光线黑暗，场地空旷，完全可以在那里停车并躲在车里。关闭车前灯，脱掉伪装后步行穿过树林到达车道，就可以不被察觉。当然也存在一定风险——找到衣服的警察可能会发现她。但衣服离她的距离足够远，藏得又不够隐蔽，所以她没有暴露。然后，她开车来到车道上，还编了个猫的故事，知道没人会刨根问底。"

现在，马普尔小姐已经说出了一切。

屋内陷入了长时间的沉默，弥漫着似乎看得见摸得着的压迫感。

然后，普鲁登丝从椅子上站了起来，手里拿着她用来往吐司上涂黄油的刀。马普尔小姐坐着一动不动。房间里只有她们两个人。而普鲁登丝的用人那么少……

普鲁登丝此刻已经绕过了桌角,手中还紧握着刀。用刀也许并不是她喜欢的杀人方式,但是马普尔小姐不禁怀疑,情急之下对方可能会不择手段。她站起来后退了一步,而普鲁登丝继续逼近,马普尔小姐意识到自己可能做了一件相当愚蠢的事。

就在这时,门铃响了。走廊里传来响亮的苏塞克斯口音。普鲁登丝愣住了。马普尔小姐长舒一口气,她没有意识到自己一直在屏息。小女仆打开早餐室的门,把警察带了进来。

"早上好,费尔韦瑟太太。"艾德尔脱下帽子,露出抹了厚厚的百利发胶的黑发。"如果你不介意的话,我想请你到警察局回答几个问题。你的女儿已经在车里了。你能不能把它放下?"他漫不经心地指了指刀。

普鲁登丝挺直了身体。

"你没有任何证据。"她说。

马普尔小姐开口了:"受害者本身就是证据。我不知道她的真名是什么,但我确定不是西莉亚·博坦普斯。博坦普斯在法语中的读法是'费尔韦瑟'。这个线索将她的身世和这座房子联系到了一起:费尔韦瑟大宅。"

"太疯狂了,你的猜测毫无根据。"普鲁登丝说。

"我捡到了爱丽丝的珍珠耳钉,"马普尔小姐说,"昨晚她'袭击'你后,掉在了树林里。"

"你在哪儿都能捡到!"普鲁登丝说,"真的,简,我一直都知道,你在学校里嫉妒我,但是这也——"

"是我拿了字条,"小女仆突然说,"你扔到火里的那张,就是昨天早上法国女人带来的那张。"她看着普鲁登丝。"你总是威胁我,要把我赶出去,"——她模仿着普鲁登丝强势的语气——"'别自作聪明,你这个傻姑娘!'所以我在加木柴之前把字条抢了出来,打算保留起来以防有用。"

她把一张带着炭灰的纸递给了艾德尔探长,艾德尔探长看之后转向普鲁登丝。"我猜,乔治·费尔韦瑟是你的丈夫?你知道,女士"——接下来的话略微带着美式懒洋洋的腔调,就像在重复一句电影台词——"你不能一有杀人的念头就去付诸行动。"

这一次,普鲁登丝·费尔韦瑟终于无言以对。

"你说过,普鲁登丝,"马普尔小姐打破沉默说道,"虐待或轻视仆人是很危险的。但我觉得你已经吸取了这个教训。"

普鲁登丝被带走时,马普尔小姐开始反思:昨晚充斥着异教徒的大街上并没有邪恶。不,邪恶就在这里,在这个优雅舒适的家里,在这个应有尽有的客厅里。现在,她又多了一个不去别人家借宿的理由。日本枫树确实很漂亮,但到头来这一切根本不值得。

寓所命案重演

薇尔·麦克德米（Val McDermid）

在牧师家里发生一次命案已经够不幸了[①]；但发生两次就看起来过于粗心大意，或者更糟了。况且，死在厨房里的女佣根本不是我们家的，但我的抗议无济于事。不幸的是，她以前做过我家的女佣，这足以让圣玛丽·米德村的长舌头比一群闻到狐狸气味的猎犬的尾巴摇摆得更急切。

更糟糕的是，我的妻子从不掩饰我们对玛丽辞职的喜悦。我亲爱的格里塞尔达有许多优良品质，但恰恰缺少牧师妻子应有的谨慎。不过，公平地说，所有来我家吃过饭的人都可以证明玛丽的厨艺有多差。

有一次，她在炉子上煮了一锅鸡蛋，但转头就忘得干干净净。最后，锅煮干了，鸡蛋也炸了，整个屋子都是硫黄味儿的黑烟。"这个味道闻上去像是快到地狱了。"后来，我们的邻居马普尔小姐来吃午饭时挤着眼睛说。为了修复厨房天花板，足足涂了三层油漆。

因此，当玛丽得知我的妻子怀孕便宣布辞职时，我们并没有特别难过。玛丽辞职的理由是她受不了孩子，特别是婴儿。马普尔小姐在培训女佣方面口碑极佳，便来我家救场了。弗洛拉具有玛丽缺乏的所有品质。她可靠又能干，还很喜爱我们的

[①]参见《寓所谜案》。

33

儿子大卫。她做家常菜很拿手，烘焙水平更高。格里塞尔达还说，她的脸长得像警察的靴子，应该能让比尔·阿彻这样的秘密追求者退避三舍。比尔·阿彻一直在追求玛丽，但他一周前去世了。

连村里最友好的老姑娘哈特内尔小姐都认为，阿彻是自食其果。他是个偷猎者，这已经不是什么秘密了——但是，像圣玛丽·米德这样的村庄里几乎没有秘密，这要归功于格里塞尔达所说的"一群老猫"，他们的消息比BBC还快，尽管有时不太准确。

我扯远了。阿彻炖了一只班特里上校的雉鸡，里面放满了野生蘑菇。虽然他是个野生食材的觅食老手，但不知为何加了足以致命的毒蘑菇。阿彻养的杰克罗素梗犬痛苦的吠叫声惊动了一名路过的农场工人。他透过厨房的窗户看到阿彻躺在地板上，摔碎的餐具和啤酒瓶散落一地。

尽管众人皆知阿彻有偷窃的癖好，当地警方并没有草率对待他的死亡。斯莱克探长——我也可能记错了名字——特地从大本纳姆来这里破案，还是带着他一贯的自命不凡。他支使所有人忙了大半天，锁上小屋，然后在门上贴上了封条。"封条毫无用处。任何白痴都可以在几分钟内进入阿彻那间破屋子。"我的侄子丹尼斯说。他做了一年见习警察，就成了所有犯罪案件的专家。

然而，即使是斯莱克探长也没有找到任何谋杀线索。直到那天早上，我从马普尔小姐的花园后面经过，她叫住了我。"你知道阿彻的葬礼是什么时候吗？"她问。

"恐怕得等到警方归还他的尸体，他的家人才能确定时间。"

"你没听说吗？验尸官有结论了，他是自然死亡。昨天早上，他们揭掉了他小屋上的封条。我相信玛丽已经去过了。她昨天下午休息。"当然,马普尔小姐知道村里每个用人的日程安排。

但即使是马普尔小姐也想不到,我们刚说完话,我回到家就发现刚刚提到的玛丽正躺在厨房的石地板上。她的头浸在血泊中,旁边扔着一个铸铁煎蛋锅。虽然预感她已经死了,但我还是蹲在她身边摸了摸她手腕的脉搏。她不仅没有脉搏跳动,皮肤摸起来也是凉的。

我站了起来,去大厅里打电话。圣玛丽·米德没有驻村警察,这是普莱斯·雷德利夫人、哈特内尔小姐和韦瑟比小姐经常抱怨的事(幸亏没有,丹尼斯说,他已经被她们的抱怨持久战搞得焦头烂额)。所以我不得不打电话到斯莱克探长负责的大本纳姆警局。我当时觉得他可能在出外勤,但当我说到"尸体"时,就听到一阵敲击和呼叫声,然后我的电话就被转接给了斯莱克探长。

"克莱门特先生?"他厉声说,"你厨房里的尸体是怎么回事?"

我解释了我发现的一切。斯莱克沉默许久,然后嘟囔着:"我以为牧师寓所里发生一次命案对任何教士来说都足够了。"他顿了顿。我不知道他希望我说什么,所以继续保持沉默。最终他叹了口气。"什么都别碰。我们很快就到。"电话听筒撞击支架的巨响震得我的脑袋很不舒服。

斯莱克说到做到,没多久就带着丹尼斯和另一名穿制服的警察赶来了。我被他们从厨房赶进了书房,斯莱克很快就进来了。"赫斯特警官告诉我,这个死去的女人以前在这里工作。"他开门见山。

我还没来得及回答,通往花园的落地窗就响起了敲门声。

马普尔小姐站在那里，戴着园艺手套，手里拿着一把剪刀。尽管斯莱克发出了不耐烦的喷喷声，我还是打开了门。在没有律师在场的情况下，我觉得需要一些道义上的支持。"我看到警察到了，"她一边说一边走进来，"太招摇了，那些警车。"

"一个女人都被打死了，还有什么可低调的？"斯莱克马上说。

马普尔小姐有些惊讶，但并没有露出应该出现在老小姐脸上的惊恐。我的邻居很坚强，这一点我在普罗瑟罗上校被谋杀后的现场就发现了。"真令人痛心，"她说，"但死的是谁？我知道不可能是亲爱的格里塞尔达或弗洛拉，因为我今天早上看到她们开车出去了。"

"他们带大卫去了奇平·马尔伯里镇看望格里塞尔达的父母。"我主动解释道。

"赫斯特警官说，受害者是玛丽·希尔。"斯莱克粗鲁地插进我们的对话。

现在，马普尔小姐看起来确实很震惊。"玛丽？可是她在这里干什么呢？"

"这也是我想知道的。"斯莱克转向我，"她有预约过吗？"

我摇了摇头。"没有。自从她交了辞职信之后，她连教堂都没来过。她去哈特内尔小姐家里工作了。我只是在她应门时才跟她说过话。"

"你的女仆有个朋友叫弗洛拉，对吗？"

"据我所知，她们不是朋友。"

马普尔小姐点了点头。"弗洛拉是一个非常懂事的姑娘，不会在玛丽身上浪费时间。玛丽怎么会死在你的厨房里，这确实是一个谜。"

斯莱克围绕这个话题纠缠了几分钟，但没有任何进展。他问我在发现命案之前去过哪里，我提供了到访过的教区居民名单。他郑重其事地记下了他们的名字和地址，这让我有一种负罪感，尽管我知道自己与玛丽的死没有任何关系。

最后，他走了。"我想我应该去拜访一下哈特内尔小姐表示哀悼，"我说。

"确实，牧师。但她可能还不知道玛丽死了。"马普尔小姐站了起来，"如果你不介意的话，我想陪你去。有时，一个女人在场有助于传递坏消息。"

我一直觉得马普尔小姐让人无法拒绝。她从来不像哈特内尔小姐那样颐指气使，也不像普莱斯·雷德利太太那样独断专行，更不像韦瑟比小姐那样让人有种负罪感。但是只要她想做什么，她就总是有办法让此事看起来势在必行。"我想，牧师，我们应该从花园离开，走后门，"她继续说，"你家门口的警车会激起村里每个人的好奇心，我们到达之前应该会被邻居们盘问很多次。"

当我们走近哈特内尔小姐的花园时，我看到她和马普尔小姐一样，正在以修剪玫瑰为幌子来监视牧师寓所。我们刚走到寒暄的距离，她就猛地站了起来，那速度只有在恐吓当地年轻人时才会用到。"牧师，"她大声说，"我看到警察在你家门口。是家里进贼了吗？"

马普尔小姐把一只手搭在花园的大门上。"我们能进来吗，亲爱的？我想我们可以喝杯茶，边喝边聊。"

哈特内尔小姐哼了一声。"你得自己动手，简。玛丽似乎生闷气跑出去了。玛蒂尔达·默奇斯顿来过，玛丽当时还清洗了咖啡杯，之后人就不见了。牧师，你知道玛蒂尔达吗？那个言情小说家？我可没时间看那些废话，但年轻姑娘们总是照单全收。"

"恐怕……"我停了下来，觉得在剑兰、大丽花和言情小说的话题面前无法开口。

但我经常低估本教区中老年女性那粗花呢衣服下掩盖的韧性。"玛丽没有生闷气，亲爱的。玛丽被杀了。"马普尔小姐说，她直截了当地说了出来。

哈特内尔小姐惊愕地露出了大黄牙，那口牙更适合待在班特里上校最喜欢的猎犬嘴里。"玛丽？被杀？肯定是搞错了，简。谋杀玛丽的动机是什么？她既没有对任何人构成威胁的脑子，也没有能引来杀身之祸的魅力。"

看来，如果死的是个仆人，就不需要顾忌"亡人为尊"的礼仪了。"尽管如此，"马普尔小姐继续说，"她还是被杀了。"

"我的上帝啊。"哈特内尔小姐又嘟囔了一句，"我觉得需要喝点比茶更有劲的东西。一小杯雪利酒，你们来吗？"

我还没来得及拒绝，哈特内尔小姐就已经冲进屋里，她的邻居紧随其后。她去拿餐具柜上的醒酒器和玻璃杯，但是，当她倒酒时，马普尔小姐又说话了："我们可以快速看看玛丽的房间吗？"

哈特内尔小姐皱起了眉头。"这不是警察的工作吗？"

"当然。但斯莱克探长不会用女人的视角看它。也许你和我可能会注意到一些他忽略的事情。"马普尔小姐以最谦恭的语气说道。如果格里塞尔达在场，我知道她会努力憋住才能不笑出来。

"太棒了，简。你的头脑够机灵。走，我们去看看。"

哈特内尔小姐带我们穿过大厅，穿过厨房，来到了一个小房间,我怀疑它以前是一间储藏室。屋里摆着一张单人床、一个单人衣柜和一个床头抽屉柜,除此之外已经不剩什么空间给她们了,所以我只能待在门口。马普尔小姐研究着这个房间,打量着一幅笔触笨拙的林间水彩画和一面小镜子。她打开第一层抽屉,拿出一捆明信片。除了最上面那张,其余的都用橡皮筋捆着。

她把这捆明信片翻了过来。即使从我站的地方,也能看到作废的邮票和缺乏教育的字迹。"是比尔写的,"她说,"大概是比尔·阿彻吧?"

哈特内尔小姐防备地抬起下巴。"我不让玛丽和他通电话。因此他改成寄明信片来和她联系约会并传递消息。"

"你看过了?"我问道。

"谁都避免不了。"哈特内尔小姐冷淡地说道,"毕竟,这些都被送到了我家。"

马普尔小姐对我们的对话充耳不闻。她正在皱着眉头看着散出来的那张明信片。"真有趣。"她喃喃自语,把它们都放回抽屉。她显然对抽屉里的其他东西不感兴趣。她转过身来到衣柜旁边,有条不紊地翻遍了所有的口袋。除了几块手帕,她什么都没找到。"谢谢你,亲爱的,"她说,不情愿地走向门口,哈特内尔小姐和我不得不笨拙地后退。"现在去喝雪利酒吧,如果你们愿意的话。"

我们回到了客厅。我没有在午餐前喝酒的习惯,但似乎今天应该没有午饭可吃了。所以我愉快地接过了酒。"谁会干出这种事?"哈特内尔小姐啜饮几口便问一次。

她似乎不需要回答,但马普尔小姐确实询问了是否有其他男人来找过玛丽。

我们的女主人嘲笑地哼了一声。"几乎没有,简。比尔·阿彻看上她什么了,我是真的捉摸不透。"

"比尔的运气不太好。"我大胆地说。

马普尔小姐宽容地看了我一眼。"你真是天真,牧师。"

我还没来得及争辩,门铃就响了。哈特内尔小姐深深地叹了口气,站了起来。"现在我得再找一个女仆了。"她抱怨道。

她回来了,斯莱克探长在她身后匆忙地走了进来。"牧师!你在这里干什么?"

"把玛丽去世的悲惨消息告诉她的雇主。"我说。

他瞪了马普尔小姐一眼。"你呢,马普尔小姐?我希望你不要再干涉警察的事了。"

"我是来表达哀悼的。"她尖锐地说。她咽下了最后一口雪利酒,站了起来。"我这就要走了。"

我既想留下听听斯莱克是否有什么新发现,又想知道马普尔小姐为什么对玛丽抽屉里那张散落出来的明信片如此感兴趣,一时间左右为难。不过,我可以随时把马普尔小姐叫出来,但斯莱克就不一样了。于是,我跟着他和哈特内尔小姐去了玛丽的房间。我回头看了马普尔小姐一眼,她似乎正隔着弓形窗中间向外凸出的部分凝望着远方。

在玛丽的房间门口,斯莱克粗暴地让我们离开。"你们没有必要干涉犯罪现场。牧师,你没有教区居民要拜访吗?还是你今天早上都完成了?"

我在通往大门的小路上追上了马普尔小姐,她正停下脚步欣赏草木花坛中晚开的花。我们离开哈特内尔小姐的房子之后,我就冒昧地问她在玛丽的房间里发现了什么特别的东西。她甜甜地笑了。"亲爱的牧师，什么都逃不掉你的眼睛。令我印象深刻的是，卡片上没有邮资付讫的邮戳。"

"你的意思是，它不是通过邮局送来的？"

"看上去不是。我猜阿彻写了明信片之后就去世了，还没来得及寄出。玛丽昨天下午在他死后第一次去他的小屋时发现了明信片。"

"上面写了什么？"

她闭上眼睛，仿佛在想象画面。"今天在树林里有个大惊喜，也许我们可以捞点好处。"她眨了眨眼，笑了。

"就这些？他是什么意思？"

"可以推测。我至少能想到三四种可能性，你不能吗？但是没有比这更具体的了。"

我们快到马普尔小姐的门口时，我突然想到了一件事。"但如果这就是全部真相，为什么有人觉得受到的威胁值得杀死玛丽呢？"

"这就是问题所在，不是吗？"说着，她转身进了门，而我还是一头雾水。

格里塞尔达不到六点就回来了，大卫回来时疲惫不堪、吵闹不止。我亲昵地揉了揉他的头发，弗洛拉把他带去洗澡睡觉。"你父母怎么样？"我问道。

"他们越来越老，越来越迟钝了，心胸也越来越狭隘。"她叹了口气。当格里塞尔达这样说时，我有些不安；她仿佛忘记了我比她大得多，更接近她父母的年龄。我经常担心她也会对我抱有同样的想法。

她识破了我片刻的忧虑，看透了我的心思，俯身亲吻我的脸颊。"别傻了，莱恩。你知道让你永远年轻是我一生的使命。"她打了个哈欠，"我累坏了，"她抱怨道，"我爸用士兵模型逗得大卫上蹿下跳，我妈给他塞了一肚子糖果和柠檬水。可怜的孩子都兴奋过头了。等他兴致来了，他们就发现根本应付不了，就突然找了一些必须在其他地方完成的急事去做，把孩子丢给我一个人。"她朝书房门口走去。

"你去哪里？"我问，声音比我预想的更尖锐。

格里塞尔达停了下来，盯着我。"我去厨房，加热弗洛拉为晚餐准备的馅饼。"

"不行。你不能进去。你不能进厨房。厨房现在……禁止入内。"

我妻子看着我，好像我疯了一样。"为什么不能？如果不能进厨房，我们怎么吃晚饭呢？"

我还没来得及回答，弗洛拉的尖叫声就替我回答了。格里塞尔达跑到厨房，弗洛拉站在那里哭泣，围裙遮住了她的脸。"血，血——"她哭得喘不上气。

格里塞尔达看着地板上凝结的血泊，然后看着我。"地上到处都是血。"

"我知道。这就是我不让你进厨房的原因。"

"莱恩——这到底是怎么回事？"

我用了好一阵子来解释发生的一切：劝说弗洛拉不要当场交辞职信；然后安抚大卫，他因为没有拿到睡前牛奶和饼干而大发脾气。显然受影响最小的人是格里塞尔达,丹尼斯从大本纳姆警察局结束轮班回来时,她压抑不住的兴奋更高涨了。

"你们抓到人了吗?"格里塞尔达问。

丹尼斯一屁股坐进扶手椅上,摇了摇头。"不。也不太可能。斯莱克快疯了。我们没有找到任何线索,也没有证人看到玛丽或杀她的凶手进出牧师家。"

"难以置信,"格里塞尔达说,"到处都是老太太们的观察哨。"

"那一定发生在早上,那个时候她们都在忙着监督她们的女仆干活儿。"丹尼斯说。

"更重要的是,"我说,"似乎想象不出谁会有谋杀玛丽的动机。"

"可能除了哈特内尔小姐,"格里塞尔达说,"但如果她不想再见到玛丽烤焦的肉,辞退她就行了。"

"这可不是开玩笑的事。"我责备道。

"玛丽被残忍杀害了,还是在她曾经视作家的厨房里。"

格里塞尔达通情达理地露出惭愧的神色。"对不起,莱恩,这是我的应激反应。"

还没等我接受她的歉意,弗洛拉就把马普尔小姐迎了进来。她在门口平复了一会儿情绪,然后走了进来。"我亲爱的格里塞尔达,这对你来说是多么可怕。"

"对玛丽来说更可怕,"格里塞尔达说,"还有可怜的弗洛拉,她正跪在地上清理厨房地板上的血。"

"当然。丹尼斯,这也挺让你头疼的。这是你接手的第一件命案。"她顿了顿,皱起了眉头,"是吧?"

丹尼斯在座位上挺直了身子。"现在,我的家人终于体会到我工作的重要性了。"

"的确。"马普尔小姐回头对格里塞尔达说,歉意地笑了笑,"很抱歉在这种时候打扰你,但我想知道你明天是否还打算去大本纳姆?只是,我想见见化验师。"

"天哪,是的。我觉得玛丽不希望我们现在就进入正式哀悼期。"

她的任务完成了,我带马普尔小姐从书房出去。"对了,哈特内尔小姐家窗外的什么东西引起了你的注意?"我一边拧不太好开的插销一边问道。

她瞬间疑惑了一下,然后恍然大悟。"哦,牧师,我看的不是窗户。"她没再解释,匆忙离开了。

我目送她远去,试图想象她看到了什么我和斯莱克探长都没注意到的东西。窗户的一侧是一个小红木书架,里面放着十几卷书;另一边是一张玄关桌,上面有一个浅碗,里面有几张名片。当然,就算是马普尔小姐也不可能隔着那么远破译出什么东西吧?

就像我的邻居经常遇到的情况一样,马普尔小姐又让我感到了困惑。

令人惊讶的是,到第二天早上,家里的生活似乎已经恢复正常。弗洛拉准备了早餐,大卫讲了一个有点混乱的鲁伯特熊的故事,格里塞尔达抱怨着不得不为下次妈妈们的聚会做果酱,我则回书房准备下周的布道工作。一整天都没有警察来打扰。

午餐时,格里塞尔达给我讲了她去大本纳姆时的趣事。"我遇到了一件奇怪的事,"她说,"马普尔小姐在古迪纳夫至少待了十五分钟,出来时却两手空空。这很奇怪,你不觉得吗?去逛书店却不买书？"

"那个店似乎库存不太充足。前几周，我想给你买玛蒂尔达·默奇斯顿的新书，但他们没有，她可是本地的著名作家。我挺意外的，她又不是什么低调的人。她似乎总是去各种机构演讲，她的那些'哈巴狗'一定跑遍了大半个郡。也许古迪纳夫没有马普尔小姐想要的书。你问过她吗？"

"她有些含糊其词。"格里塞尔达又吃了一份前一天晚上的鸡肉馅饼。"哦，顺便说一句，昨天太乱了，忘了告诉你我在奇平·马尔伯里遇到了杰里米·詹纳。他正在给我父母发选举传单。你知道他下周要参加那里的递补选举吗？"

我怎么可能不知道。我们最近出于义务请詹纳和他的妻子来家里吃饭，他几乎一直在谈选举的事。据他所说，如果他当选了，他的商业背景会让首相允诺他进入内阁。"你父母觉得他会赢吗？"

格里塞尔达做了个鬼脸。"那个位置适合戴对了政党徽章的格洛斯特郡的老家伙们。"

弗洛拉拿着苹果酥进来时，丹尼斯从她身后溜了进来。"家人们好呀。我是来检查玛丽是否给牧师留下过一张纸条的，但我想我可能会把握好机会，顺便来点布丁。"

"你在执勤吗？"我说。

"他有权享受午休，对吧，莱恩？"格里塞尔达会意地向丹尼斯眨了眨眼。

我不再坚持，示意他去他平时的座位。他把蛋奶倒在他已成小山的碗里，这时，弗洛拉又带着马普尔小姐来了。她为打断我们吃饭而深表歉意；格里塞尔达告诉她随时欢迎，嘴里还含着一些食物；丹尼斯则不管不顾地继续吃东西。

"我知道这很唐突,但是我看到丹尼斯进来了,我想我应该利用这个机会说说我的发现。"

"发现?太令人兴奋了,"格里塞尔达说,"和这次谋杀案有关吗?"

"当然与谋杀案有关。午餐前,我碰巧在老霍尔森林散步,遇到了一些我认为警察应该发现的东西。你知道的,牧师,要吸引斯莱克探长的注意力是多么困难。"她对我眨了眨眼,让我想起了以前和探长的几次交集。"所以我想带领我们自己的警察找到我发现的东西。最好把它留在原地,你明白吗?"

丹尼斯遗憾地看着自己碗里还剩一半的食物,用餐巾纸擦了擦嘴,叹了口气,把椅子往后推了推。"机不可失,失不再来。"他遗憾地看了最后一眼,带头走出了房间。

"可怜的丹尼斯,错过了他的大餐。"格里塞尔达说。

"他还不明白,但他肯定快升职了。"我告诉她,"马普尔小姐从来不会浪费警察的时间。"

"是一本书给我指明了正确的方向。"那天晚上晚些时候,马普尔小姐在我家客厅里说道,抿着一杯餐后樱桃白兰地。在她带领丹尼斯找到她的发现后,案件侦破便有了惊人的进展——已经有两个人被捕了。

"但是你并没有买书啊。"格里塞尔达说。

"我没有买书,因为古迪纳夫已经卖掉了他们唯一的一本——《伦敦周边原生菌类大全》。我在哈特内尔小姐家里无人问津的书柜里发现了它,我觉得很奇怪,因为她从来没有对原始大自然展现过任何兴趣。那本书看起来很新,我注意到书脊底部有古迪纳夫的标签。这让我开始怀疑。"

"你是怀疑阿彻死得蹊跷吗？"

她笑了。"没错，牧师。阿彻在这片土地上生活了一辈子。他怎么会用毒蘑菇炖菜呢？这件事本身就很荒谬。但我想，事后将毒蘑菇加到他的炖菜中应该不难。他的小屋很是破旧，几乎不费吹灰之力就能从窗户翻进去。他写给玛丽但没寄出的卡片清楚地写明了勒索别人的计划。但想要成功，就必须确保勒索对象不会有勇气——或者说不会拼上性命来阻止你。这就是阿彻的致命错误。"

"是谁呢？又是为什么呢？"格里塞尔达问道。

马普尔小姐没有理她，继续说了下去。"凶手必须先确定用什么毒药。因此，凶手不得不咨询可靠的'专家'。一旦'专家'完成任务，他的同伙就把它藏在哈特内尔小姐的书柜里。如果有任何嫌疑，把书放在那里会直接把嫌疑引向玛丽。"马普尔小姐抿了抿嘴唇，"太邪恶了。"

"但书是谁买的呢？"格里塞尔达明显提高了音调。

"杰里米·詹纳。"

我不难相信詹纳有能力为捍卫他的职位做出任何事。但格里塞尔达皱起了眉头。"他不可能杀死玛丽。我们昨天早上在奇平·马尔伯里跟他说过话。他正在为补选拉票。他不可能同时分身在我家袭击玛丽。"

"不，亲爱的，杰里米·詹纳不是那种自己干脏活儿的人。罪行都是他的同伙干的。而且，我冒昧猜测，是他的情人。我猜测，阿彻在树林里撞到了他们的苟且之事，并认为能从中赚点好处，正如他在给玛丽的卡片中所写的那样。我想詹纳和他的情人认为杀人比头上永远悬着达摩克利斯之剑更好，因此他们策划了这起阴谋。他的同伙在炖菜中下了毒，他们以为这样就万事大吉了。"

"他的同伙是谁？"格里塞尔达问道。

"为什么要杀掉玛丽？阿彻都已经死了，他们肯定安全了吧？"

马普尔小姐难过地摇了摇头。"玛丽不相信阿彻会犯如此愚蠢的错误，而他在明信片上留下的信息让她确信他是被谋杀的。她不确定警察能不能把她的话当回事。所以她去寻求建议。但是找错了人。她寻求建议的女人试图说服她不要去警察局，但玛丽仍然不相信。"她善意地看了我一眼，"我相信她来这里是为了寻求你的明智建议，牧师。但那时她已经被凶手跟踪了。"

格里塞尔达已经坐不住了。"到底是谁？"

马普尔小姐竖起了食指。"别着急，格里塞尔达。我相信我已经识破了这个阴谋，但仍然没有直接证据。我怀疑警察是否在阿彻的小屋里错过了什么不太显眼的东西。可能对男人来说没什么意义的东西。"

"一些女人留下的东西？"我问道。

"一些女人可能无意掉落的东西。"阿彻的食品储藏室有一个小窗户，藏在玫瑰花丛的后面。我仔细观察后注意到，荆棘上缠绕了一条细棉布。我一眼就认出了这种独特的面料，因为就在几周前，我去过波利特小姐的缝纫店，当时裙子的主人碰巧来取衣服。我觉得这条裙子是独一无二的。尤其是因为大裙摆上被撕了一条。我向丹尼斯指认了，斯莱克探长已经马上采取了行动。现在杰里米·詹纳和他的情妇已经在大本纳姆警察局的牢房里了。"

格里塞尔达呻吟道："别再折磨我了，马普尔小姐。告诉我们是谁谋杀了玛丽。"

"玛蒂尔达·默奇斯顿。"

我们都张大了嘴巴，盯着我们的邻居。本地名人，资深言情小说家，众所周知对她的丈夫和她的"哈巴狗"无比热爱的人。会是一个冷血杀手？这简直令人难以置信。我差点脱口而出"一定有什么误会"，然后及时想起了我的交流对象是谁。

马普尔小姐将白兰地一饮而尽，站了起来。"这桩惨案令人震惊，亲爱的牧师。但愿这是牧师寓所里的最后一次命案。"

马普尔小姐的曼哈顿攻略

艾丽莎·科尔（Alyssa Cole）

马普尔小姐穿着一件陪伴她多年的深蓝色羊毛大衣，围着一条厚厚的米色围巾。她把手套整齐叠好，装进口袋，这双小羊皮手套她已经戴了几十年，面料有些发软。她的手指裸露在冰冷的空气中，粗涨的指关节处略微弯曲。现在，她正站在曼哈顿先驱广场中心的一个安全岛上，与圣玛丽·米德村相隔万里，真是不可思议。纽约市标志性的黄色出租车从她的两侧呼啸而过。出租车尾气与柔和的灰色气流相互交织，让洋溢着喜悦气息的她不得不屏住了呼吸。

她是和外甥雷蒙德·韦斯特和外甥媳妇琼一起坐飞机来的美国。尽管他们已经警告过她不能单独行动，她还是一个人外出了。

此时，她应该待在纽约马提尼克酒店的房间里；其实，她从目前站立的位置能看到自己房间的窗户。马普尔小姐"应该"像大多数老妇人一样安静地待着，就像是一个烛台或沙发垫；然而，她最奇怪的习惯就是：只要有想去的地方，就一定能到达。

外面并不是只有她一个人，这大大减轻了她的内疚感；四周熙熙攘攘，这座城市和在电影中看到的一样充满活力，内疚的念头都显得有些不合时宜了。人群随着红绿灯变换往来穿梭，偶尔还有人闯红灯。马普尔小姐所在的人行道上，有个胡子拉硪的流浪汉在喂鸽子。除了一句粗哑的问候之外，他再也没有打扰过她，算得上一个好同伴；除此之外，他还是个很好的宴会主人，因为他显然为他的鸽子朋友们留下了最好的面包屑。

雷蒙德要到美国参加一场百老汇戏剧首演，剧本改编自他的一部小说。起初，马普尔小姐是拒绝和他一起来的。他很善良，已经为她付出了很多。她曾经劝过他，纽约市对她这个老太太来说有些难以承受，因为不论她在哪里都会遇到奇怪的案件和谜团。毕竟，曼哈顿是世界犯罪之都，不是吗？马普尔小姐担心会遇到什么乱子，自己有可能被牵涉进去，但雷蒙德和琼保证会带她去逛那些高档的美国百货商场。和可行性比起来，好奇心最终占了上风。

然而，他们已经来到这座城市三天了。雷蒙德和琼似乎忘记了行程计划中最重要的站点。因为他们的游览计划偏偏遗漏了家居用品商场。圣帕特里克大教堂和帝国大厦顶层确实很漂亮，但那里买不到亚麻细布，也没有精致的茶点。用餐都是在豪华餐厅，周围的人衣着靓丽，但跟她说话的态度好像她是一只奄奄一息的老猎犬，必须时不时地抓挠耳朵以检查她是不是还活着。更糟糕的是，雷蒙德坚信，她单独行动肯定会受到伤害，所以她只能选择紧跟他们一起出门或者留在酒店房间里。事实上，她在英国去过的地方远比美国购物商场危险，但她并没有说出内心的想法；毕竟，雷蒙德的担忧都是出于对她的关心，她不能伤他的心。

那天早上，当她提出想去百货商场时，雷蒙德便责备她旧习难改，因为在他看来，美国的小摆件和英国的一样无聊。他邀请她去大都会艺术博物馆，《蒙娜丽莎》正在那里巡展。当然，琼是一位艺术家，他们已经在这幅画的原展馆卢浮宫里观摩过很多次。但它的实用价值要低得多，显然马普尔小姐更想去仔细品鉴瓷器图案和茶巾。

马普尔小姐礼貌地拒绝了，暗示她在当晚戏剧首演之前最好能休息一下。说实话，年轻时，她在意大利读书时就已经饱览了意大利绘画大师的名作。况且，在博物馆里挤得汗流浃背只为瞄一眼美化的邮票，这件事也引不起她的兴趣。雷蒙德和琼离开后，她拘谨地坐在套房客厅里的天鹅绒躺椅上稍事休息，思绪却已信马由缰。马提尼克酒店与她年轻时的传统酒店完全不同，例如伯特伦旅馆①。这里的文艺复兴风格太花哨，对于喜欢整洁环境的人来说像个灾难，整体来说，让她有些头疼。除了瓷器和糕点之外，她不喜欢大多数法国的东西，而这种美式的仿法式风格更不讨人喜欢。

虽然她已经不像年轻时那样目光如炬，但依旧相当敏锐。她无法从房间的大窗户上移开目光，因为从那里能看到金贝尔斯商场和梅西百货。俯瞰楼下的街道，冬日的严寒未能阻挡顾客涌进温暖的大型百货商场的脚步。他们有的正渴望大饱眼福，有的已喜悦地满载而归。精心装饰的商场橱窗里，纸扎的番红花、水仙花异彩纷呈，与结霜的玻璃交相辉映，预示着即将冬去春来。

最终，马普尔小姐放下了手里的针线活儿，自言自语道："经过深思熟虑，我觉得我还没有适合今天晚上的礼服。"她仿佛想试图说服周围富丽堂皇的装饰，有人会在意一个老小姐去参加百老汇演出的技术彩排时会穿什么衣服。然后，她小心翼翼地站起来，在咔咔作响的关节弹响声中有些颤颤巍巍，这

---

①伯特伦旅馆，阿加莎·克里斯蒂所著的一部侦探小说以此命名。该旅馆是在现代化浪潮下少数坚持旧式传统的英式旅店。

代表着她平静但充满冒险的一生。"他们觉得离开酒店不安全，但商场就在马路对面。毕竟，我不能穿得像个历史文物一样过时，这会让亲爱的雷蒙德难堪。即使邂逅也至少应该看起来像个现代人。"

她准备好了外套、手套和围巾，外出计划就这么愉快地决定了。她已经溜出来一个小时了，可她还在东张西望，好像雷蒙德和琼随时可能出现把她这个顽童抓回房间。她仍然没有走进任何一家商店。

通常来说，马普尔小姐并不是那种会轻易被打动的女人。与圣玛丽·米德的简约之美相比，她应该已经发现曼哈顿是一个肮脏拥挤的污水池。即使开发商到来后，圣玛丽·米德仍然保留着古朴典雅。但曼哈顿有一种能量和活力，似乎与她这把老骨头中一直蠢蠢欲动的欲望相互呼应，需要观察的东西令她目不暇接，心驰神往。

一名出租车司机放下车窗，咒骂着在十字路口红绿灯间歇抢行的骑行者，污秽之词滔滔不绝，像寒冷的天气一样让马普尔小姐的脸颊发红。一个衣着光鲜的好心商人用帽子尖把一沓钞票塞进了流浪汉的纸咖啡杯里。一对争吵过的夫妇手牵手走过人行横道，女人低头盯着手上的戒指，泪水还在眼里打转，男人则骄傲地看着她。她觉得他们很像雷蒙德介绍给她的蒙特塞拉特音乐家布雷德夫妇。但雷蒙德说过，出于某些奇怪的原因，她不能告诉有色人种他们长得大同小异。这是另一个令她难以理解的现代变化。

又体验了片刻这个城市的声光色味后，她终于决定离开安全岛，朝商场走去。就在这时，她差点犯了一个致命的错误，这足以证明雷蒙德并不是杞人忧天。尽管她已经观察了很长时间车流，但最终抬脚迈步时却看错了方向。她没有看到一个抄小道的自行车正朝着她疾驰而来。她被那个一直在喂鸽子的流浪汉及时拉了回来。显然，除了鸽子，他还关照着她这个英国老母鸡。

"谢谢你。"她说。然后听到了一声粗哑的答复。

她终于安全进入了金贝尔斯商场。虽然她立即就断定自己并不需要新衣服，但还是要四处逛逛才不白费到达这里的一路坎坷。她乘坐木质扶梯来到了家居用品区，迎面而来的是瓷器的诱人光芒和洗银水的熟悉味道，这种嗅觉体验比她进入百货商场时，销售女郎朝着她疯狂喷的香水要愉悦得多。还好她的反应尚且足够灵敏，否则如果她闻起来像一朵"交际花"，回到酒店后肯定会招来雷蒙德和琼的询问。

她绕着威基伍德和则武的瓷器展品缓慢地转了一圈，有的令她细细欣赏，有的则完全入不了她的眼。这些瓷器的观感并不像在英国那样令人愉快，与其说是因为商品质量，不如说是因为其中欠缺的怀旧情愫。她以为自己喜欢的是百货商场本身，但即使这里售卖的是相同的品牌，也没有她年轻时的美好回忆和家乡的熟悉标志。自己居然会有多愁善感的一面，这令她大为震惊。她不再审视内心，不想在如此不合时宜的情感流露中对自己过于粗鲁。

与预期相比，这趟游览一无所获，让她有些失望。她漫步来到了商场的地下打折区。这对她是一种全新的体验，或许会让她不虚此行。虽然这很新奇，但可以肯定的是，她没有找到任何值得她大费周折带回大西洋彼岸的东西。十五分钟后，她一边意兴阑珊地轻抚着一块光泽浮夸的桌布，一边鼓起勇气准备重回外面的寒冷环境。这时，有人拽走了她手中的桌布，让她如释重负。

"对，就是它了！"一个发色火红的女人说道。她涂着比发色更为艳丽的口红，俨然一副在马厩里挑选马匹的腔调却全然不自知。"戴维，就是它！"

"你是在开玩笑吗，这是一块桌布，塞雷娜。"她身旁的男人声音低沉，略显沮丧。浓密的胡子和眉毛让他看上去格外英俊，马普尔小姐立刻对他产生了反感。她完全无法忍受英俊的男人。她遇到的这类人通常都不怀好意，但他们的恶意伎俩通常又达不到警察介入的程度。

"那又怎么样？"女人举起桌布，好像它是一幅精美的织锦。"卡尔坚持让我穿那件丑陋的衣服，只是为了捉弄我，我可不答应。如果埃斯特尔能用别针做出褶皱的效果，再加以固定，在终场穿应该会很完美。"

"你觉得她会违抗趾高气扬先生吗？"戴维问道。

塞雷娜翻了个白眼。"她会喜欢的。她告诉过我，帮他穿衣服时，他总是'不小心'对她毛手毛脚，她也讨厌他选的衣服。他认为他可以把我排挤出这部作品，但我已经坚持了这么久，也会赢到最后。我可不想在舞台上打扮得像她那样！"

直觉告诉马普尔小姐，有人在指着她。她抬头看着那个女人的脸。这个女人棕色的大眼睛下方略现眼袋，嘴角有深深的法令纹。她还年轻，肯定不超过五十岁，马普尔小姐觉得她很漂亮。塞雷娜有一种以自我为中心的气质，但仍然足够留心周围的环境，所以她注意到了这个老妇人。事实上，不太细心的路人可能毫不犹豫地把她误认为是一对毫无生气的窗帘。

"不会的。"马普尔小姐说。眼睛闪烁着光芒，她很清楚自己长什么样子，完全没有觉得被冒犯。"要我说，我觉得任何一件衣服都不会让你看起来像我一样毫不起眼。我有几十年的经验，小姐。"

"你是英国人！"塞雷娜叫了一声，高兴地挤出了鱼尾纹。她再次说话时，口音已经从美剧女王变成了伦敦东区的顽童。"我是一名演员。我最喜欢模仿口音了：'喝点茶吧'。"

这个商场靠近剧院区，遇到演员并不奇怪。马普尔小姐现在都可以想象布景师和舞台设计师突然出现，来添置临时所需或不常用的物品。那将会是多么棒的场景。

"你模仿得很好。"马普尔小姐意识到塞雷娜正在等待她的评价，小心翼翼地答道。虽然她的模仿并不是很地道，但马普尔小姐觉得自己说不出令人信服的美国口音，因此应该表扬塞雷娜的努力。她指了指桌布："你要在表演时穿这个？我确实认为这会非常……引人注目。"

"听到了吗？"火发女人说。她看了戴维一眼，然后回头看向马普尔小姐。"那个软骨头给我安排的衣服看起来像一块沾满泥土的桌布，因为他想让我呈现这种感觉。他已经气疯了，他没有天真少女当搭档，就没人能对他挤眉弄眼地让他觉得自己不是过气明星。我就要用一块真正的桌布告诉他，别想把我从聚光灯下挤出去，这才是真的解气！"

"是的！绝对的，毫无疑问，"马普尔小姐说，"我也喜欢这样的讽刺。"

塞雷娜转过身来，舞动着身后的布料，仿佛这是一件精美的披肩。她的肢体表演比她的口音模仿更好，因为在那一刻，它仿佛真的变成了一件精美的披肩，庄严地飘动着。她回头看了马普尔小姐一眼，歪了歪头，然后转身走向折扣区的收银台。

那个叫戴维的人是她的助手？还是情人？或者两者都是？

他在她身后小步快跑,像逗乐小丑一样追到女王身边。

"我想我需要付钱吧?"他喃喃自语道。

马普尔小姐笑了笑,去金贝尔斯并非一无所获,她遇到了一个有趣的人,这不就是她活着的意义吗?在这个世界上,你有无数种方式与另一个人相遇。想到这里,她的脊背闪过一丝寒意。她希望看在红发女人的分儿上,他们不要再见面了。马普尔小姐再次遇到的人们下场都不太好。

她冒着寒冷再次历险回到酒店。她发现雷蒙德正在质问门卫,为什么让一个虚弱无助、容易犯糊涂的老妇人独自去面对纽约市的残酷大街。她忖度了一会儿那个无助的老妇人是谁,然后意识到正是她自己。

"游客通常来曼哈顿就是为了逛街,先生,"门卫说,"如果我阻止住在这个酒店的老年女性出门,生意就不好做了。这是个酒店,不是监狱。"

"好吧,也许你们应该开个监狱派系!"雷蒙德反驳道,"你们美国人不是对派系最疯狂了吗,做起来应该不难。"

"我没事,雷蒙德,"她说着,抓住了他的胳膊。他低头看着她,脸色绯红,汗流浃背,就像他小时候因为茶里的糖不够而发脾气一样。她亲爱的外甥一直容易激动。

"您回来了,夫人,安然无恙,"门卫点点头说,然后拉开门,把他们俩引进大厅。"祝您有个愉快的夜晚。"

"我以为你已经躺在某个阴沟里了!"雷蒙德大声说。

"这里的下水道系统做不到,"她说,然后回头看着门卫。"他只是对今晚感到紧张,"她和蔼地解释道,"我们要去参加彩排,他很着急。别管他。这里的排水沟是城市规划的典范,他没有不尊重这里的意思。"

电梯里的气氛非常紧张。雷蒙德喋喋不休地说着可能发生在她身上的众多灾难,其中恰恰提到了被自行车撞倒的风险。他们回到套房后,琼让她烦躁的丈夫平静了下来,马普尔小姐调整了她皱巴巴的装饰羽毛。

"好了,现在一切都没问题,不是吗?"琼问道,递给雷蒙德一杯酒,好让他的神经平静下来。"我们休息一会儿,为今晚做好准备。他们会派车来接我们去彩排现场。我想我们可以步行到剧院区,因为我们已经在百老汇了。但这些街道太长了,我怀疑咱俩到达时代广场时会不会倒下,简姨妈。"

"如果要倒下,那百老汇再合适不过了。一切都会非常戏剧化。"马普尔小姐沉思着,然后想起了什么,"你知道剧院的位置吗?我刚才向门口那个好心的年轻人问过剧院地址,他说……"

"已经有一位演员安排车来接了,这是送给雷蒙德的欢迎礼,简姨妈。请不要担心任何事,你今天已经够累了。"

"为什么,我什么都没干。"她说,语气里带着一点恼怒。

"先休息会儿吧,"琼说,一边安慰地揉着马普尔小姐的肩膀,一边帮她脱下外套。"这将是一个令人兴奋又疲惫的夜晚。如果你认为我们的艺术家朋友不太正常,那么这些百老汇的人就是疯子了。谁会知道我们将遇到什么?"

马普尔小姐又感到脊背发凉,希望这是寒冷造成的,尽管她这个年纪的女人知道直觉远比希望可靠。

"你说得很对,"她说,"我确实需要休息。人们永远不知道夜晚会带来什么。"

在他辉煌的写作生涯中,雷蒙德·韦斯特逐渐明白,在现实中，创意构思可能达不到最初预想的水准。然而，当他被带到眼前这个破旧的剧院时，他不禁觉得这远远超出了想象与现实的平均差距。它位于曼哈顿下城的一条街道上，看起来就像是他平素看不上的低俗小说中的场景。

雷蒙德最畅销的小说《肮脏与不快》已经被授权改编为戏剧《彼岸》，他认为这是对他被低估的才华的肯定。制作人是戏剧传奇人物 G. 格雷戈里·斯特普尔顿，他选用了声名狼藉的卡尔·德沃作为男主角。在雷蒙德看来，这预示着他从"成功英国作家"成长为"国际文学巨匠"的夙愿即将成真。

他的姨妈经常天真地问他的小说改编后是否会在伦敦西区剧院上演，但是现在他的角色即将在百老汇和不夜大道引起轰动，谁还看得上皇家剧院呢？他从经纪人处得知戏剧制作的消息，便将这个消息告诉她哄她开心。她向他表示祝贺，然后有些迟疑。

"这个叫斯特普尔顿的家伙。他的名字听上去有些耳熟，不是吗？编剧和导演是一个叫普林斯的女士，是吗？你确定这个消息可靠吗？我确定我以前听说过这些名字……"

"你怎么会听说过这些人，简姨妈？"雷蒙德问道。他觉得好笑，这个老小姐终生都很少离开她居住的英国小村庄，怎么会觉得自己熟悉在美国戏剧界一呼百应的人物。"也许你把他们和其他人弄混了。你印象里的也许是屠夫斯特普尔顿先生？普林斯女士也许是开发区那边的新理发师呢？"

"也许是我搞错了，亲爱的。你说得对。"马普尔小姐说道。然后继续拿起她的针线活儿，眯着眼睛仔细检查是否有漏针。她最近编织时经常漏针。

漏针、步速变慢等征兆，都预示着她已经进入了生命中的最后时光。正因如此，雷蒙德才说服她离开圣玛丽·米德，乘飞机从伦敦来到纽约。他想让简姨妈尽情享受余生。但现在他不禁怀疑，这趟旅行实际上会不会让她的余生提前结束。

"我相信这绝对是一场误会。"雷蒙德抗议道。他条件反射一般地克制了自己的激动情绪，这是他写作多年来处理面对的文思阻滞、稿件被拒和鞭辟入里的书评时磨炼出来的技能。

雷蒙德说话时正对着接他们去剧院的司机迈克尔，但目光落在他上方的剧院入口华盖标志上。那个标志歪歪扭扭，是由废弃金属制成的，已经生锈了，这里显然曾经是座工厂。公平地说，这曾经是一座相当不错的工厂。街道两旁矗立着铸铁设计建筑，整个街区似乎已经生锈了。华盖边缘的几个灯泡烧坏了，还有一些已经碎了，灯泡碎片上还挂着残余的灯丝。这次演出的名字《肮脏》(*SORDID*)，被潦草地涂成红色，看上去更像是对周围环境的描述。

"确实是个误会。"琼说，抓着他的胳膊，难以置信地看着一个男人正在离他们只有几英尺远的地方对着排水沟呕吐。他们穿着适合出席剧院见面会的晚礼服，简洁而又不失优雅，而这位面色蜡黄、正在干呕的男人则穿着工装裤子，围着一条溅满油漆的围裙。他上身赤裸，没有穿衬衫，靴子上同样沾满了油漆。一对夫妇从他们身边走过，女人梳着蓬松发式，身着迷你裙搭配珍珠项链，看起来像是杰基·肯尼迪的镜像。

"绝对不是这座剧院，"琼说，"也许连街区都不对。或者，这是一个玩笑？美国的幽默居然这么粗鲁，令人困惑。"

迈克尔朝他们的大致方向眨了眨眼。迈克尔身材高大，脸色苍白，缩头弓身，这种形象经常出现在犬类人道协会的病房里。他说话的口音很像电影中的黑帮分子。雷蒙德刚才还觉得

63

他的口音傻里傻气，但现在听来似乎像是威胁。"我接到的任务就是把你们带到这里，带到剧院来，现在到地方了。我只是按吩咐行事，一贯如此。"

琼疑惑地看着他。

"去跑一趟，迈克尔。把地板清理干净，迈克尔。把灯光搞定，迈克尔。盯着塞雷娜，迈克尔。"他看起来很烦恼，琼拖着脚步离他远了一些。

雷蒙德心不在焉地听着。作为一名作家，他随时都在构思故事，借以解释不可思议或者令人失望的情况。刚才便是如此。

"你确定吗？"他冒昧地说，带着讨好的语气。根据他的经验，纽约人对他们来说有些野性，可能稍微遇到挑衅就会用犀利的机智或者激烈的评论猛烈反击。更有甚者，从迈克尔不合身的西装的廉价光泽来看，他可能会采用更危险的方式。"也许你转错了弯，或者我们已经进入了某种平行空间？我当然知道美国航天局是无所不能的。"他开玩笑说。

迈克尔皱着眉看着他。

雷蒙德的疯话让琼倒抽了一口气，她用胳膊肘戳了戳雷蒙德。"你看，我对纽约不熟，但这肯定不是百老汇。"她说，"你觉得我会相信这是《红男绿女》(*Guys and Dolls*)和《窈窕淑女》(*My Fair Lady*)拍摄地吗？我看这里更像是《红男野人》(*Guys and Degenerates*)和《窈窕色狼》(*My Fair Lush*)。"

"西百老汇。"马普尔小姐说。雷蒙德跳了起来，几乎忘记了他的姨妈还在身边。她年事已高，习惯了平静的生活，而非"大苹果"[①]的喧嚣或苹果虫洞上的腐烂果泥。这应该是一次让

---

① 大苹果，纽约市别名。

老太太重焕活力的安全旅行,但却把她带到了意料之外的危险区域。一帮外形粗犷的年轻人从街道尽头涌了过来,吆五喝六的声音像一群后现代的蜂群。

"简姨妈,"雷蒙德说,用另一只空着的手抓住她的胳膊,"我稍后会解决这件事。我们必须带你回酒店,离这些流浪汉远点儿。我对此感到非常抱歉。"

"好了,好了,亲爱的。"马普尔小姐回答说,微笑着看着她惊慌失措的外甥,抗拒着他的拉扯。"哪有什么流浪汉?嗯,除了那个。"

雷蒙德瞥了一眼那个一直在呕吐的男人,他现在站了起来,一边大笑一边用胳膊擦了擦嘴巴,和那些痞子混在了一起。其中一人从口袋里掏出一条头巾,扔给醉汉,醉汉似乎清醒了一点。

"你不用为这团混乱场面道歉。"马普尔小姐继续说。她的目光变得游离,嘴角的皱纹微微浮起一丝微笑。"认知能够改变事物,从某种意义上说,这非常幽默。这让我想起了史密斯先生(Smith)在会议上对翻新牧师住宅投了'反对'票,而奈史密斯先生(Naysmith)投了'赞成票'。但在计票时,每个人都认为投反对票的是奈史密斯先生。"

琼·韦斯特向前探探身,越过她的丈夫,看着马普尔小姐。"你是不是累坏了,简姨妈?雷蒙德,我们送她回酒店吧。时差一定扰乱了她的思绪。"

"西百老汇。"马普尔小姐环顾着街道两旁的旧工厂,更加坚定地又说了一遍。这些工厂在困难时期倒塌,被艺术家和不受世俗陈规束缚的人改建。她可以在这些砖砌建筑和大玻璃窗中欣赏到某种美感;对他们来说,这里与欧洲大陆有几分相似。

即使是他们乘车路过的那些烧焦的大坑，也可能是闪电战造成的。不过对这个街区来说，真凶更有可能是热衷于喷漆的纵火犯。

她不知道琼为什么如此不安。虽然他们的布置有点不合时宜，但这里显然是艺术区，而琼本人就是一个艺术家。然而，这里的环境使她觉得圣玛丽·米德涌现的新住宅区勉强可以接受了——那里的居民至少在出门时穿衬衫，不当众出丑耍酒疯，这是值得尊敬的。

"哦！"雷蒙德做了个鬼脸，仿佛听明白了简姨妈思维跳跃的话。"西百老汇（West Broadway）。居然不是雷蒙德·韦斯特（Raymond West）在百老汇（Broadway）上演。我觉得肯定是印刷错误……"

"你能不能认真点儿，"琼难以置信地喊道，"雷蒙德，我跟你说过，让我来负责联络，但是你偏不，难怪……"

就在这时，一扇门"吱呀"一声打开了，一个穿着宽松印花长裙的黑人中年妇女走了出来。她留着和马普尔小姐相似风格的短发，尽管她并不需要把头发烫卷。

"是韦斯特先生和家人吗？"她问道，马普尔小姐觉得她的口音令人愉快，她听起来很像美国电影中一个从不废话的女主角。事实上，马普尔小姐立即意识到，这个美国人实际上一句废话都没有。

"难不成你是编剧和导演普林斯女士？"她问，玩味着那个女人脸上瞬间闪过的惊讶。

"简姨妈？"雷蒙德试探地问道，把她拉到了一边，好像担心她会说些冒犯的话。"记住我跟你说过的话——"

"不，我很确定是她。我知道她的名字听起来很熟悉。在玛丽娜·格雷格事件[①]中,我研究过介绍美国名人的杂志,看过关于她的文章。"马普尔小姐继续说,然后瞥了雷蒙德一眼,语调降得更低。"那些不喜欢普林斯女士背景的人阻止她继续工作。你看,亲爱的,她是个——"

"简姨妈!"雷蒙德惊呼道。

"一个共产主义者,"马普尔小姐说,抬头忧心忡忡地看着雷蒙德,"你没事吧?也许应该回酒店的人是你?"

雷蒙德用一只手捂住嘴,摇了摇头。他嘟囔了些什么,但马普尔小姐的听力不如她的视力。

"进来吧,"普林斯女士提议道,"排练即将开始,很高兴作者能亲临现场指导我们的工作。我希望能够再现您在小说里独有的才华。"

她的话让雷蒙德再度兴奋起来,他们都跟着她走了进去。

进入剧院时,马普尔小姐欣赏了沿途质朴的美国建筑:光秃秃的砖墙,偶尔出现一个金属钩,这是曾经的工厂遗留下来的痕迹。头顶的灯光在高高的天花板上闪烁,路灯的昏暗光线从巨大的窗户射了进来。曾经是生产区的平地上安装了一排排座椅,这个大屋子的正前方搭建了一个带有极简布景的舞台。

马普尔小姐可以看出,在战争年代,它可能不是军火工厂,也许是纺织厂,有可能被用来生产制服和日常服装。这曾经也是一种艺术,但后来被机械化了。现在这个空间被用于另一种艺术,一种拒绝流水线生产概念的艺术。

所有过去的遗留事物都必须发展并适应新时代的改变,否则就会衰败;甚至马普尔小姐本人也是如此。她知道她周围的

[①] 参见《破镜谋杀案》。

年轻人认为她已经衰败了，其实这也是她想看到的，因为衰败要比改变容易得多。但她有自知之明——明白自己不是衰败的那一类。她最终必定像所有人一样离去，但她希望能像他们刚刚经过的那些被烧毁的建筑物一样，在荣耀的火焰中离去。

"顺便说一句，你的姨妈说得很对。"朱妮·普林斯说，她推开挂在墙上的一捆电线。"事实上，正是我的政治倾向让我决定把你的戏放在这里而不是百老汇。你听说过众议院非美活动委员会吗？"

雷蒙德跨过水泥地板上一个隐约可见的水坑，试图活跃气氛。"听说过，但那是在与朋友讨论可能会让我们被指控为非英国人的理由时。正如人们可能想象的那样，主要与茶有关。"

普林斯女士笑了笑，转过来面对着他们，继续沿着中间的过道前行。这个高屋顶的仓库地面不是马普尔小姐习惯的那种剧院，但它确实让她想起了她在圣玛丽·米德之外的冒险经历。她记得刚才她也不喜欢那个百货商场，因为它与家乡的商店相似但又不完全相同。这座剧院提醒她，有时在未知中也有令人激动的事。

"嗯，显然，解决工作中的种族不平等问题并不符合美国人的作风，所以我被人举报到了委员会。"

雷蒙德清了清嗓子。

"这些发生在你身上的事，让我感到非常震惊。"马普尔小姐说着，跨过脚下蜿蜒盘踞的电线。"你考虑过来英国工作吗？英国永远不会发生这样的事。我们这里没有种族不平等，即使有，也永远不会如此明目张胆。这是非常不得体的。对你的压迫至少会在私下进行，而不是被直接拖到相机和争论面前。"

朱妮·普林斯用眼神示意她没事，并表示了感谢，然后继续说了下去。

"他们最终认定我是无辜的。但在那之后,本来应该在百老汇首演的项目被取消了,所有人都对我退避三舍。我的朋友斯特普尔顿先生已经被列入了黑名单,他在看到这个地区搬来了艺术家后就把这座旧建筑买了下来。这里以前是工厂和仓库,其他用途不便在长辈面前提起。但他现在把它改造成了剧院,在这里,我们这些不受欢迎的人仍然可以展示才艺。我们选择你的小说作为我们的第一部作品,是因为它对不公正进行了有力反思。"

雷蒙德骄傲地挺直了身体。"不公正!反思!是的,这正是我的写作目的。很高兴遇到真正理解我作品的深刻含义的人。"

"你写这本书,不是用来惹恼那个一直说你的散文胡说八道的评论家吗?"琼低声说道。

雷蒙德受伤地看了她一眼。"不被赏识难道不就是不公正吗?"

"朱妮!朱妮!"舞台的幕布后面传来一个尖锐的声音,"他又开始了。拜托,你就不能让他停下来吗?"

普林斯女士瞥了一眼声音的来源,撇了撇嘴。"又怎么了,塞雷娜?"

一个穿着死气沉沉的灰色连衣裙的女人从舞台的一侧冲了出来。如果没有注意到她略微歪斜的假发套下露出了红发,人们会以为她的头发是深棕色。她手里拿着一捆碎布,马普尔小姐对那个图案很熟悉。

马普尔小姐双手紧握在一起。"哦,亲爱的。"

"他毁了它!我知道是他干的!"这位女演员摇晃着曾经是廉价桌布的破碎布料,上面有着醒目的图案。"我只是想坚持这一件事,但又被搞砸了,一切都必须按照卡尔的方式来做。我们已经容忍了他几乎每一个荒谬的错误,但他还不满足,他要我们满足他所有的错误。"

朱妮·普林斯保持着中立的态度,重复道:"又怎么了,塞雷娜?"

"你知道我给你看过的那件衣服吧?我说那件衣服更适合特鲁迪的性格,这个角色是我演的,而不是卡尔的脑子里想象出来的!"她猛地用拇指指着身后的窗帘,"他看到我在试这件衣服,说我不能临时改动,因为他那尊贵的艺术人格无法忍受。他的演技怎么会受一件新衣服干扰呢?他不是最坚韧的头牌人物吗?我就是个没用的女演员?"

就在这时,一个没留胡子的白发男人走到了她身后的舞台上。他走得很平静,完全无视塞雷娜的大吵大闹。他的表情略带困惑,双手插在口袋里,微微弓起的肩膀表明他讨厌这场把大家都裹挟进来的闹剧。

他带着电影明星的英俊潇洒,由内而外闪耀着魅力,既吸引人又让人不敢靠近,就像一座灯塔。马普尔小姐抽了抽鼻子,礼貌地表示不屑。

"塞雷娜,我只是说,看到你现在穿的衣服与排练时穿的衣服完全不同,会让我的表演出错。"他转向朱妮·普林斯,"我们已经检查过灯光了。为了她的一时心血来潮,还要再调整一次。带妆排练的目的就是帮助我们适应正式演出,不是吗?"他停顿了一下,像个刚刚向陪审团抛出了一个关键问题的大律师,然后回头看着塞雷娜。"是的,我的要求是你不要临时起意去做一些不必要的改变。但是,我没有撕碎你的裙子。"

"他们根本没有看我在写这本书时对威廉和特鲁迪的设想,"雷蒙德低声对琼说,"他太矮了,她也太矮了——"

"你说什么？"琼顽皮地问道。

雷蒙德紧张地擦了擦额头，沉默了。

"如果不是你，那还会是谁？除了你之外，只有埃斯特尔知道。她的报酬那么低，不可能自己砸自己的饭碗。"塞雷娜的声音很尖锐。这让马普尔小姐想起了一种小型狗，参加聚会的每位客人都来逗弄它，它先是低吠直到爆发成狂吠，这时它就会受到责骂。"如果卡尔没有闯进更衣区，他根本不会发现衣服的变化，因为他以为我的替补演员正在那里换衣服，她足足比卡尔年轻二十五岁！"

马普尔小姐注意到，卡尔略微变了脸色。他的眼神略显紧张，也许是下巴绷紧造成的，目光变得像冰锥一样锐利。这是某种男人难以打动一个女人时的表情。对于太冷酷骄傲的女人，无法靠魅力的热情打动，而是要靠硫黄。那个眼神仿佛在说："如果我融化不了你，就把你炸碎。"

"撒谎可不合适，塞雷娜。你这个年纪的女人应该尽量给别人留下好印象，毕竟你的剩余资产不多了。"

"剩余资产？哦，你是不是期待这么说能伤害我的感情？"塞雷娜把一只手捂在嘴上，但并没有哭泣，而是慢条斯理地笑了起来。她的笑声就像在蜗牛身上撒盐一样让人觉得痛苦，甚至连马普尔小姐听到都有些畏缩。"你认为说这种混账话很伤人，但只是因为你老了，你害怕变老。你这个无能、枯萎的小矮子！我不想说出来，卡尔，亲爱的，把你那蔫巴的胡萝卜伸进二十多岁想取悦你的人的衣服里也阻止不了你变老的事实。"

"你二十多岁的时候很开心地招待过那根胡萝卜，"卡尔冷笑道，"或者只有你这个小美女的演艺生涯是一路睡出来的？"

塞雷娜吸了一口气，绝望地看向朱妮·普林斯，她的脸色突然变得苍白,她转向台下的这几个观众,尽管排练还没有开始。"他在撒谎。我从来没有做过这样的事……我——"

"我会处理好这件事的,塞雷娜。别担心。"普林斯看起来很冷静,但她的手已经紧握成了拳头。

"拜托了!不然我就自己处理。"塞雷娜向卡尔投去一个阴沉的眼神,她从他身边冲过去,在最后一刻,将手中的碎布条扔到了他的脸上。他条件反射一样愤怒地抓住了布条,怒火中烧地看着她走开,大步追了上去。

朱妮低头看着马普尔小姐。"也许你觉得当导演很有魅力,主演们闹矛盾时,我们就变成了保姆。如果有演员挑毛病、找麻烦,我们还得安抚他的情绪。"

"至少你不必换尿布,"马普尔小姐说,"雷蒙德还是个小孩子时,我就得给他换。可以告诉你,这并不令人愉快。我当时还怀疑他是不是有什么肠道疾病。"

朱妮·普林斯大笑起来,与此同时,雷蒙德再次抗议地大喊"简姨妈!"。也许美国人喜欢大嗓门,因为他这一整天都在喊她的名字。他的脸莫名涨得通红。回到酒店之后,她得建议他在飞回英国之前去看看医生。

普林斯女士跟着这两个任性的演员跳上舞台,双手掸了掸灰尘。

"嗯,他们应该已经把人物脉络弄明白了。"雷蒙德说,紧张得笑了出来。他环顾了一下破旧的剧院,深深地叹了一口气。"这迟早会成为晚宴上的笑料,你不觉得吗?我很想说,我们都应该夸张一点,说这次首演非常成功,引爆了百老汇。但我已经邀请了我所有的美国朋友参加开幕之夜,所以……"

突然,两件事几乎同时发生了:电流突然增大,灯光瞬间变亮然后熄灭。同时，传来一声令人毛骨悚然的尖叫声，像是来自二十世纪五十年代的怪兽电影，充满了剧院的各个角落。随着灯光慢慢重新变亮，那声尖叫的回声渐渐减弱，但仍然在四周萦绕。

"怎么了？"琼喊道。

马普尔小姐没有说话。肯定发生了糟糕的事，她决定去看看能推断出什么。

司机迈克尔撕开幕布钻了出来，大喊道："有人受伤了！这里没有电话，我要去街上的酒吧报警！"雷蒙德僵硬地站了一会儿，然后似乎回过神来。他沿着舞台走上楼梯，琼和马普尔小姐跟在他后面。

琼颤抖地扶着马普尔小姐的手肘和手腕，领着她走上舞台。"你觉得……"

"是谋杀，亲爱的。"马普尔小姐断言道。她恨自己的这一面，她已经期待着去查清案件的经过和动机。这有点病态，但是……人各有所长，而查明谋杀真相正是马普尔小姐的擅长领域。就像麻雀为自己知道如何筑巢而难过一样，为此感到沮丧没有任何意义。

他们进入了混乱的后台，一座被布条分割得七零八落的迷宫。地板上散落着各种奇怪的物品，随时都可能把人绊倒。成卷的电线无处不在，当然还有更改场景布置随时可能用到的各种工具。还有各类小道具：比如一根手杖，一个茶壶，还有一只橡胶鸡。

现在，他们穿过了成排的衣服，这里也许是更衣室。他们离尖叫声的来源越来越近了。马普尔小姐鼓起了勇气。

"天啊！看来演出要泡汤了。"走在前面的雷蒙德喊道，然后发出了颤抖的笑声。他只有在受到惊吓时才会发出这种笑声。

他们穿过下个区域,看到塞雷娜站在那里,双手捂着脸,朱妮·普林斯一脸听天由命的恐惧。他们的两侧分别是一个拿着缝纫剪刀的年轻黑人妇女和一个化着完整舞台妆容的波多黎各妇女。马普尔小姐猜想,她们应该是布景师埃斯特尔和那个不知名的年轻替补演员。

卡尔趴在地板上,一动不动。

朱妮摇了摇头。

"这……正……是这场戏剧最不需要的东西。"

她死死地盯着塞雷娜,再开口时,便直截了当地问道:"是你杀了他吗?如果是这样,请在警察到达这里之前说出来。我已经被诬告过一次了,可不想再加个谋杀的罪名。"

"是谋杀未遂,"马普尔小姐纠正道,"他还没死。"

确实,只要仔细观察,就能发现卡尔·德沃的背部正在缓慢起伏。

"至少现在还没有死。"雷蒙德说着朝地上的人走去。

真正和卡尔共事的人却没有一个上前。

"和奈史密斯事件异曲同工。"马普尔小姐喃喃自语道,但是并没有人注意。

"这是个意外!"塞雷娜说,"我来更衣室是想离他远点!我想冷静下来,为最后的排练做好准备。但他跟着我冲了进来。他踩到了一根电线,然后……"

她模仿了人被电击的样子,马普尔小姐认为她的模仿很到位。

"然后你们就都跑进来了。"她说。

马普尔小姐瞥了一眼卡尔的脚。他只穿着薄薄的拖鞋，已经湿透了。他旁边有一个水坑，还有一根磨断的绳子。这里是否在触电发生之前就有水坑？绳索是不是自然磨损？她不完全确定，这些细节会留给别人去验证。

"那你怎么没踩到电线？"朱妮·普林斯问道，"你先别急，我得弄清楚，因为警察很快就会来，他们也会盘问。"

塞雷娜沮丧地摘下假发，往对面一扔。然后她叹了口气，朝它走去，她镇定的脚步使她看起来几乎是漂移过去的。

"除了那些麻烦事，我为什么还要为卡尔的粗心大意负责？我可不是那种眼高于顶的演员。难道就是因为他不看周围环境，我就得进监狱吗？"她一边咬牙切齿地转头喊着，一边熟练地跨过地板上散落的电线和各种垃圾，仿佛在玩跳橡皮筋游戏，几乎不需要低头看。

"舞者，"马普尔小姐大胆地说，"他们的脚似乎有一种第六感。我记得，在战后我遇到过一个年轻女子——她说，她在跳舞时练就了反应能力，因此运营茶餐厅时从来没被碎石绊倒过。"

塞雷娜捡起假发，走向马普尔小姐，感激地低头看了老妇人一眼，然后将做旧的黑发挂在钩子上，旁边是其他各种人造发片。

"大部分内容我都没听懂，但是你说的对：我接受过多年训练，在舞台上能够自然地绕过任何可能绊倒我的东西。我在跳舞时不论向前或者倒退都能做到，躲避演员败类时也能做到。"

朱妮叹了口气。"我相信你。如果有机会，你一定会掐死他，直到他闭上眼睛为止。你为人一丝不苟，不是那种听天由命的人。"

听到她的赞扬，塞雷娜笑着说道："谢谢你，朱妮。无论发生什么，与一个能看到我优点的人合作都是件愉快的事。"

朱妮又叹了口气，转身走向布景师和替补演员。"那你们两个呢？埃斯特尔，你的那些剪刀可以很轻易地剪断电线。"

埃斯特尔哼了一声，说："朱妮，你一定是疯了，怎么会认为我愿意冒着生命危险去干掉这两个人中的任何一个。"她猛地抬起下巴，朝着卡尔俯卧的身体和塞雷娜示意。

塞雷娜恍然大悟地小声道："我？"

埃斯特尔的表情缓和了下来。"这是你的更衣区。如果那个小陷阱是为谋害任何人准备的，那肯定是你。"

所有人的目光都转向了替补演员。这个年轻女子一头黑发，浅棕色的脸颊上布满了雀斑。马普尔小姐希望此事与她无关，她虽然已经成年，但人生才刚刚开始。看到年轻人为了谋杀而毁掉自己的未来，几乎比看到有人丧命更糟糕。总会有其他解决办法的。

"维拉……"，塞雷娜的声音表明她这天晚上第一次真正受伤了。

"不是我，"维拉说，她褐色的大眼睛里立刻充满了泪水，"我爱塞雷娜，我崇拜她。你们都知道的。至于卡尔……他一直在纠缠我。他一直对我说，如果我只是……帮他一个忙，他会还我一个人情。他会助我一臂之力。"年轻女子的眼里突然浮现出一股凶狠。"但如果我想伤害他，我不会费劲做这一切。布置这个陷阱？直接把他推到地铁前面，岂不是更干脆利索？现在我像什么样子？"

她懊恼地摇了摇头，马普尔小姐笑了。这个女孩很年轻，但她的头脑很清晰。

"所以这是一个意外，"雷蒙德说，终于摸了摸卡尔的脖子上的脉搏，"这是一座改建的工厂，所以到处都是电线，这似乎足以证明他只是运气不好。工厂和剧院里总会有不测风云。"

有人想杀卡尔，雷蒙德并不感到奇怪；像卡尔这样的人，他见过很多，也从琼那里听说过很多次。和他应得的下场相比，触电已经足够温和了。然而，由于意外触电而取消演出是一个很棒的宴会谈资；但如果因为谋杀而取消演出则会成为最低级的坊间传闻。

"那更糟糕了，"朱妮说，"谁应该为这起事故负责？剧团。我们努力搭建的这一切……我们所有的辛勤工作……这不公平！"

"警察不应该到了吗？"琼问道，"起码迈克尔应该回来了。"

"只要卡尔打个响指，他就会忙得上蹿下跳。我很惊讶他居然没有亲自送卡尔去医院。"埃斯特尔说。

"哦。哦，我明白了，"马普尔小姐说，用手指轻轻地抚摸着外套，"不完全一样，但又极其相似。奈史密斯。"

雷蒙德抬头看着姨妈，内脏恐惧地揪成一团，他有种熟悉的感觉。"你不会认为这是个意外吧？"

马普尔小姐环顾四周，露出沉思而平静的表情。"是的，我是这么觉得，但不是其他人想象的那样。"

"你的姨妈是灵媒吗？"塞雷娜重新饶有兴趣地看着老妇人。"这就是你之前去金贝尔斯的原因吗？你知道的，你在那里把桌布递给了我……"

"不，不，我从来不信那种事。我们刚才的邂逅只是当前这个不愉快局面的一个愉快前奏。"马普尔小姐叹了口气，"可是……奈史密斯。史密斯先生在牧师住宅问题上被否决后，他让大家都认为投了反对票的是奈史密斯，但其实是他自己。有些人觉得他不喜欢奈史密斯先生，不清楚具体原因，也许只是因为觉得'奈'字让他的姓氏受到了侮辱？但我一直认为史密斯先生反对牧师住宅的修建计划，而奈史密斯先生只是个替罪羊。"

"我不知道你在说什么。"塞雷娜迷茫地说。

"我也是。"埃斯特尔补充道。

"我……认为我刚听懂一点。"朱妮·普林斯说，向卡尔·德沃走近了一步。

"在投票结果对他不利之后，史密斯先生甚至更离谱地声称奈史密斯先生挪用了教会资金，"马普尔小姐继续说道，"你们看，这都是谎言。事实上，史密斯先生曾经试图购买牧师住宅重建选址的土地，但目的是盖新房。我认为这些人中有人入伙了新房开发。不论选在哪里，新房总要开发。"

"开发？"维拉问道，马普尔小姐带着歉意摇了摇头。

"哦，没关系，亲爱的。揭破谎言需要一些时间，但奈史密斯先生在其他尊重他的人眼中名誉扫地，大家再也不相信他没有做错任何事。这一切都很不体面。"

"起来，卡尔，"朱妮说，用鞋子轻轻地踢他，然后越来越粗暴。"马上起来，不然我真拿带电的电线抽你，我会跟他们说我只是要帮你做心脏复苏。"

卡尔一动不动……然后慢慢地翻了个身，睁开了眼睛，炯炯有神。这场恶作剧是如此不合情理，以至于接近变态。塞雷娜又叫了起来，但比她最初的尖叫声低了很多。朱妮双臂交叉在胸前。"乔治说你想支持我们，但我总觉得你缠着要参与这部作品就有些不对劲，其实你没有被列入黑名单。你是个内奸，一个挖我们墙脚的内奸。"

卡尔抬头看着朱妮，对她报以胜利的微笑。他又回到了魅力四射的状态。"哎呀，朱妮，谁会相信这种胡话？谁都不会，就是这样。"

"你到底什么意思？"雷蒙德问道，不知道是该松一口气还是该感到不安。

"我的意思是，他一直在破坏这出戏。我们排练这部戏的方式不被认可，合作的演员也上了黑名单。卡尔除外。"朱妮沮丧地摇了摇头，"他的所有傲慢行为，提出的那些降低戏剧质量的要求，并且试图激怒塞雷娜，只是为了确保我们的戏砸锅。他在陷害我们。"

"他的假死也是计划之中的吗？"维拉问道。

卡尔摇了摇头，认真地说："我无法假装死亡。我是卡尔·德沃。"

朱妮叹着气说："但八卦小报最喜欢报道阴谋诡计。由列入黑名单的共产主义者经营的剧院是一回事，但这个剧院差点害死全美宠儿卡尔·德沃，这对我们的职业生涯来说将是真正的终结。"

马普尔小姐点头表示同意。"迈克尔这么快就跑了出去，在这之前我差点儿就相信了。他走得太快了，都没来得及检查发生了什么。他用灯板制造了卡尔被电死的假象。然后他假装跑出去打电话，但他实际上要找其他同党来共同做戏。"

"你是怎么想出来的，简姨妈？"琼问道，"你才第一次见到这些人。"

"我刚才说过，今晚我们在外面只碰到了一个流浪汉。"马普尔小姐走到挂着假发的地方，指着胡子道具，从里面拔出了一根灰色的鸽子羽毛。"我今天早些时候遇到了塞雷娜，显然还有迈克尔。他打扮成了一个无家可归的人。我们到达这里后，我就认出了他。但我以为他的罪行是假扮流浪汉，而不是监视塞雷娜。"

她考虑着是否要说出被他搭救的经历，但认为那与眼前的情况无关。

"有人为他的监视行为提供了重金酬劳，就是给乞丐的杯子里塞了很多钱的那个'好心人'。迈克尔向卡尔报告了他看到的情况，这就解释了卡尔为什么知道这件衣服。他一定是借此想到了激怒塞雷娜的方法，同时也要让演出彻底脱轨。"

"你是说改编我的剧本是美国政治阴谋的牺牲品？"雷蒙德惊呼道，听起来完全没有被这个想法所打击。"这将让整个英格兰文学界为我举杯庆祝！"

"如果有人相信你的话，"卡尔说，自己站了起来，因为没有人提供任何帮助。他冲着衣服蹭上的灰尘做了个鬼脸，然后抬头用冰冷的眼神看着朱妮。"我这就走。我敢肯定，一旦宣布我不再是主角，这部戏就会宣告失败并迅速被人遗忘。它的宿命仍然是死亡，只不过动静会小一点。"

"你不能就这么一走了之。等警察来了再说！"维拉说。卡尔拂了拂裤子。

他笑了。"我没有做任何违法的事，亲爱的。也许如果你等到我在医院装病失败时才弄清楚这一切，你可能会给我定个滥用公共服务的罪名。但既然你没有……"

就在这时，迈克尔带着两名医护人员冲了回来。这三个新登场的人跑进来时带着紧张的神色，都表现得堪称英勇。但等他们看到现场，就立刻变了态度。

"露馅了？"迈克尔痛苦地问道。卡尔点了点头。

就这样，卡尔、迈克尔和假冒的医护人员径直离去；这件事戛然而止，让马普尔小姐大吃一惊，心情再度兴奋起来。

塞雷娜、埃斯特尔和维拉凑在一起，讨论着刚刚发生的事情。朱妮·普林斯离开后台去寻找卡尔的替补演员，并开始联系乔治·斯特普尔顿。

"我很高兴你说服我和你一起来了美国，"马普尔小姐高兴地说，"多么美妙的夜晚。"

"你为什么精神这么好？"雷蒙德问道。

"因为，亲爱的雷蒙德，我让一起没有死亡的谋杀案水落石出，"马普尔小姐说，好像答案应该显而易见。"纽约真的是一座连最疯狂的梦想都可能成真的城市。"

死亡解织

娜塔莉·海恩斯（Natalie Haynes）

"我不知道这是怎么回事,"苏珊·戈丁盖说,"如果这会儿还不开门,那么这家小杂货店还有什么存在的意义呢?"

马普尔小姐严肃地点了点头。"嗯,是的,"她说,"但我相信韦弗太太早上会开门的。"

"你看见了吗——"苏珊突然停下,盯着她们周围的桌子。可是,在这个秋雨绵绵的日子里,茶室里好不热闹,根本无人偷听。"那场斗殴?"

"哦,哎呀,我没看到,"马普尔小姐回答,"我是听弗洛伦丝说的。她又是听威廉姆斯说的,当时他在送信。"

"所以他看到了?"

"哦,是的。"马普尔小姐举起杯子,浅尝了一口。她把杯子放回碟子里,稍微倾了倾身子。"他目睹了整个过程。农夫和他的新猪倌到达广场时正好三点整。他很确定这一点,因为他同时听到了钟声和猪叫的声音。"

苏珊皱了皱眉,但没有打断她。她和马普尔小姐已是多年好友,她知道,马普尔小姐讲的故事无法打断。

"赛姆进了肉店,让他新雇的猪倌负责看管猪群,我确定那个人叫马丁。威廉姆斯告诉弗洛伦丝,马丁当时正在非常平静地等待赛姆。猪也老老实实的。"

苏珊皱了皱鼻子。她一直觉得猪这种生物很招人厌,它们锋利的牙齿就像陶瓷碎片。

"马丁没有惹什么麻烦,直到韦弗先生从店里出来要赶他走。"

"真奇怪!"苏珊说,"赛姆没出来,马丁就没法离开,不是吗?"

"对,亲爱的,"马普尔小姐回答,"但是马丁不肯走,韦弗先生就有些激动,开始大喊大叫。"

苏珊扬起眉毛。"他平时很安静的!"

"你知道的,我不喜欢批评一个经历过战场腥风血雨的人,"马普尔小姐说,"但威廉姆斯对自己看到的事非常确定。他说,即使韦弗在大喊大叫,马丁还在努力保持冷静。他一直在紧张地盯着肉店,但威廉姆斯不清楚他是害怕赛姆会出来,还是害怕他不会出来。你明白我的意思吧?"

苏珊点了点头。"这个可怜的人,"她说,"他一定是担心丢了工作。"

"是的,"马普尔小姐说,"弗洛伦丝说他是一周前才被赛姆雇用的。所以难怪他会着急。但我不知道这是否可以解释……"她的声音渐渐小了,皱起了眉头。"我真的不确定事实是否如此,你知道的。"

"然后发生了什么?"苏珊问。

"威廉姆斯说韦弗先生举起了拳头,"马普尔小姐说,"马丁往后退了一步,被路边的石头绊倒了。"

"哦,天啊!"

"是的,"马普尔小姐点点头,"所以等到赛姆出来时,那个可怜的人已经仰面躺在猪群里了,韦弗先生也开始对赛姆大喊大叫。"

"天哪!"

"从某种意义上说,还算走运,"马普尔小姐继续说,"因为这意味着赛姆看到了马丁不是过错方,他因此直接指责了韦弗先生。"

"我明白了。"

"但是,后来马丁从人行道上跳了起来,开始对着韦弗先生的脸挥舞棍棒。威廉姆斯说,他已经被激怒了。马丁摔倒后,猪在广场上四处逃窜,他需要别人帮忙才能把猪群追回来。而赛姆对韦弗先生大发雷霆。考虑到这些因素,马丁的工作肯定保不住了。"

"多弗警长就是在这时候到了?"

"正是。"

"我还是不明白钟声是怎么回事?"苏珊说。

"好吧,当三头猪从他身边跑过时,钟表响了三声,"马普尔小姐说,"这就是威廉姆斯对时间如此确定的原因。"

"多弗说了什么?"苏珊问道。

"好吧,他已经准备好抓马丁去警察局过夜了。但赛姆说服了他,这个可怜的人几乎没犯任何错误。所以,最后多弗让他们把猪群带回农场,并告诉韦弗先生,再为广场上的牲畜烦心时就直接去找警察。"

"好吧,闹剧这就结束了。"苏珊说。

马普尔小姐皱起了眉头。"也许吧,"她说。

但是第二天早上,韦弗一家还是没有开门。广场上挤得杂乱无章的小商店全都关门闭户。警察来寻找用以杀死马丁的凶器时，一整排商店都锁着门。马丁的尸体是在黎明时分被送奶工发现的。当时，他棕色的眼睛布满云翳，空洞又徒劳地睁着。起初，他们认为这个老人一定是死于与韦弗争吵的压力。有人怀疑他摔倒时是否将头撞到了杂货商店的石阶上。最底层台阶的边缘有一小块深色的污渍，多弗确信那是血迹。

但是，医生检查了他的后脑勺，没有发现伤口——甚至连一个肿块都没有。而且，他们把尸体翻过来时，他的死因就显而易见了。他的胸口插着一截断箭的箭杆。

苏珊觉得没必要等村里的电报，她可以亲自把那个男人的死讯告诉简。为了给自己一大早打电话提供理由，她用蜡纸包了几块岩石蛋糕，匆忙之下连麻绳都没绑紧。由于她在教堂里插花，错过了前一天的人猪大战。说实话，这已经够糟的了。所以只要她还能想起来，就不想被排除在村里最不寻常的事件之外。她知道自己应该去牧师寓所讨论唱诗班的排练，但她相信，如果上帝对她以他的名义所做的努力感到满意，仅仅缺席这一次教会聚会肯定会得到赦免。如此一来，她就可以享受与简谈论这桩谋杀案的乐趣了。如果上帝不喜欢昨天插的大丽花，她可以在其他不发生这种大事的日子补救。

她匆忙上山，笨重的步行鞋随着她的脚步吱吱作响。但当她转过弯时，她看到邮递员威廉姆斯已经骑着自行车下山了。他欢快地向她挥手，她咬牙切齿懊恼地回应。这个男人除了充当简的私人信使，应该也在送信上花了一些时间吧？她边走边想，纸一般的树叶在她脚下嘎吱作响。从送邮递员出门的女佣那里得到消息，这是典型的马普尔小姐风格。如果村里没有邮递员,她绝对会认识一个有个邮递员至交的园丁。不管以什么方式,消息总会传到马普尔小姐那里。

"哦!"马普尔小姐说,苏珊匆忙地走进客厅。"这是你那美味的岩石蛋糕吗,苏珊?你真好。"

苏珊微笑着把包裹和帽子、外套一起递给女仆弗洛伦丝。

"你太坏了,简。你已经从威廉姆斯那里听说了,不是吗?"

"关于死人的事?多么可怕啊。据说现场还发现了弓和箭?"

"没错。"苏珊决心要提供一些权威信息,"在上来找你之前,我和多弗警长谈过了。"

"箭是被人为折断的吗?"马普尔小姐问道。

"是的!"苏珊说,"多弗以为是他摔倒时身体压断了箭,但他们并未找到那支箭剩余的部分。"

"我知道了,"马普尔小姐说,"这确实让事情变得更加复杂了。"

"太疯狂了。谁会射杀了一个人,然后还过来把箭收走?"

马普尔小姐缓缓点了点头。"到底是谁呢?"她喃喃自语。

多弗警长认为,答案很明显。猪倌几天前才来到这里,没人知道他的来历。赛姆说他敲了门,主动提出只要管一日三餐,能有个干燥的谷仓落脚,就可以为他干活儿。农夫正缺人手,虽然他通常并不信任陌生人,但他的狗对马丁表现出了不同寻常的喜爱。他到达时,这只狗已经从院子里狂吠着跑了过来;但等狗跑到他身边,他伸手挠了挠狗的耳朵,狗就开始对他摇尾巴,好像见到了老朋友。赛姆通常很信赖狗的判断,所以就相信了马丁。他不爱闲聊,所以他对这个陌生人的了解并不比其他人多。

多弗警长的调查从杂货店开始，也在这里结束。他带着歉意，委婉地向韦弗夫妇问话：他们在村里很受欢迎。正如马普尔小姐前一天所说，他们经历了一场硬仗。韦弗先生报名参军时满腔热血，但有些迟疑，因为他太老了，视力很差。多年来，韦弗太太一直独自经营这家商店，独自把儿子埃里克养大。她的店里供应了羊毛梳理机、缝纫机等很多当下的稀缺品。但她从不抱怨自己孤立无援。她很务实，也很善良——正如苏珊所说，她总是为顾客留足了毛线，这样她们就可以等到每周发了工资就去买一团毛线，攒够之后便可以织出一件毛衣。马普尔小姐也认为这是优秀店主的标志。

与此同时，韦弗先生参加了海军。起初，他的捷报接二连三地传回村里：他参加了很多战斗，且从来没有受过重伤。但后来，村民们也震惊地接到了他的死讯，而且不止一次。随着时间的流逝，一切又恢复平静。没有人喜欢对韦弗太太刨根问底，因为坏消息总是比好消息传得快，而没有消息往往是最残酷的。很多人猜测韦弗先生正在参加法国保卫战，还有人说他在北非打仗。几乎所有参军打仗的村民都有消息传来，唯独韦弗先生再无音讯。

战争胜利后，参军的人们陆续荣归故里。当然，并非所有人都回来了：有许多人当场阵亡，有些人伤重未能生还。但是，每个人都有了音信，只有一个人例外：韦弗先生失踪了。年复一年，韦弗太太继续经营着店铺，大家对她的丈夫失踪的事避而不谈。直到有一天，韦弗先生突然回来了。苏珊回忆道，当时她上山去给马普尔小姐送了五团毛线。面对他的归来，韦弗太太惊喜交加地大喊起来，打破了这个村子静谧宜人的氛围，成了轰动一时的事件。

"你还记得吗，简？"苏珊问道。马普尔小姐正在核对每团毛线的色号，确认全部无误后点了点头。

"还记得什么，亲爱的？"她说。她的鼻子上架着眼镜，因为她刚刚在查询样式。她织过很多次这种婴儿毯，但她仍然喜欢重新确认每个重复的图案所需的编织针数。

"你还记得韦弗太太与她丈夫久别重逢的场面吗？"

"我当然记得，"马普尔小姐说，"那个场面让人难以忘怀。"

苏珊笑了笑。"你还记得她有多么开心吗？她高兴地尖叫着，手里的一大篮子布料都掉在了地上。"

"哦，你是这么认为的吗？"马普尔小姐拿起她的编织棒针检查尺寸。

"你都说了你也记得！她那喊叫声，真的是太高兴了。"

马普尔小姐抬起头来，眉头紧锁。"我只记得，那个可怜人已经筋疲力尽了。他看上去已经奔波了好几个月。"

"应该是好几年，"苏珊同意道，"与他的战友并肩作战、同吃同住了这么多年，最后却孤身返乡，这对他来说一定很艰难。他看起来很迷茫。"

"他看上去确实如此。"马普尔小姐说。

"我觉得他一定去过很多地方。"苏珊为自己的想象力感到自豪。

带着善意和好奇，村民们对这位失散多年的邻居返乡报以欢迎态度。只有孩子会直言不讳地问韦弗先生这些年都去了哪里。但他们并没有得到任何回答，除此之外，他们还会被身边的大人惩罚扇耳光。韦弗先生无神的眼睛不言而喻：无论他去过哪里，这段经历都无法分享。韦弗先生返乡之后，如果杂货店在他们夫妇二人的共同打理下能比韦弗太太独自经营时更为安静，村民们也许会乐于见到这种场面。

但是，在接下来的几天里，村民们开始窃窃私语，揣测多弗警长的动向。广场闹剧的多个目击者都认为先挑衅的是韦弗先生。由于除了与赛姆有简略交流之外，其他人均否认与马丁有任何关系。多弗别无选择，只能来到杂货店调查问话。

这次问话只有警长、随行警员和韦弗夫妇在场。然而，有关细节立马就在村子里煞有介事地传开了。

"在本周之前，你认识马丁吗？"警长问。他圆圆的脸有些发红，低头看着警员的笔记本，避免与任何人有眼神交流。警员用大写字母写下"韦弗"，然后在下面画了两条横线。

韦弗摇了摇头。

"他怎么惹得你这么生气？"

韦弗耸了耸肩。"我想听到回答，先生。"警长不悦地说。他更习惯于解决邻里纠纷，或者帮助寻找失踪的猫。他从未想过处理谋杀这种事。他等待着，希望杂货店老板能主动开口。

"我想让我感到愤怒的是那个混乱的场面。"韦弗说。他听起来筋疲力尽，两个警察都无法想象他能大喊大叫。但多弗自己也听到了那场吵闹，而且也看到了吵闹的直接后果。他打算速战速决。

"那只是几头猪，先生。"

"他不应该把猪群留在我的店门口，"韦弗厉声说，"这会影响我的生意。谁会愿意先穿过农场才能进店？"

"这个问题经常发生吗？"多弗挑了挑眉。赛姆每年最多把他的猪群带到城里两次至三次。

"这不是重点,"那人回答。他的额头上冒出了汗珠。"如果我的顾客想养猪,他们不需要到我的店里。"

"所以你让他走开?"警长问,"他拒绝了?"

"是的,"韦弗说,"而且他的反应很无礼。"

"怎么说?"

"他说他想见我妻子。"

"你的妻子,先生?他要见你妻子干什么?"

"我不知道,"他回答,"我没有问他为什么想和我妻子说话。我告诉他别来我这里耍流氓。"

"我明白了。你妻子会知道他找她有何企图吗?"

韦弗先生怒目圆睁。"你为什么不直接问她?佩妮,佩妮!"

韦弗太太很快出现在门口,警长知道她肯定一直在门后偷听。

"请原谅,夫人,"多弗说。他认为最好假装韦弗太太到目前为止什么都没听到。"我们想知道,你是否清楚死者为什么要找你说话?"

韦弗太太仪态端庄,乌黑的长发编成发髻,紧紧地盘在脑后。她明亮的蓝眼睛带着谨慎,但多弗依稀记得她年轻时笑意盈盈的眼神。韦弗奔赴战场时,他们的儿子尚在襁褓中。现在他已经二十岁出头,已成为当地学校的初级教师了。所以,也许他从她的表情中看到的不是谨慎,而是饱经风霜后的疲惫。

"你问我吗?"她的声音抑扬顿挫,"我怎么会知道,警长?"

多弗一时语塞。"我……我们……我以为你认识他。"

"不,"她说,"我不认识。"

"他以前来过这里吗?"警察绝望地问。令他惊讶的是,她脸上的情绪闪过一丝波动又旋即消失。"没有。"她说。

但他知道，她这次在撒谎。

马普尔小姐略微挑起眉毛，女服务员终于冲了过来。苏珊点下午茶时极力控制不发火，因为她足足花了五分钟才引起服务员的注意。马普尔小姐把披肩裹得更紧了一点：顾客们进进出出，一直有人在开门。

"我从来没见过这里这么忙！"苏珊说着，在座位上转过身来，想看得更清楚一些。"我们很幸运能有桌子可坐。而且这些人几乎有一半我都不认识。"

马普尔小姐点了点头。"我猜可能是案件侦查引起了报社的关注。"她说。

苏珊瞪大了眼睛。"谋杀案吸引来的游客！"她嘶吼道，"是这样吗？"

"我想他们可能是，"马普尔小姐回答，"是的，当然有这个可能。"

"侦查结束后，他们会离开吗，简？我不喜欢这样。"

"他们可能会离开，"马普尔小姐回答，"是的，只要警长逮捕了嫌疑犯，他们就会离开了。"

"逮捕？他要逮捕谁？"

"当然是韦弗先生。"马普尔小姐说。

"哦，不！"苏珊把手放在胸前，动作幅度过大以至于她戴的珍珠项链都弹了起来，"不可能是他。"

"不可能是什么，亲爱的？"

"他不可能谋杀那个猪倌。"苏珊低声说。她不想让别人认为自己也是被谋杀吸引来的游客。

"不,他没有杀任何人,"马普尔小姐说,"你都看到了,这个可怜人连一只苍蝇都不会伤害。狗叫声都会让他发抖。"

"可是你说……"

"我说他会被逮捕。但凶手当然不是他。那个人是被弓箭杀死的,这是很有戏剧性的杀人方法。"

"我知道。"苏珊说。

"韦弗先生一直在打哆嗦,亲爱的。他从战场上回来之后就这样。"

"是吗?"

"是的。这就是为什么称重和裁剪布料这些活儿必须让韦弗太太来做。"

"但死者不是被捅死的,也不是被秤砣打死的。"

马普尔小姐承诺般地呼了一口气。"他根本拿不稳弓箭,亲爱的。更不用说瞄准了。"

"那就不应该逮捕他!"

"恐怕是警长希望抓人。"马普尔小姐回答。

和往常一样,她是对的。

晨光熹微,苏珊已经驱车接上了马普尔小姐,这样她的朋友就不必从湿滑的人行道步行去教堂了。蛋糕义卖筹备委员会内议论纷纷,据说多弗警长和杰布警员已经把韦弗先生带走了。大家认为,他们二人一定在战时就认识了,马丁回来是为了解决宿怨——也许还牵扯到韦弗太太。当然,马丁看起来不像是她会认识的那种人,但是很难说。不是吗?如果她不认识他,他为什么点名要找她?为什么韦弗这么生气?除非他知道一些不可告人的事。

马普尔小姐认真地听着每一个疑问和猜测,自己却一言不发。因为她是坐车来的,她便带上了自己的编织活计。苏珊注意到,她织的毯子仅仅略长了一点,进度没有达到预期。

"你的毛线用完了吗,亲爱的?"她问。

马普尔小姐微笑地数着织针上的针脚。"不,我掉了一针,"她说,"而且我发现时已经织了很多行,所以我拆了好几英寸。"

"真令人烦恼,"苏珊同情道。她从未真正理解编织的魅力。"是的,当然,"她补充说,这是对委员会主席说的。威尔逊太太想要安排苏珊准备岩石蛋糕作为这次的义卖品。众人都隐忍不发,教堂屋顶都年久失修了,她本人也从未准备过一两次蛋糕。

"这花了很长时间吗?"她问马普尔小姐,现在威尔逊太太锐利的目光转向了另一个方向。

"编织?是的,亲爱的。但拆线很快。重新织比拆线需要更长的时间,而且……"马普尔小姐突然停了下来。"对,"她说,"我想可能是这样,不是吗?"

"是什么,简?"苏珊和马普尔小姐是多年好友。苏珊明白这意味着她想通了一件重要的事:她的眼神近乎呆滞,好像被催眠了一样。

"但是,这还是无法说明谁是凶手,"马普尔小姐说,"不过这也许会缩小范围。"

"简!"苏珊试图保持谨慎,因为他们所在的这个屋子里,周围的人几乎都认识杂货店主夫妇。所以她赶紧尽可能低声地耳语说。尽管如此,她还是毫不留情地瞪了威尔逊太太一眼。

"你是自愿的吗,苏珊?太好了,谢谢。"

苏珊无力地点了点头,并不知道自己刚刚答应了什么。从其他成员脸上感激的表情来看,她确信自己绝对会后悔。

威尔逊太太宣布会议结束后,苏珊和马普尔小姐慢慢地走到广场上。雨云已经散去,湿漉漉的树叶印在了教堂的小路上。

"我不确定我答应了什么。"苏珊喃喃自语,两人慢慢离其他委员会成员越来越远。

"恐怕是准备学校戏剧上的茶点。"马普尔小姐说。

"哦,不,"苏珊翻了个白眼,"还有多少时间?"

"我觉得是今晚。"马普尔小姐朝她眨了眨眼,"如果你愿意,我可以帮你。"

两个女人在四点整到达学校大厅。一堆破烂不堪的茶杯和茶碟放在搁板桌的边缘,水壶已经烧热。马普尔小姐把碟子整齐地排成一排,苏珊把橙汁混在大水壶里,把饮料倒进纸杯。观众陆续到达时,她们已经为大家准备好了饮品和饼干。

一个英俊的年轻人从舞台幕布后面出现,皱着眉头扫视着学校大厅。在苏珊看来,他比孩子们大不了多少,但穿着学院袍,带着一股威仪。到场观众也许少于他的预期。苏珊朝他挥了挥手,才意识到他是谁。

"简!"她说,"他是埃里克!我是说,是韦弗的儿子。"

"哦,是的,"马普尔小姐说。年轻人不自然地挥手回应,朝她们走了过来。"他在这里教书,不是吗?"

"我们能问他什么?"苏珊喃喃自语道。埃里克走近了。

"没什么可问的。"马普尔小姐坚定地说。她递过一杯茶,埃里克接了过去。

"非常感谢。"他说。他长着浅棕色的头发和栗色的眼睛，左脸颊上有一个小的剃须伤口。苏珊认为他很幸运地遗传了母亲的容貌，结实的下巴和笔直的鼻子都很像她。同样的面部特征让这对母子拥有了与众不同的外形。

"你是在找人吗？"马普尔小姐问。

"在找我的母亲，"年轻人解释道，"她希望观看今晚的表演。"

"我相信她知道你在排练这部戏上花了多少精力。"马普尔小姐说。

他的脸上露出了笑容。"她亲眼见证了这一切！她看着我为剧本和排练时间表争吵了好几个星期。"

"我相信她很快就会到了。"苏珊说。

孩子们现在全都涌了进来：他们看起来多么仪表堂堂啊，苏珊想着。他们的海军西装外套口袋上别着校徽，两两结对走到自己的座位上。

"你的学生都很守规矩。"她说。

他点了点头。"他们真的喜欢戏剧。我发现只要戏剧中充满暴力元素，他们就会很感兴趣。"

"哦，"苏珊有气无力地说，"这次演的是什么戏剧？"

"《埃斯库罗斯》(Aeschylus)"他说，"妻子谋杀丈夫。永不过时。"他朝别处走去，仍然在寻找他的母亲。

"这出戏真现代，简。"苏珊说。

"也许是吧。"她回答。

直到灯光即将变暗时，韦弗太太才出现。她径直从她们的桌子旁边走了过去，没有停顿。尽管脸上还是愁云密布，但她还是想到现场支持自己的儿子。

* * *

直到戏剧到达尾声，苏珊才看懂了不到五分之一。她不禁怀疑还有没有留下的观众，便轻轻推了推马普尔小姐。人们看到韦弗太太在零星的掌声结束之前便匆匆走出了大厅。苏珊试图挥手以引起她的注意，但没有成功——韦弗太太阴沉的目光始终盯着地面。

"我猜，她不想和任何人说话。"苏珊说。她捡出木座椅下面的杯子和碟子，马普尔小姐把它们整齐地堆在桌子上。

"是的，"马普尔小姐说，"我想她一直在努力避免遇到任何人询问。"

"你认为警察审问过她吗？"苏珊震惊了。

"警察审问过她，当然，还有她的儿子。"

"她的儿子为什么要审问她？"

"因为他害怕她做了一件非常糟糕的事。"马普尔小姐说。

"不是谋杀？"苏珊低声说。

"不，我不这么认为。"马普尔小姐把最后一个碟子摞了起来，"也许是一些让他更加难以原谅的事。但是如果足够幸运，她也许可以保守自己的秘密。不过，她的运气一直不太好，不是吗？"

但第二天早上，杂货店的运气似乎终于变好了。韦弗先生被释放，因为有目击者出面证明看到他在案发的时间经过了磨坊池塘附近。虽然在马普尔小姐眼中，他并没有射箭的能力；但即使有，箭也不可能从半英里之外射过来。众人议论纷纷，证人为什么没有早点站出来？到底是谁？警方对闲聊和猜测不作回应，在这种情况下，村民们便自己得出了准确的结论。韦弗先生被一对夫妇监视，他们不想公开这次非法邂逅。尽管如此，他们也不愿意看到一个无辜的人因为他们的轻率行为而被绞死，所以他们分别向多弗警长举证了。

"最奇怪的是，简，我看到了韦弗先生从警察局返回杂货店。"苏珊说，她们正坐在马普尔小姐的客厅里。苏珊的双手撑开，与脚同宽，撑着毛线让马普尔小姐缠成线团。"而且他看起来一点也不开心。"

"哦，有意思。"马普尔小姐把羊毛缠绕得飞快，以至于几乎从苏珊伸出的手中掉了出来。"他看起来怎么样？"

苏珊想了一会儿。"仿佛被什么压得喘不过气来，"她说，"如果不了解事实真相的人见到他，会以为他是要入狱，而不是出狱。"

马普尔小姐并没有放慢速度。"那就和我想的一样，"她说，"他想被捕，因为他在保护某个人。"

"他的妻子？"苏珊把手放低了一些，但缠住的毛线把她的手猛地拽了回来。

马普尔小姐看了看毛线，又看了看织的婴儿毯子。她在光线不足时织错了，于是小心翼翼地拆了第二次。因此，她试着在开头附近放一针，否则重新编织时两头的毯子会坠得太紧。她尽可能小心翼翼地开始复工，以免需要从头再来。

"我确实想知道是不是这样。"她说。

"什么？"苏珊问。

"我认为我们一直想的都是编织，其实应该考虑的是解织。即使是我也没有想到这一点。"马普尔小姐心不在焉地回答。

"解织?"苏珊说,"有这个词吗?"

"当然,有一个简单的确认方法。"随着苏珊手中的线越来越少,马普尔小姐手中的毛线团越来越大。

"确认什么?怎么确认?"苏珊问。

"你看到马丁了吗?"简问。

"是的,那天我在去教堂的路上碰到了他和赛姆,当时他还没有和韦弗先生吵架。"

"那天你离他够近吗?能不能看到他眼睛的颜色?"

"是的。"苏珊说。她绞尽脑汁地回忆自己看到的场景。"是棕色,"她说,"我记得他的眼睛是棕色的。"

"韦弗太太的眼睛是蓝色的,"马普尔小姐说,"前几天我在学校注意到了。"

"是的,没错,"苏珊说,"她穿着那件可爱的深红色连衣裙,衬着她的红棕发色更加明显。"

"我明白了,"马普尔小姐说,"嗯,那改变了一切,不是吗?"

"是吗?"

"是的,亲爱的。我太愚蠢了。我看待这件事的方式一直是错误的。"

"看什么?老实说,简,我确实认真听了你说的每一句话,但你有时好像说的是另一种语言。"

"对不起,苏珊,我不是故意让你费神的。但我看这个问题的角度一直是错误的。如果我没猜错,韦弗夫人将在今天结束之前被捕。"

"不!"苏珊说。

"我们需要和多弗警长谈谈,"马普尔小姐继续说,"否则他会犯一个可怕的错误,我不知道之后会发生什么。虽然我想现在去救她已经太晚了。"

"救她。"苏珊说。

马普尔小姐把线团缠好,扔进了她的针线盒。"请再说一次,亲爱的?"她说。

"救韦弗太太。"苏珊重复了一遍。

"哦,"马普尔小姐说,"我不确定她是否愿意被搭救。我认为她正准备做韦弗先生没做成的事。"

"我不知道可以帮你什么,"多弗警长说。他已经做了很多年的驻村警察。他喜欢这里的大多数村民,即使是那些似乎占据了他大部分时间的人。他确实怀疑过,马普尔小姐搬来她的山顶小屋后,他的工作是不是变得更加困难了。他承认,她是一个模范村民:她去教堂和学校帮忙,时而光顾本地的商店等。然而,不知何故,她的存在使他觉得自己不那么像模范公民了。这太荒谬了,因为他才是警长。但是,老太太穿着整洁的呢子大衣,戴着精心装饰的帽子,双手轻轻地放在包的木柄上,这种气场莫名使他觉得自己像个因为偷糖果被抓的八岁孩子。

"韦弗太太,"苏珊说,"她犯了一个可怕的错误。"

"我倒是觉得你低估了谋杀的严重性,戈尔迪娜夫人。"警长说。

"她没有杀人,警长。"苏珊察觉到他心烦意乱,"这就是我们一直想告诉你的。"

"她已经承认谋杀了。"多弗警长把胳膊肘放在桌子上,双手紧握。"一般来说,承认谋杀的意思就是有人杀了人。"

"啊,但是,你看,她确实犯了一桩谋杀罪,"马普尔小姐说,"但不是能够被捕的那种。"

警察叹了口气,把注意力完全转向了这位白发苍苍的老太太。她似乎很有耐心,从不屈服。"那么,你提到的谋杀是什么,马普尔小姐?"

"嗯,这种谋杀很难定义,不是吗?"马普尔小姐说,"我认为,她在某种程度上协助谋杀了她的丈夫。但只是因为她相信他已经死了。"

"她的丈夫还活着,马普尔小姐,"多弗警长叹了口气,"两天前,他还在我的牢房里。"

"不,警长,恐怕你弄错了。他已经死在了大街上,胸口中了一支箭。"马普尔小姐回答说。

"马普尔小姐,"警察说,"我想你一定是糊涂了。韦弗先生在自家杂货店楼上的公寓里。韦弗太太已经承认谋杀了陌生人马丁。"

"嗯,她当然会承认,"马普尔小姐说,"但她没有谋杀马丁,他也不是陌生人。"

"我很想把他们俩叫到警察局来,向你慢慢地解释这件事。"他说。

"哦,但我认为他们不想来,"马普尔小姐说,"他们的共同生活是建立在谎言之上的,所以我不相信他们会轻易说实话。"

"我有一具被确认是马丁先生的尸体,"警察说,"还有一个已经认罪的凶手。"

"她杀他的理由是什么?"苏珊问。

"她不必给出理由,"警察说,"她承认了。她承认是她向马丁射的箭,她甚至承认折断了箭。"

"她一定没有提供动机。"马普尔小姐说。

警察眯起了眼睛。"她没有。"他说。

"会有一个好心的律师帮她获得自由,"苏珊说,"因为她没有犯罪。"

多弗警长想了一会儿,不再反对。"我们今天下午要去拜访韦弗先生,"他说,"为韦弗太太取一些必需品。如果你们能四点钟到小杂货店,你可以自己去问他们这些问题。"

"我想最好是四点半,"马普尔小姐说,"如果你想让凶手也在场的话。"

警察笑了起来。"他还要先忙别的事吗?"他问。

"是的,"马普尔小姐说,"而且他要到四点才能出发。"

每半小时报时一次的教堂钟声响了两声。马普尔小姐和苏珊沿着台阶来到了杂货店。她们发现韦弗夫妇窘迫地站在柜台后面,多弗警长和杰布警员在一侧旁观。韦弗太太的头发简单地扎在后面,她现在看起来比过去这些年都年轻。

"下午好,"苏珊轻快地说,"我们想知道你能不能回答几个问题?"

"我不知道你想要知道什么,"韦弗太太说,"或者你希望达到什么目的。"

"我想,真相应该能有所帮助,不是吗?"马普尔小姐说。

"你为什么认为我没说实话?"她回答。

"因为我们认为你不是杀人犯,"苏珊说,"简知道是谁干的。"

韦弗太太脸色苍白,扶着她用来够到高处货架的梯子。"是我杀了他,"她说,"我会认罪的。"

马普尔小姐伤心地摇了摇头。"这样可救不了他,"她说,

"他不会让你为他顶罪的。你知道他随时会到这里坦白一切。"

韦弗太太的眼泪夺眶而出,她的丈夫凑过来安慰她。

"现在要招供的是谁?"杰布警官问。警长摇了摇头。

然后,他们身后的门打开了,埃里克·韦弗冲进了商店。

"但是,你怎么知道的,简?"苏珊问道,她们一起坐在茶室里享用着三明治和烤饼,这桩案子已经尘埃落定。

"嗯,当然是因为他不可能是韦弗先生的儿子,"马普尔小姐说,"我是说新来的韦弗先生。我想我们永远不会知道他的真名是什么。"

"你是什么意思?"苏珊给两个杯子加满茶,皱着眉头看着它的颜色。

"埃里克·韦弗的眼睛是棕色的,"马普尔小姐解释说,"韦弗先生,那个新来的韦弗先生,是蓝眼睛。"

"你是说韦弗太太……?"苏珊一脸惊恐,话都说不完整了。

"我的意思是,从战场上回来的韦弗先生和那个之前去打仗的不是同一个人。"马普尔小姐坚定地说,"我想他们是战友。韦弗先生也向多弗警长坦白了同样的事实。他看到了韦弗先生受伤,并且被俘。我相信,战场应该在北非,当时战事已近尾声。他从来没有想到这个人最终活了下来。与此同时,韦弗夫人接到了她的丈夫在战斗中失踪的通知,显然已经在担心最坏的情况。"

"所以那个以韦弗先生的身份回到村子里的人根本不是他?"苏珊问道,"但她一定知道!"

"也许吧,"马普尔小姐说,"但人们都期望战争改变男人,不是吗？"

"是你自己说的，简：他的眼睛颜色都不一样了！"

"是的。但是，如果你是韦弗太太，独自经营杂货店并抚养儿子这么多年，你认为你会问这个问题吗？"马普尔小姐的眼睛炯炯有神，"或者你会直接接受这个站在你面前的男人。他自称是你的丈夫，还主动提出帮你分担生活重担。"

苏珊看起来犹豫不决。"我觉得，我也差不多能想象得到了。"她说。

"那个离开她的男人再也不会回来了，"马普尔小姐说，"或者说，她是这么认为的。"

"所以马丁先生，赛姆的新猪倌，是真正的韦弗先生？"苏珊问道，"可是他这段时间都去哪儿了？"

马普尔小姐摇了摇头。"我想谁都不会知道了，"她说，"无论他经历了什么，一定很可怕，让他回来时变得面目全非。"

"是的，"苏珊说，"不过新来的韦弗先生认出了他，不是吗？这就是他们在广场上争斗的原因。"

"我想是的，"马普尔小姐说，"认出了他，或者至少认出了他身上的一些特征。也许余下的事是他的良心发现了。"

"埃里克·韦弗也认出他了？"苏珊问道。

"我不确定，"马普尔小姐说，"他的父亲离开时，他还只是一个婴儿。我想他从来没有怀疑过回来的是他的父亲。他可能会记得真正的父亲长什么样子吗？"

"但如果他不记得，那他为什么……"

"我想他看到了那场争斗，然后自己得出了一厢情愿的结论。"马普尔小姐说，"埃里克受过教育，他知道蓝眼睛的父亲和母亲不太可能有一个棕色眼睛的儿子。我想，他觉得他的母亲曾经和一个陌生人有染，而多年后这个陌生人回来了，让他的家庭陷入混乱。这就是他打死马丁的原因。"

苏珊把手放在嘴上。"天哪，"她低声说，"他在不知情的情况下杀死了自己的父亲？这太可怕了。"

"当时他惊慌失措，将一切告诉了韦弗太太。当然，韦弗太太接过了箭。她担心上面会有指纹，不知道该怎么办。韦弗先生同意用自己吸引火力，他们希望这个案子因为缺乏证据而被驳回。但是出现了证明他不可能犯罪的目击者，因此他们不得不迅速想出另一个计划。"

"就是韦弗太太认罪的计划？"

"正是。"

"但埃里克不会坐视他的母亲被吊死，对吗？"

"是的，"马普尔小姐说，"我不相信他能做到。他们希望这件案子在法庭上能够败诉。"

"我多么希望我们没有干涉这件事，简。"

马普尔小姐点了点头。"我明白，亲爱的。但没有人可以杀死自己的父亲而不受惩罚，尤其是他父亲没有做错任何事，他只是不幸。"

"你是怎么想明白的？"苏珊问。

"就是解织，"马普尔小姐说，"它让我想起了佩内洛佩，她多年来每晚都会拆她做的寿衣，因为她相信她的丈夫会回到她身边[1]。"

"这世上有什么事会出乎你的意料吗？"苏珊笑了笑。

马普尔小姐摇了摇头。"还没有。"她说。

---

[1] 典故出自《奥德赛》。

马普尔小姐的圣诞谜局

露丝·韦尔 (Ruth Ware)

"所以，亲爱的简姨妈……"电话那端传来了雷蒙德·韦斯特的声音，听上去比平时更具说服力，"你觉得如何？这次我们过一个真正的老式圣玛丽·米德圣诞节？"

马普尔小姐忍住了一声伤感的轻叹。她想，现如今的圣诞节没有哪个能比得上她年轻时候的节日氛围，肯定远胜于和雷蒙德小两口一起挤在她的小房子里过节。在马普尔小姐的童年时代，人们会在圣诞节时燃起壁炉。袜子里装满糖果、坚果和小饰品，烤栗子发出噼里啪啦的响声。那时的圣诞晚宴足以和亨利八世的宫廷宴相媲美。牛排、火腿、火鸡、烤土豆、煮土豆和圣诞布丁，琳琅满目，应有尽有。

杂乱无章的乡间小屋里挤满了与她同龄的孩子，还有来自四面八方的亲戚长辈。遗憾的是，现在他们都已经过世了。那时他们玩的游戏在现代的父母看来都太危险了。她最喜欢的是擒龙游戏，要从盛有燃烧的白兰地的盘子中迅速拿走燃烧的葡萄干。这个游戏非常有趣，孩子们尖叫连连，还有可能会烫伤手指。她记得，清除儿童房地毯上的燃烧痕迹给可怜的女仆带来了很大的麻烦。

与雷蒙德和琼一起过圣诞节无疑会非常愉快。他们可能会听听音乐，和班特里一家打桥牌，畅饮鸡尾酒——但真正的老式圣诞节并非如此。

"当然，如果嫌麻烦的话，我们可以去酒店过，"雷蒙德补充道，"我听说萨沃伊发过很不错的圣诞节广告，但琼不太赞成。我想也许你会希望我们来家里陪你？"

"哦，我不应该奢望让你做这样的事。"马普尔小姐说，对这个建议有些震惊。"酒店固然有他们的优点，亲爱的雷蒙德。但琼说得很对，酒店不适合圣诞节。想想要浪费多少钱吧。不麻烦，我非常欢迎你和琼来我这里，很高兴有你和琼的陪伴，这样你家的下水道也能修好了。但我必须提醒你，这里到时会非常安静。"

"正好医生要求琼静养，"雷蒙德高兴地说，"我的小说快写完了，琼……嗯，琼最近身体有些不适，所以她应该会希望来看看圣玛丽·米德老家的湖水。到乡下散散步，呼吸新鲜空气……如果你确定，我们会在二十二日那天去你家。"

"期待你们的到来。"马普尔小姐如实说。

"所以现在有七个人了。"班特里太太对她的丈夫说，放下电话听筒，数着手指。"不对，六个。不对……第一次是对的。是七个；包括咱们俩的话，就是九个。"

"你在说什么？什么六个七个的？"班特里上校的声音从早报后面传来。

"会有七位客人来吃圣诞晚餐。我得告诉厨师订一只大点儿的火鸡。或者你会不会觉得订两只小的会更保险，以防人数再增加？"

"七个人？"她的丈夫把报纸折好，盯着她，一头雾水。"你什么意思，多莉？你邀请了七个人来过圣诞节？你是被什么附身了吗？"

"亚瑟，我还要跟你说多少遍？我们已经讨论过这个问题了。你和你的朋友达什伍德少校一起去打松鸡时，邀请了他们一家来做客，你不记得了吗？"

"算不上朋友。"上校有些暴躁地说。他的妻子继续说着，好像没有听到他说话。

"然后他们问是否可以带上他们的外甥罗纳德。我邀请了简·马普尔，现在她的外甥和外甥媳妇也要来和她一起过圣诞节，因为他家的排水管还是电出了问题，我不太记得了，所以我也不得不邀请他们。"

"哦，可恶，多莉。不是那个姓韦斯特的小伙子吧？写可怕小说的那个？"

"是的，你要对他有礼貌，亚瑟。我不明白你怎么会觉得他的书可怕，你又不看小说。"

"好吧，我还是没明白这怎么会变成七个人，还是只有六个。"

"还有亨利·克莱瑟林爵士。"

"哦。"班特里上校稍微平息了怒气。他喜欢亨利爵士，他曾经是苏格兰场警察局局长，为人传统，餐后喜欢抽烟，不太健谈，与班特里上校志同道合。"哦，对了，我忘了。好吧，他没事，但我们真的要忍受其他人都住在我们家吗？"

"他们不会住在我们家，亚瑟，至少不是所有人。雷蒙德和他太太都会住在马普尔小姐的小屋里，他们只是在圣诞节来几天。至于达什伍德一家，这可怪不着别人，这是你自己的错。我没有邀请他们。"

"嗯，这件事很奇怪，"班特里上校拿捏不定地说，"我不太清楚我中了什么邪。我当然没打算邀请他们，如果你明白我的意思。但是达什伍德少校友好得让人招架不住，不知怎么，就说到了圣诞节这个话题。我就习惯性地伸出了热情好客的手，你不知道吗。"

"不，我不知道，亚瑟，我又没在场。我只知道你惊慌失措地打电话问我们圣诞节还能不能再多两个客人。然后就是这样了。现在，"班特里太太站了起来，抚平裙子上的皱褶，"我最好去把这个消息告诉厨师。我只希望我们还来得及向福伊特再订一只火鸡。"

"您招待得真是周到，班特里太太。"琼·韦斯特又说了一遍。她搅拌着鸡尾酒，仰慕地环顾戈辛顿庄园的客厅，视线从炉膛里熊熊燃烧的火堆移到地幔上拖曳的冬青和常春藤。"这是一个真正的老式圣诞节。还有这么可爱的圣诞树。"

"柯林斯今年超常发挥了。"班特里夫人说。她把针线篮放在一边，满意地看着客厅角落里高大的挪威云杉。"他是我们的园丁，不过现在他更像是一个运营总监。我们不得不聘请一位新的助理园丁伯蒂·芬奇，因为可怜的柯林斯已经挖不动了。但伯蒂有点……"她停了下来，引起了马普尔小姐的注意。她咳嗽了一声然后说："好吧，无论如何，乞丐没得挑，我只能说我们对他的工作没有任何抱怨。现在这段日子很难招到员工，而且我们确实有很多花园。"

琼顺着她的目光望向客厅的窗户，毫无疑问，草坪非常广阔。"哦！又下雪了！多么完美。"

白色的雪花飘落在厚厚的积雪上，积雪像毯子一样覆盖了露台上雕塑般的紫杉树和用麻布包裹的玫瑰丛。

"一个白色圣诞节,"雷蒙德苦笑着说,"和明信片上俗套的照片一模一样。"

"是的,亲爱的,风景如画。"马普尔小姐平静地表示赞同。她坐在火炉旁的一张高高的扶手椅上,戴着蕾丝帽和手套,这个老太太的打扮是十足的维多利亚时代风格。她的腿上堆着正在编织的雪白物件。"不过对汽车司机来说很不方便,我经常听人这么说。"

"可恶,对每个人都很不方便,"达什伍德少校插话说,"我在广播中听说从伦敦出发的火车线路被封锁了。看来我们很难能在下雪之前赶回去了。"

"希望我们不会被困在这里,卡尔顿。"他对面的女士瞪大了蓝色的眼睛说。达什伍德太太是一个三十岁出头的漂亮女人,看上去相当茫然。她的五官很生动,但脸上毫无表情。现在,她的眼睛睁得大大的,就像一个瓷娃娃。在琼看来,她的眼神带着些哑剧中的惊慌。

"别担心,埃斯梅,亲爱的,"她的丈夫拍拍她的胳膊让她安心,"我们不用着急赶回伦敦,亚瑟和多莉不会把你扔到雪地里去的,哈哈!"

"你在说什么?"班特里上校说,正在向火堆里清理烟斗的他抬起头来。"把你们扔到雪地里?怎么可能,不会出这种问题。"

"亚瑟!"班特里太太的声音从房间中央响起,她正站在吊灯上悬挂的一大束槲寄生下,"我已经在这槲寄生下站了十分钟,等着你能注意到我。"

"好吧,这可不绅士!"达什伍德少校说着,放下威士忌和苏打水,英勇地站了起来。"我可以吗,班特里太太?"

班特里太太凑过来她那擦过粉的脸,在马普尔小姐看来,她似乎很不情愿。达什伍德少校在她的脸上吻了一下，然后鞠了一躬。

"太迟了，班特里，你在做什么！"少校笑着说着回到座位上。

"轮到我了，雷蒙德。"琼说。她将酒杯放在鲜红色的圣诞花旁边，走到布景下。她的丈夫微笑着站起来去配合她。

"当然，这个习俗根本不是基督教的。"他说着亲吻了妻子的脸颊，"还好牧师不在这里，我不确定他会怎么看待这些旧神遗留的痕迹。你们的这些有趣的圣诞习俗。"他朝房间里的人挥了挥手——包括班特里一家、达什伍德夫妇和他的姨妈："基本都没什么基督教含义。事实上，他们是披着羊皮的督伊德教狼。这些冬青和常春藤在北欧神话中代表着生育、植物崇拜和万象更新。在槲寄生下接吻的习俗曾经和大地有关[①]，这种含义到现代已经淡化了。"

"哈，慢着，老兄！"达什伍德少校无礼地大笑着说，"别吓着女人和孩子，行吗？"

"我认为你的外甥没有听我们说话，达什伍德少校，"琼说，向房间的另一边点头示意，罗纳德正坐在那对着一本书昏昏欲睡，"他看上去已经沉浸在自己的书里了。就我自己而言，我是一名艺术家，我向你保证，几个北欧神可吓不倒我。"

"哦，可是你结婚了，韦斯特太太，"达什伍德太太插话道，意味深长地瞥了马普尔小姐一眼，"这还是有区别的，不是吗？我怀疑亲爱的马普尔小姐不会习惯谈论……什么来着？北欧的

[①] 在北欧神话中，土地上生长的任何植物都不能伤害光明之神巴德尔（Baldur），但槲寄生不是从地里长出来的，而是寄生于树枝上，因此成了杀死巴德尔的唯一武器。巴德尔的死去导致严冬降临。

生育仪式？"

"哦，好吧，"马普尔拿起一根针喃喃道，"我不这么认为……我的意思是，在村里生活的人并不会像外界想象的那样闭目塞听。生育……出生……我可以向你保证，这些在圣玛丽·米德是很常见的事。就在前几天，克莱德太太的女儿朵拉……不过……我不能说闲话。"

"我比较喜欢古老的传统。"亨利·克莱瑟林爵士坐在火炉旁微笑着说，"我还是个孩子时，我们村的传统是每次亲吻女孩时都要摘一个浆果，浆果摘完，亲吻也就结束了。你怎么看，马普尔小姐？我们来试试？"他站起来，站在槲寄生下面，伸出手。

老太太眨了眨眼，放下针织活计，走到房间中央，露出她粉扑扑的脸颊接受亨利爵士的亲吻。亨利爵士则伸手去摘浆果，但随后迅速缩回手指，吮吸了起来。

"哎哟！我忘了这些绿植是多么扎手。好吧，真可恶，浆果只能留在那儿了。但我还是要这个吻。"他弯下腰，亲吻老太太的脸颊，马普尔小姐调皮地对他微笑，"这不是我第一次在槲寄生下亲吻，亨利爵士。它总是让我想起帽针，你知道的。"

"帽针？"亨利爵士相当困惑地说，"恐怕你把我们弄糊涂了，马普尔小姐。"

"哦，是的，确实如此。过去的圣诞派对上，年轻男子常常在槲寄生下面徘徊，如果有他们喜欢的女孩经过，他们就会要求亲吻，有时会难以拒绝。但我亲爱的妈妈过去总是建议姑娘们在上半身的衣服上别一根帽针。没有什么比帽针更能吓退不受欢迎的追求者了。在火车车厢里也是如此。"

"火车车厢？"班特里上校听起来很困惑。在房间的另一边，雷蒙德略带担忧地看向他的妻子。真的,他的姨妈最近变得有些傻乎乎的。

"哦,是的,"班特里太太从房间另一侧的座位上说,"我记得很清楚。火车一进入隧道,所有的灯都会熄灭。年轻人会趁机去亲吻坐在他们对面的女孩,有时对方完全是陌生人。当然,如果这是一条长隧道,他们会在火车穿过之前坐回去;然后,当灯亮起时,你只能瞪着对面一整排年轻人,却完全分不清刚才哪个是登徒子。但是如果你手边有一根帽针,你可以用它刺一下,这能让他们立马回到自己的座位上。"

"亲爱的上帝啊,多莉,"她的丈夫说,看起来很惊讶,"我都不知道你以前这么凶。"

"好了,亚瑟,只有当一个女孩不喜欢这个年轻人时才会这样。"

就在这时,钟声响起。角落里打盹的年轻人从书本上抬起头来。

"我说,是晚饭好了吗?我快饿死了。"

"只是通知大家更衣,"班特里太太轻快地说,"还没到时候。"她又开始修补衣服,抚平了她相当耐穿的深棕色蕾丝连衣裙。这时,达什伍德太太站起来离开了房间,喃喃地说着要去补妆。

"我说,克莱瑟林,"达什伍德少校站起来伸了个懒腰,"想在午餐前打台球吗?"

"恐怕我不会玩,"亨利爵士说,"但也许班特里能陪你尽兴一场,我来给你们计分如何?"

"我和你一起抽根烟吧。"雷蒙德·韦斯特说。四个人向台球室走去,留下琼、马普尔小姐、班特里太太和百无聊赖的罗纳德在一起。

"真希望他能放下那本书，"班特里太太对两个女人喃喃自语，克制住力道把针扎进缝补的衣物里。"在聚会时读书真是太无礼了。如果我小时候这样干，我的小说就会被没收。哦，该死。我的针已经用完了。"

"是的，亲爱的，但这个年纪的孩子不听管教。"马普尔小姐低声说。然后，她大声地对男孩说："介绍一下你自己吧，罗纳德。你是和他们一起住吗？"

"是的。"年轻人说。马普尔小姐认为他看起来比学生大一些，虽然现在很难分辨年轻人的年龄。然而，他的举止更像是一个笨拙的小学生。现在他的脸涨成了难看的甜菜紫色，又沉默了下来。

班特里太太势要打破砂锅问到底："你的书似乎很吸引人。是什么书？"

"侦探故事：《绞刑官的假期》。"

"多么可怕的书名。"班特里太太说，但马普尔小姐摇了摇头。

"哦，不，亲爱的。塞耶斯小姐，你知道的。她笔下的警探叫彼得·温西勋爵，一个非常迷人的年轻人。去年，我在大本纳姆的流通图书馆读到了那本书。她设计的情节非常巧妙，旁征博引，尽管我必须承认我并不太懂拉丁语。雷蒙德非常乐意为我翻译，但我担心他不喜欢犯罪小说。"

"雷蒙德会的。"班特里太太有点酸溜溜地说。

"我认为雷蒙德只是对犯罪心理比罪名推断更感兴趣，"琼说，"所以很多犯罪作家都专注于谁是罪犯，而忽视了他们为什么犯罪，以及这些犯罪冲动的根源存在哪些弗洛伊德式的缺陷。"

"我同意你的说法，亲爱的琼。"马普尔小姐说，她的毛衣针平稳地咔嗒作响，"但你知道，虽然人性本恶，但我不确定是否真的存在那么多性神经机能病，但雷蒙德似乎确信无疑。我经常发现，动机很普通。例如，很遗憾的是，钱是很常见的作案动机。"

一提到"性"这个词，年轻人脸上的甜菜紫色更深了。他嘀咕着要去洗手就离开了房间。"达什伍德一家是谁，多莉？"马普尔小姐问道。罗纳德的脚步声在走廊上消失了。班特里太太放下了她修补的毛活儿，相当烦闷地戳了戳壁炉中的炭火。"哦，这一家人真的很差劲。我不知道亚瑟在想什么。这完全不是他的风格，他通常最不善交际了。好吧，我不是指你和亨利爵士这类人。我的意思是，他喜欢你们这个类型。但是对于并不是很熟的人，他通常是不爱来往的。结果，他竟然邀请了达什伍德一家！他是叫科尔顿还是卡顿来着……是个退役的少校，也是阿奇博尔德·达什伍德勋爵的兄弟，或者也许是表弟——我不太记得了，他们是一个大家庭。她是……嗯，我想她曾经是个演员。她叫埃斯梅，你可能想知道。至于他们的外甥，自从他来了之后，就一直很令人讨厌。他今天早上甚至不想来教堂。在圣诞节这天不来教堂，看在上帝的分儿上！我以为亚瑟会用马鞭威胁他。"

"他可能很无聊，"琼漫不经心地说，然后脸红了，察觉到了自己的失礼。"我的意思是，对我们来说，当然显得不太合群！但你知道，在他那个年纪……"

"他当然很无聊，"班特里太太厉声说，"任何像他这个年纪的男孩都会感到无聊，被迫和很多中年人一起困在乡下。但这绝不是我的错，也不是亚瑟的错。据我所知，他被送到姨妈和姨父这里是一种惩罚，因为他被牛津开除了。好像是因为赌博。因此，他们不希望他来，他当然也不想来。现在年轻人的问题在于：他们毫不遮掩，对亚瑟或我没有任何尊重。只是坐在那里，抱着胳膊，问一句答一个字。我在晚餐时把他安排在了雷蒙德旁边。我想他也许能从这个男孩身上找到一些创作灵感。"

"哦，多莉，你觉得这样明智吗？"马普尔小姐问道，"雷蒙德是个好孩子，但他有点……原谅我，亲爱的琼……但是，好吧，有时他只是有点愤世嫉俗。而且这个年龄的孩子非常容易受到影响。"

琼笑了起来。

"好吧，我不在乎，"班特里太太说出了最终决定，"我对他已经足够忍耐了，亚瑟也是。在我看来，他喜欢雷蒙德，也许雷蒙德可以把他变成小说中的一个人物。他喜欢不礼貌的人，不是吗？"

"亲爱的雷蒙德——"马普尔小姐刚开始说，却被楼上传来的刺耳尖叫声打断了。

"那是什么声音？"琼皱着眉头说道。

"哦，可能是那个糟糕的达什伍德女人碰见了老鼠，"班特里太太说，"我前几天才交代过洛里默，楼上需要放一些捕鼠器。"

"哦，卡尔顿！"尖叫声再次传来，这次确定是达什伍德太太的声音。"卡尔顿，快来！东西不见了！"

三个女人面面相觑，然后不约而同地站起来，走到走廊里。达什伍德太太站在楼梯底层，拿着一个绿色的摩洛哥皮革盒子，正在责备她的丈夫。

"卡尔顿，东西不见了。"

"不见了？怎么了，埃斯梅？什么不见了？"

"我的珍珠！我昨晚就放在这里，但后来我想着戴上它们去参加圣诞晚餐应该会很合适。而现在……"她的声音里带着一丝抽泣，"现在它们不见了。"

"亚瑟！"班特里太太说，当她转向丈夫时，她的声音充满了惊慌，"亚瑟，这是怎么回事？我们被盗了吗？"

"被盗？不可能，"班特里上校劝她，"一个字都不要信。"

"我亲爱的达什伍德太太，"亨利·克莱瑟林爵士的态度很平静，"请不要自寻烦恼。我相信会有一个完全合理的解释。也许珍珠掉进了抽屉里，或者你并没有收起来，自己记错了？"

"你的意思是我妻子是骗子……"达什伍德少校顽固地说。亨利爵士看起来吃了一惊。

"完全不是这样，少校。但在我看来，这可能只是一个不幸的误会。班特里太太，"他转向女主人，"你能把女佣叫来吗，我相信我们可以解决这个问题。"

"是的，是的，当然，"班特里太太心不在焉地回答，"也许……哦，亲爱的。不如大家都回客厅去，我这就叫玛丽过来。"

这一小群人离开了，班特里太太绝望地转向她的朋友。

"你看，简？我不是告诉过你达什伍德一家人令人难以忍受吗？连圣诞晚餐都等不了。厨师会很不高兴的，牛排很难保温，你知道的。"

大约十分钟后，管家洛里默带着红着眼睛但镇定自若的女仆玛丽，站在了客厅的角落里。洛里默努力挺直脊背，将傲人的身高拉长到了极致，散发着不容置疑的气场。

"我和玛丽谈过了，她很确定，夫人。今天早上她收拾房间时从来没有碰过绿色盒子,也没有看到任何珍珠。不过,如果你能给我一点时间,也许我可以去达什伍德太太的房间找找?"

"我告诉你,项链不在那里。"达什伍德太太斜倚在角落里的躺椅上,边哭边说。她拿着一杯白兰地,看起来心烦意乱。

"我找了很多遍。你以为我没有找过吗?我又不是一个彻头彻尾的傻瓜,你知道的!"

"他们当然要检查一下,埃斯梅,"她丈夫粗鲁地说,"这是唯一要做的事。问题是,应该由谁来做呢?"

"我想,"亨利爵士温和地说,"我们应该让洛里默和玛丽去找,但最好有一个班特里家和一个达什伍德家的人在场。"

"好主意。"班特里上校说。他的表情很严肃。"行吗,达什伍德?我希望你也来,克莱瑟林。你是第三方。能相对客观。"

亨利爵士点了点头,他们三人站了起来,跟着洛里默和女仆上了楼。

"好吧,要我说,"雷蒙德·韦斯特慢吞吞地说,客厅里一片寂静。"这真是出乎意料。我都可以想到早报标题了:寂静的圣玛丽·米德发生圣诞珠宝盗窃案!"

"盗窃!"达什伍德太太从沙发的角落里呻吟着,"呵呵,别这么说!这些珍珠属于卡尔顿的母亲,你知道的……它们是无价的,价值连城。至少三千英镑——大概五千吧!如果不翼而飞……好吧,我完全不知道该怎么面对。"

雷蒙德轻吹了一声口哨,摇了摇头。"有保险吗?"

"天啊,我怎么知道!这些事都是卡尔顿负责……但即使有,这些公司总能找出拒绝赔付的方法!"

"哦,亲爱的。"马普尔小姐把她的编织活儿放在一边,露出关切的表情,"我很清楚你说的这种情况,达什伍德太太。布莱尔先生，那个大本纳姆聪明的年轻律师。他的摩托车在两年内被偷了三次，最后一次保险公司拒绝赔付，你知道的。他为此大发雷霆。但后来发现只是他的朋友借走后停错了车位，所以最后皆大欢喜。因为我确实理解保险公司对欺诈性索赔非常严格，事实上，成功索赔难度很大。事实上，有些人认为那个朋友是……但是最后。我不能说闲话。"

达什伍德太太带着满脸泪痕转向马普尔小姐。

"你到底为什么要说摩托车？我又没有丢过摩托车！我完全不相信我的珍珠会出现在别人的车库里。"

"不，不，确实，"马普尔小姐带着歉意喃喃地说，"很抱歉，恐怕我的思绪又跑远了。你说得很对，达什伍德太太。这真令人痛苦。"

"我们暂时不要认为珍珠丢了，"琼安慰地说，"很有可能只是滑进了某个抽屉里。"

但是，大约二十分钟后，亨利·克莱瑟林爵士回到了客厅。他脸色严肃，微微摇了摇头回应着雷蒙德·韦斯特出于疑问扬起的眉毛。

班特里太太站在他面前，仿佛已经到达了自己忍耐范围的极限。"我必须去和厨师说一下情况，她可能已经急疯了。简，你可以一起来吗？"

马普尔小姐点了点头，把毛茸茸的白色毛活儿放在一边。她跟着她的老朋友穿过走廊。最初的几分钟里，她什么也没说。但当她们转过图书室拐角时，她冒昧地开口了。

"亲爱的多莉，想必厨房是在反方向吧？"

"我非常清楚，"班特里太太坦率地说，她打开图书室的门，带着殉道的表情重重地坐在一张皮革扶手椅上。"我只是需要走出那个客厅。我再也听不下去那个该死女人的抱怨了。哦，简，太糟糕了。今天可是圣诞节！亚瑟那么期待他的牛排，没有什么比干巴巴的火鸡更糟糕的了。"

"我猜她昨晚戴过珍珠吧？"马普尔小姐问道，"我的意思是说，他们不可能被忘在家里，或者在来的路上放错了地方？"

"是的，她昨天晚上戴着呢，"班特里太太怒气冲冲地说，"事实上，她大谈特谈了一整个晚上，炫耀它们的价值。亚瑟事后说，他几乎要把汤吐出来了。我觉得那相当粗俗。如果她一直吹嘘珍珠花了多少钱，那他们现在的苦恼也就不足为奇了。大概就是她那个闷闷不乐的外甥干的吧。也许是她丈夫的外甥。管他呢。"

"所以你认为珍珠被偷了？"马普尔小姐问道。班特里太太举起了双手。

"天知道！但如果珍珠找不到，我也不知道还能有什么解释。不过，我完全不相信玛丽与它有任何关系！事实上，我不相信我的任何工作人员和这件事有关。他们已经在我家工作很多年了。但是，如果一直找不到，这令人讨厌、纠缠不休的嫌疑就洗不清了。哦，简，我会勒死那个女人，我真的会这么做。"

"勒死谁？"门口传来一个低沉的声音，班特里太太带着负罪感跳了起来，把一只手压在胸口。

"亚瑟！你怎么能这么吓唬我？我还以为是达什伍德家的人。事情怎么样了？项链有什么线索吗？"

"一点都没有，"她丈夫轻描淡写地回答，"玛丽和洛里默用细齿梳子把达什伍德家住的房间找了个遍，现在他们开始在仆人的房间找了。这件事很难办，多莉，我不介意告诉你。我下来是准备给村里的保克警官打电话。目前没别的办法了。"

"哦，亚瑟，我们必须报警吗？如果让警察介入……"

"没有其他选择了，亲爱的。"班特里上校带着无可奈何的表情说，"达什伍德太太坚信项链是被人拿走了，可能是今天早上的某个时候，大家要么当时都在教堂里，要么都在喝酒。昨晚睡觉前，她把它们放在了珠宝盒里，她很确定夜里没有人进入她的房间。她的早餐是在自己的房间里吃的。大约十点钟房间没人。克莱瑟林正在询问柯林斯，问他是否看到屋子里有可疑的人转悠，但我觉得作案需要很长时间。"

"哦，亲爱的，"班特里太太心不在焉地说，"那么我想除了给保克打电话别无选择了。但是等他办完案，火鸡肯定会干得像骨头一样了。"

唉，班特里太太最担心的事情还是发生了。当保克艰难地冒着大雪来到戈辛顿庄园时，已经快三点了。当他询问完班特里家的仆人，把注意力转向客人时，就更晚了。客厅里的这一小群人只吃了些冷牛排三明治，喝了点热茶，并没有享受到他们期待的圣诞节大餐。正如雷蒙德所说，冷餐别有一番风味，但与一顿西冷牛排、火鸡、布丁、奶酪和波尔图葡萄酒的圣诞大餐无法相提并论。

接受保克问话后，达什伍德太太头痛得厉害，就回房睡觉了。班特里上校在白雪皑皑的露台上踱步，嘴里咬着烟斗，满脸怒气。这时，保克走进客厅说："马普尔小姐，我们可以开始了吗？"

马普尔小姐镇定地点了点头，收起她的针织用品，跟着警员沿着走廊来到班特里上校的书房接受问话。

亨利·克莱瑟林爵士坐在角落的扶手椅上，挑起一侧眉毛，颇为好笑。老太太走进来，端正地坐在房间中央的直背椅子上。

"这场大雪让斯莱克探长过不来了，"他解释说，马普尔小姐冷静地把毛活儿放在膝盖上，双手合十。"大本纳姆来这里的道路被完全封锁。所以保克邀请我旁听问话。我想你不介意吧，马普尔小姐？"

"哦，亲爱的上帝，不介意，完全不介意。正如我亲爱的母亲常说的那样，两个脑袋总比一个脑袋好。"

"那三个会不会更好？"亨利爵士笑眯眯地说，"今天的事让你想起了什么吗，马普尔小姐？"

"哦，亲爱的。"马普尔小姐立刻变得有点慌乱，"嗯，是，也不是。但是很难确定，你知道。我不太喜欢说太多闲话。我想他们已经发现一扇窗户是开着的吧？"

亨利爵士的另一条眉毛扬了起来，但他还是点了点头。

"事实上，是的。在后门旁的换鞋室里。但是你为什么这么说呢？"

"嗯，当然要打开一扇窗户，以便创造机会。我猜是被强行打开的吧？"

"是的，"亨利爵士毫无感情地说，"而且不是很专业。看起来用了某种泥铲。再加上下雪，有效地排除了从外部打开的因素，我非常担心这看起来像是内部人士干的，但在这么大的房子里寻找珍珠无异于大海捞针，更不用说证据了。"

"哦，亲爱的，是的，我很清楚你的意思。而且我找证据非常困难。没有别的访客吗？"

亨利爵士摇了摇头。

"没有。洛里默非常清楚。而且，你知道的，我们能看到从教堂回来的脚印——不,即使我愿意相信窗户是从外面打开的,恐怕也于事无补。"

"哦,亲爱的,那个可怜的年轻人。摆脱过去是如此困难。这可能会让人做出愚蠢的决定。"

"可怜的年轻人?"亨利爵士皱着眉头说。

"从上午十点到十二点半的这段时间,你在哪里?马普尔小姐?"保克警官说,显然坚持要获得在场每个人的供述,以完成他的案情摘要。"很抱歉这么问,但这纯粹是例行公事,我相信你明白的。"

"哦,当然,"马普尔小姐认真地说,"我很清楚。我可以很详细地告诉你,我在教堂里,还有班特里一家、雷蒙德夫妇和达什伍德一家——至少有两个达什伍德家的大人。我想,他们的外甥不在那里。"

"是的,他留在这里了,"亨利爵士说,"我不介意告诉你,马普尔小姐,我们正在调查他的背景。他因为欠下了很大一笔赌债而被牛津大学开除了。"

就在这时,书房的门打开了,班特里太太走了进来。

"你能不能过会儿再进来,夫人。"保克生硬地说,但班特里太太打断了他。

"得了吧,少给我来这一套,保克。你怎么能让柯林斯不高兴呢?我不知道你对他说了什么,但他已经出去了。助理园丁伯蒂·芬奇也威胁说要辞职。太糟糕了,真的。"

"我亲爱的班特里太太,"亨利爵士说,"保克警官只是在例行公务。如果芬奇坦坦荡荡,那么他就没有什么可害怕的。"

"胡说八道!"班特里太太说着生气地转过身来,"你我都知道在这个地方,流言能害死人。柯林斯说,保克实际上已经指控用泥铲强行打开换鞋室窗户的是芬奇。他说他在盆栽棚里发现了脱落的油漆。"

"我有理由相信那个年轻人表里不一，"保克警官略带自大地说，"你最好下次雇人时看看推荐信，班特里太太。"

"我很清楚他是谁！"班特里太太厉声道，"他是贝辛市场面包师的外甥，因小偷小摸入狱了两个月。这就是为什么我们能够雇他来做这个没人想要的职位，而且他一直是一个出色的助理园丁！"

"这个出色的助理园丁，也是一个相当愚蠢的年轻人，"亨利·克莱瑟林爵士喃喃自语，把他的空烟斗敲在桌子上，若有所思地看着马普尔小姐，"对不对，马普尔小姐？"

"天啊，天啊。"马普尔小姐忧心忡忡地叹了口气，说道，"愚蠢无处不在。年轻人想成功真是太难了。多莉，如果你能原谅我，我需要和保克警官、亨利·克莱瑟林爵士再谈谈。然后我会和你一起去客厅。我想我们都需要一杯热茶。"

"你们最好都在这里过夜，简，"班特里太太无奈地说，喝着刚刚说的热茶。"外面太黑了，亚瑟说通往村子的路已经被封了。"

"哦，谢谢你，多莉。很抱歉打扰你，但我确实认为这是最合适的做法。亲爱的雷蒙德一直说要走回去，但我认为他不太习惯我们的乡间小路，至于琼……"

"琼怎么了？"一个询问的声音从他们身后传来，马普尔小姐转过身来，看到她的外甥夫妇站在他们身后。琼笑道："对不起，简姨妈，我不是故意偷听的，但我不小心听到了我的名字。

我们是被大雪封在这里了吗?"

"恐怕是这样,"班特里太太说,"就连保克都回不去了。他会住在洗涤室上方的空房间里。韦斯特太太,我已经让玛丽为你和你的丈夫腾出了蓝色房间。简,我把你安排在门廊那边的房间里。我觉得你们都会非常不舒适,但也没有其他办法了。玛丽通常干活儿很麻利,但她已经被这些事弄得很生气。另一个女佣多尔卡丝已经因为歇斯底里症上床睡觉了。歇斯底里症,我问你!我年轻时,哪个女佣得过歇斯底里症?"

"是的,确实如此,多莉,"马普尔小姐温和地说,"但是,你知道,伯蒂·芬奇是她的恋人,所以她会对整件事感到非常不安是可以理解的。"

"不安的可不止她一个。"一个粗犷的声音从马普尔小姐肩膀上方传来。大家转过身,看到班特里上校站在他们身后,脸上带着非常严肃的表情。"这件事是真该死。"

"哦,亚瑟,他们还没有逮捕他,是吗?"

"已经被带去审问了,但我认为离他被指控只是个时间问题。现在的局势对这个男孩很不利。珍珠还是没找到,但保克在换鞋室窗外的花坛里找到了一块卡扣。最糟糕的是,达什伍德一直在联系他的保险公司,看起来那该死的东西根本没有保险。保险单上个月到期了。"

"哦,亚瑟,不!"班特里太太放下茶杯时,脸上露出惊恐的表情。"所以那意味着什么?"

"意味着什么?意味着我必须赔偿,赔这条该死的项链。鉴于拿走珍珠的人似乎明显是我的仆人。等巴利特和芒迪重新营业了,我会找他们谈谈,看看是否可以要求启用我们的保险赔偿。但我不抱希望,多莉,完全不抱希望。"

"珍珠值多少钱?"班特里太太问道。

"在三千到五千英镑之间,"班特里上校用非常厌恶的声音回答。雷蒙德·韦斯特吹了一声口哨。

"我说!所以这个达什伍德并没有夸大其词。这是一大笔钱。我估计你们的保险公司开心不起来了,上校。"

"我也开心不起来。"班特里上校阴郁地说。

"哦,亲爱的。"马普尔小姐的表情带着深深的痛苦,"哦,亲爱的,那个可怜的年轻人。太愚蠢了。很难说什么是最佳做法。"

"你到底是什么意思,马普尔小姐?"班特里上校说,他的声音沙哑,"他除了吃药,没什么能做的。"

凌晨两点零五分,东走廊的一排卧室中响起了轻微的鼾声。这时,戈辛顿庄园的楼梯上传来了隐秘的脚步声。有人只穿着袜子,神不知鬼不觉地从长长的楼梯上走了下来,沿着走廊悄悄地来到客厅。那里的壁炉里还燃烧着低矮的火苗,把踮起脚鬼鬼祟祟穿过炉前地毯的身影投射到了房间的角落里。

这个人依然蹑手蹑脚地从壁炉旁边拿起一把靠背椅,轻轻地放在房间中央,放在挂在吊灯上的巨大槲寄生花束下面。随着一声轻微的喘息,那个身影爬上椅子,伸出手……只听到一个声音从壁炉旁的阴影中传来。

"哦,小心点,达什伍德太太。那些别针真的非常锋利。"

站在椅子上的女人发出一声尖叫,踉跄地倒在地上,用手捂着心脏凝视着阴影。

"哦!小姐……马普尔小姐,是你吗?你真的吓到我了。以上帝的名义,你在这里做什么?你说别针是什么意思?"

"槲寄生上的别针,"老太太认真地说,"如果我是你,我会非常小心。亨利爵士的手指可被扎得不轻。"

"我不知道你在说什么,"达什伍德太太非常慌张地说,"我……我曾向那个可怜的助理园丁要过一些槲寄生……我们住在伦敦,你知道,很难找到这种植物。所以我想我应该试着在我们花园里的苹果树上种一些槲寄生。发生了这些事,只有这样了……考虑到发生的一切,我不想再打扰班特里一家了……所以我只是想自己来摘一些。"

"我不认为你说的是真话,"马普尔小姐温和地说,"我想,你知道,你是来取珍珠的。这就是我等在这儿的原因。我不确定谁会来取。"

站在房间中央的女人一言不发,但她的脸色和神态突然大变,让人无所适从。她捂在心脏上的手垂到两侧,之前愚蠢和茫然的表情已经消失了,取而代之的是一种奸猾。她颇为赞赏地看着马普尔小姐,仿佛在打量老太太的力量和体格。

"我不应该冒险,你知道的,"马普尔小姐平静地说,"但是我比我看起来要强壮得多,我选择这把椅子是因为它离仆人的铃很近。现在我的手指已经按在上面了。"

"但是谁知道是不是因为你晚上出来瞎逛却运气不好,最后是我按的铃呢?"站在她面前的女人说,她的声音冰冷又无情。

"我知道,"她身后传来一个声音。女人转过身来,灯亮了。保克警官站在门口,表情非常严肃。"把那个针线包放下,达什伍德太太。你被捕了。"

* * *

"所以他们根本不姓达什伍德?"第二天早上,班特里上校在吃鸡蛋和培根时相当惊讶地说。马普尔小姐摇了摇头。

"不。但是,达什伍德是个大家族,选这个姓氏并伪装成远亲非常容易。"

"可是我不明白,"班特里太太悲哀地说,"珍珠是真的。他们有防伪证书和所有凭证。"

"哦,是的,如假包换,这就是为什么她必须把它们找回来。"

"你是怎么想到达什伍德一家身上的?"亨利爵士困惑地说。

"好吧,亲爱的亨利爵士,其实是你的提示,"马普尔小姐双眼闪闪发亮地说,"或者更确切地说,是你说的那些多刺的绿植。因为,你知道,槲寄生没有刺。这让我很纳闷。"

"但那时珍珠还没有丢。"雷蒙德·韦斯特说。

"没有,确实如此。这都是他们计划的一部分。他们在前一天的晚餐上尽可能明显地炫耀那串珍珠,然后第二天他们去了教堂,留下那个可怜的愚蠢男孩负责给小偷转移。我不知道他们跟他说了什么。我敢说警察会追根究底。当然,他的处境非常糟糕,他欠下了一大笔赌债,年轻人会为了钱做非常愚蠢的事情。"

"啊,转移,"雷蒙德·韦斯特说,"现在该伯蒂·芬奇出场了吧,我猜?"

"不,亲爱的。不是伯蒂。问题是,大雪让后续的一切都变得非常困难。我不知道罗纳德何时发现同伙无法到达……广播里也播放了封路的消息……但当他意识到计划失败,他无法把珍珠转移出去时,肯定如坐针毡。当然,明智的做法是在他的姨妈引起大家注意并哭泣之前停止行动,以某种方式拦住她。但我认为他慌得乱了方寸。再加上他读的书……"

"所以最初的计划是把珍珠交给同伙？"班特里太太问道，"让整件事看起来像是入室行窃？"

"是的，这就是外甥不得不留在家里的原因。从教堂回来后，达什伍德太太会率先发难，并坚持对他们的财物进行彻底搜查，以便清楚地表明珍珠不在达什伍德一家手中。我想，亨利爵士，你会发现他们以前就做过这种事。但是，盗窃在伦敦这种地方与在圣玛丽·米德有很大的区别：前者随时都人来人往；而在这里，每个访客都会给人留下印象。"

"好吧，我真是佩服他，"雷蒙德·韦斯特宽宏大量地说，"他可能惊慌失措了，但这个利用槲寄生的想法非常聪明。我想知道他是怎么想出来的？"

"好吧，亲爱的，"马普尔小姐说，脸上有了点血色，"我不确定这是否真的是他的主意。"

"不是他的主意？"雷蒙德一脸疑惑，"那是谁的主意？"

"多萝西·L.塞耶斯，"马普尔小姐开门见山地说。众人陷入片刻的困惑之后，班特里太太开口了。

"作者？就是那个男孩读的那本书，不是吗？"

"上流社会犯罪，"雷蒙德说，"可是我没明白……"

马普尔小姐又脸红了。

"我知道，亲爱的雷蒙德，你并不喜欢侦探故事。但我必须承认，我特别爱看这类书。彼得·维姆西勋爵实在是太潇洒了，塞耶斯小姐的故事情节设计真的非常精妙。在《绞刑官的假期》中有一个故事，一个小偷把一些散的珍珠藏在一堆槲寄生里。我想当可怜的罗纳德意识到他无法按计划处理项链时，他不可避免地受到了启发。他剪断了绳子，从你的针垫上取下了别针，多莉……你记得吗，你发现你的别针用完了……然后匆忙地把珍珠固定在槲寄生中。这里存在风险……但不算很大。仆人要么在教堂，要么忙于准备圣诞晚餐。我想他是在客厅的壁炉中烧掉了绳子，只剩下卡扣需要处理……他便从换鞋室的窗户扔了出去。

"我不确定的是，他是否打算嫁祸给可怜的伯蒂·芬奇。我不愿意这么想，大雪封路阻止了外人到来只是运气不好。当然，罗纳德用盆栽棚里的泥铲强行推开窗户是相当愚蠢的。这非常不幸地成了指向伯蒂的证据。"

"好吧，太棒了，简姨妈，"雷蒙德说，宽容地接受了自己没有得分的事实。"你和你借书的图书馆立了大功。我再也不会批评你的阅读品位了！但我还是质疑你说他们是惯犯的说法。我不明白这怎么可能。如果这样，他们几乎很难为珍珠索赔，保险公司一刻也不会忍受。"

"我认为他们压根儿没有保险公司，亲爱的。这只是为了向班特里家族表明，如果他们不赔付，达什伍德一家就要承担损失。不，我认为他们是一对相当聪明的搭档。达什伍德少校——不过，你知道，我不太相信他是一个真正的少校——周游全国，为他们的小把戏寻找潜在目标，或者说，猎物。像班特里上校这样正直、受人尊敬的人，当自己的仆人受到怀疑时，他们铁定会承担责任。"

"可恶，我就说那个家伙是主动凑上来的，"班特里上校喃喃自语，相当懊恼。"我甚至不记得邀请过他，然后不知怎么他们就出现在这里了。"

"完全正确，马普尔小姐，"亨利爵士插话道，给吐司涂上了黄油，"我今天早上在大本纳姆和斯莱克探长谈过。我们所谓的达什伍德少校根本不是少校，他是普普通通的菲利普·赖德先生,来自弗赖恩·巴尼特,另外,他名下还有两份未执行的逮捕令。他被捕时方寸大乱,已经坦白了一切。至于她,她是一个非常冷静的执行者。我认为,她也是幕后主使人,与她刻意呈现的花瓶形象形成鲜明对比。我和探长上次谈话时,他还没有查明她的真实身份。但他会的,我毫不怀疑。他们在伦敦、曼彻斯特和利兹都成功得手了。但在上次珍珠失踪的时间段,这位'少校'费了老大劲证明自己的行踪。可怜的罗纳德(这是他的真名)看起来像是这次的天赐帮手,他可以帮他们分担转移赃物的风险,所以这次他们能大大方方地去教堂,从而提供了无可挑剔的不在场证明。"

"我想知道的是,"班特里太太有些尖锐地说,"他们能被判什么罪。偷自己的珍珠算是犯罪吗?尤其是他们并没有提出保险索赔。"

"嗯,这就是问题所在,"亨利·克莱瑟林爵士若有所思地说,抚摸着他的胡子,"但斯莱克探长是个聪明的小伙子,我相信他也许能给他们安上一个虚假陈述或欺诈牟利的罪名。听我说,他会确保他们获得应有的惩罚。而且,至少,他们将和这些珍珠说再见了……显然保险公司已经在争夺所有权了。"

"干得好!"班特里太太满意地说,用力切着培根,借以发泄她无处释放的报复心。"对了,韦斯特先生,你的妻子听到早餐的铃声了吗?恐怕我们按照乡村时间生活,早餐通常在九点之前就清理干净了。"

"哦,"雷蒙德含糊地说,"我们早上不怎么吃饭。你知道,我想也许她昨晚多喝了一两杯鸡尾酒。她正在房间里喝咖啡。我确定她稍后会下来的。"

"啊,艺术家的生活。"亨利爵士眨着眼睛说。

＊　＊　＊

　　几个小时后，英奇出租车停在了戈辛顿庄园的前门外。马普尔小姐四处走来走去，收拾她的针织用品，给厨师写下她承诺过的食谱，向班特里夫妇和亨利爵士告别。当出租车驶离新铲过的车道时，亨利爵士站在门前目送她们远去。

　　"你永远都想不到，那顶蕾丝帽下藏着基督教世界最精密的破案大脑之一，对吧？她的大脑像培根切片机一样锐利，可同时还能为杏仁水果蛋糕大惊小怪。你知道，如果不是马普尔小姐告诉保克珍珠藏在槲寄生里，我对逮捕他们可能会无计可施。达什伍德一家会取回珍珠，改头换面后去找下一个受害者。我们都没她聪明。"

　　"你看，亚瑟，"班特里太太说，声音带着胜利的喜悦，"我邀请简·马普尔参加圣诞晚餐使今天成了你的幸运日。是你的幸运日。"她满意地重复了一遍。

　　"哎呀！"琼叹了口气说，坐回马普尔小姐小别墅的扶手椅上，"我感觉自己快累垮了！我不知道为什么。"

　　"亲爱的，你怎么了？"马普尔小姐说，相当好奇地看着她。

　　"我想你肯定累坏了，"雷蒙德说，"犯罪和欺诈，我是说！真的，简姨妈，你对槲寄生的猜测真是万幸。要不然，班特里一家就会陷入水深火热了。"

　　"是的，亲爱的，非常幸运。更不用说可怜的伯蒂·芬奇了。"老太太坐在火堆另一边的扶手椅上，抖了抖她的毛活儿，"现在，我想自己待一会儿，我必须解决这团乱麻。我非常担心早些时候在班特里家漏了一针,很遗憾我的视力已经大不如前了。多莉和我在八卦——这是最该责备的,但这其实只是人性——我没有集中注意力。"

"你在织什么,简姨妈?"琼问道,好奇地看着老太太腿上那堆雪白的绒线,"我们来这里之后你一直在织。是披肩吗?"

"披肩?不完全是,亲爱的,"马普尔小姐说,她的脸颊浮上一丝绯红,"不,不是披肩,但是,确实,我不太想说出来……"

"到底是什么?"雷蒙德一脸惊讶地说道,"不要给我们说维多利亚那一套,简姨妈,别告诉我们你在织内衣之类的东西?虽然即使在圣玛丽·米德,我也不相信人们还会穿针织的女式灯笼裤?"

"不是内衣,亲爱的,不,"她抖了抖膝盖上雪白的方块,"嗯……"她带着看穿一切的尖锐眼神看着琼:"嗯,这是婴儿毯。但我不太想说出来……"

"婴儿毯?"雷蒙德说着,突然间,这次轮到他自己的脸红了。他的目光越过姨妈来到妻子身上。在马普尔小姐有生之年,这几乎是她第一次看到外甥说不出话来。

沉默了很久,然后琼大笑起来,举起了双手。

"我宣布,简姨妈,你一定是个女巫。不过你是怎么猜到的呢?"

"好吧,亲爱的,在圣玛丽·米德这样的村庄生活得久了,就会非常熟悉这方面的人性本能。雷蒙德确实说过你最近生病了,所以我承认在你来这里之前就猜测过。当然,我一直在寻找蛛丝马迹……"

"我还在自作聪明,我把杜松子酒和苦艾酒倒进了盆栽植物里,还强忍着不打哈欠。我不能告诉任何人,这些天鸡尾酒让我感到很恶心。"

"是的,亲爱的,如果允许我提建议的话,下次最好不要选择圣诞红。它们不喜水。当然,当雷蒙德说你因为鸡尾酒喝太多而没有吃早餐时,我恐怕知道这是他瞎编的。"

"好吧,我们被识破了,"雷蒙德笑着说,"琼和我本来想再保密几个星期,但我想现在整个圣玛丽·米德都知道了?"

"哦,不,亲爱的。"马普尔小姐说,看起来有些震惊。她把半成品整齐地折叠在膝盖上。"不,在你和琼宣布之前,我不会透露半个字……"她轻蔑地咳嗽了一声,"她的情况,你知道的。不会的,亲爱的。"她微笑着转向琼:"我会守口如瓶。"

开放的心态

内奥米·奥尔德曼（Naomi Alderman）

在员工休息室尽头，人们传递着餐前的雪利酒，牛津大学圣比兹学院院长卡斯伯特·凯林教授像往常一样滔滔不绝。

"当然，要不是我有幸所在的丹麦王室庶系分支家族出手干预，这所学院在王政复辟之后就解散了……"

马普尔小姐饶有兴趣地看着他。她在客厅的小黑白电视上见过这位凯林教授，他是宪政史和政治学专家，经常出现在那种争得面红耳赤的谈话节目中。她觉得这种节目的娱乐意义往往大于教育意义。她以前觉得，他非常享受自己的声音，而她今晚看到的一切都再次证明了这一点。

凯林教授的声音从他浓密的胡须深处响起。"第五代爱德华·贝灵顿公爵，认为自己和学院有关，因为他的家族居住地离贾罗很近，你知道的——尊贵的比德修道院就在这里。"他的讲话对象是个看起来很无聊的年轻女子，她突然睁大了眼睛。

"看看，那个可怜的姑娘正努力让自己保持清醒，"亚伦·卡恩爵士在马普尔小姐的旁边喃喃自语，"她是谁？好像叫什么埃尔斯佩思。据我所知是BBC职员。该死的卡斯伯特一有机会就这样。只要让他看到个美女，他马上冲着人家去了。"

"是的，"马普尔小姐说，"看起来他确实想给她留下深刻印象。不知道他成功了没有。"

亚伦爵士低声笑了起来。

凯林教授正在解释一条神秘的规则。根据这条规则，即使他是贝灵顿-博马桑德家族的母系后裔，他仍然可以进入位于锡厄姆·吕霍普的家族庄园。BBC的埃尔斯佩思佯装感兴趣，点头微笑。她有求于他，马普尔小姐想，我想知道是什么。

时值一九七〇年一月初，天气寒冷，正逢圣比兹学院的创始人日，学院的名誉研究员、退休法官亚伦·卡恩爵士邀请马普尔小姐做他的主桌嘉宾。他们正在庆祝一个困难重重的案件成功结案，即夸弗利合唱团谋杀案，此案让警方颇为头疼。直到马普尔小姐碰巧拜访她亲爱的朋友露丝，她是合唱团的中坚力量。马普尔小姐指出颠倒的油画是关键线索，案件才由此告破。亚伦爵士想要趁热打铁成为她的破案合作伙伴，因此提议去圣比兹庆祝结案。创始人晚宴的丰盛声名远扬。

"请不要对卡斯伯特·凯林介怀，"亚伦爵士说，"他是一位杰出学者，也是个有雄心壮志的人，只是……他的举止。"

亚伦爵士说对了。他热心地开着自己的墨绿色名爵跑车接马普尔小姐前往学院。半小时前，他和马普尔小姐在学院的停车位泊车时，凯林教授已经在等他们了。

他对亚伦爵士说的第一句话是："这辆小车真漂亮。不过，我觉得你可以省着点花你的舍客勒（以色列货币单位），老头子。"

亚伦爵士礼貌地向他介绍了简·马普尔，"让法官羞愧的天才"，但马普尔小姐觉得刚才那种随意的反犹太式侮辱令人愤怒，并注意到她朋友的脸上浮现了从未见过的表情：有种纯粹的厌恶一闪而过——甚至是仇恨。

虽然这些庄严的建筑结合了中世纪风格和哥特式风格；但到目前为止，这次活动并没有马普尔小姐预期得那么盛大。高翼后背椅的皮革破旧不堪，雪利酒味道不错，但没有足量供应。在她看来，这里的工作人员似乎还不如她自己的女仆训练有素。但是，当然，她提醒自己，现在的标准已经大不如前了，人们必须允许宽容的社会按自己的意愿运行。

"都是预算削减惹的祸，"亚伦爵士说，他注意到了马普尔小姐的惊讶，"现在流行'开放大学''不拘一格降人才'。威尔逊首相说了，大学导师们晚餐喝琼浆玉露并不意味着能实现现代化和'挖掘人才的巨大潜力'。"

"我发现，哈罗德·威尔逊不打算归还他的牛津学位，然后去读一个公开大学的学位，"阿格妮莎·斯特罗姆博士阴郁地笑着说，"虚伪无处不在。"她的英语略微带有不知何处的北欧口音。"尤其是那边，"她用尖尖的下巴指了指凯林教授。"看看他，和那个BBC制片人聊得不亦乐乎。他觉得自己会成为下一个肯尼斯·克拉克①。他有什么资格做那十节历代民主讲座。对群众动动嘴皮子，但不放弃自己的奢侈品。很是典型。"

亚伦爵士温暖地笑了笑。"马普尔小姐，卡斯伯特在那几期深夜艺术讨论节目中顶替了阿格妮莎的位置，她现在还耿耿于怀。"

"他对叔本华一无所知。"阿格妮莎发出了嘘声。

"但是他身体健康，能参加与休·惠尔登的讨论，而你是……身体不适。一次露面让他变成了学术名人，这不是卡斯伯特的错。"

---

①肯尼斯·克拉克（Kenneth Clarke, 1940— ），英国保守党政治家，于一九七〇年当选为下议院议员。

"我不会放过他,他在我的汤里放了番泻叶。"斯特罗姆博士阴沉地说。

"噢,"马普尔小姐说,"天啊。"

这个令人反胃的话题刚落,管家出现在了职工休息室的门口,大声宣布:"阁下,女士们,先生们,晚餐准备上桌了!"

圣比兹学院餐厅的历史可追溯至十五世纪,被誉为牛津最美丽的餐厅之一。墙上贴着黑白相间的棋盘瓷砖,点着数百支香蜂蜡蜡烛作的壁灯,深色的抛光实木家具已经有五百年历史,这完全符合马普尔小姐的期待。当她和其他客人被带到自己的座位上时,她止不住地低声喃喃自语"哦,天哪"。亚麻布如雪山一样洁白,银器像月光下的湖泊一样闪闪发光。每个位置都用迂回书法标示了姓名。马普尔小姐找到自己的位置时,她如释重负地注意到亚伦爵士坐在她的右边,但也惊讶地发现那位埃尔斯佩思·赫肯小姐在她的左边。在马普尔小姐对面,一个男人面色阴沉,身形瘦削,肤色苍白,闷闷不乐。他朝着标有"埃蒙·麦克马纳韦博士"的座位猛地坐了下去。麦克马纳韦博士立即进行了自我介绍,他神情严肃,仿佛参加的是葬礼而不是庆祝盛宴。"我叫埃蒙,古代语言学博士。你是研究什么的?圣十字学院的新中古史学家?我听说他们目前被老鼠闹得一团糟。你那里有老鼠吗?你的房间里?"

"哦,"马普尔小姐说,几乎不知道该如何回应,"不,不,我那里没有……老鼠。"

"会有的,"埃蒙阴沉地说,"据我所知。关于老鼠的话题,看看他们。"

他指着桌子的主位，卡斯伯特·凯林教授正在那里与一个长着茂密棕金色头发的矮个子红脸男人发生争执。

"你认识他吧？中古史学家，和你一样。西蒙·斯基珀。你应该读过他关于玛蒂尔达的专著，很有创意。他是学院的财务总监，认为自己应该在上次选举中当选院长。他一有机会就会诋毁卡斯伯特。他现在在干什么？"

马普尔小姐竖起耳朵，但只听到了几个谈话片段。当然，这两个人似乎都非常生气。工作人员试图示意该坐下来吃饭了，但他们两个都没有注意到。本科生已经坐好了，大多在忙着交头接耳，但已经有几个人开始注意到主桌上的动静。

突然，金色头发的西蒙掀翻了院长半满的水晶酒杯，将白色亚麻布染得像血一样红。他愤然离开主桌，脸上阴云密布。"真该死，"埃蒙说，"以前从来没有闹到这个地步。"

卡斯伯特·凯林教授若有所思地环顾四周，工作人员用干净的亚麻布覆盖了污渍，并为他安排了一个新的位置。到了新位置之后，卡斯伯特就举起他的新酒杯，隆重而自负地整整敲了九次，一直等到大厅里完全安静，直到所有本科生都不再窃窃私语或在椅子上挪来挪去。他笨拙地站了起来，念了一句天主教弥撒中所用的简短赞美诗起首词"教宗保佑我们"，然后非常严肃地坐下。看来，他的致辞就这样结束了。

BBC 的制片人埃尔斯佩思·赫肯颇有兴致地看完了主桌上的热闹。她是一位年轻的时髦女子，留着棕色的长发和长刘海，穿着一件黑白波点长袖连衣裙，时尚的短款风格露出了一大截带着凹痕和斑点的腿。这种时髦的款式并不是每个人都适合，马普尔小姐想。埃尔斯佩思·赫肯似乎更像是时尚的受害者，因为她自觉地拉了拉裙子的下摆，试图在坐下时把它拽长一点。

"我应该像你一样穿花呢大衣,"埃尔斯佩思半带歉意地说,"只是我不想显得在努力适应这里时用力过猛。告诉我,你知道桌子上首发生了什么吗?"

"如果卡斯伯特·凯林教授能树敌,他就永远不会交朋友。"埃蒙·麦克马纳韦回答她,"他在选举中击败西蒙·斯基珀成了院长。人们以为胜利能让一个人变得宽宏大量。但是,自那以后,卡斯伯特不遗余力地利用一切机会羞辱西蒙。上周在学院理事会上,他要求他准备茶和饼干,把他当成校工一样使唤!他正在想方设法把斯基珀赶出他的办公室,他在五号楼梯间有一个相当漂亮的地方,卡斯伯特想把它用作自己的第二办公室。"

"在这些细枝末节的分歧上,学术生活就发展起来了。"亚伦爵士愉快地说。

"这算细枝末节吗?"埃尔斯佩思问。她的语气有些生硬,马普尔小姐即使不太喜欢,也不得不尊重。这是她的职业抱负。"我确实认为人必须对一切都保持开放的心态。学院不是收到了一大笔赠款吗?是不是只要得到理事会的批准,院长就可以决定如何处理?你不认为凯林教授可能在试图迫使西蒙·斯基珀离开理事会,或者让他在这里感到非常不愉快而自行离开学院吗?难道不是这样吗?"

"呵呵,"埃蒙说,"我们应该注意言辞,这里有一名记者。"

埃尔斯佩思继续说道:"嗯,不是吗?难道你就不能承认这种可能性吗?"

她似乎无法让这件事不了了之;但是,幸运的是,她左边的男士开始问她的学术兴趣。他们便热切地讨论起来。

第一道菜已经摆在了大家面前,是李子干松鸡炖蘑菇。马普尔小姐突然觉得很累。这些天来,这种感觉出现得越来越频繁，她一遇到这样的大型活动就会感到非常疲惫。她发现自己渴望回到圣玛丽·米德安静的客厅。她开始自言自语——这些年轻人对你不感兴趣了，简，也不需要你了。对他们来说，你是维多利亚时代的遗物，古代历史，就像他们研究的文献一样。她周围盘旋着七嘴八舌的谈话片段：亚伦爵士在讲述自己当法官的经历，这些聪明绝顶的人在进行各类学术交流。

"你知道吗，他一直把那家面包店当作他贩毒生意的幌子？"亚伦爵士对坐在他旁边的年轻导师说，"鸡肉馅饼里塞满了毒品。"

"在某种程度上，人们不得不钦佩查特顿的大胆。这些赝品骗过了所有人。"埃尔斯佩思对她左边的男人说。

"我听别人说过，但是，老实说，大多数人在家里用一台计算机能做什么？"埃蒙·麦克马纳韦说，"我连我的哥布林煮茶器都不会用。我一直把水放错地方。"

再隔两个座位，可以听到阿格妮莎·斯特罗姆博士奇怪的口音："当然，他有办法把它用在自己身上。每个信托都需要一位酬劳丰厚的管理人，你不知道吗？"

马普尔小姐的脑子里回荡着她刚刚听到的话。她想不出是哪一部分，只知道刚才有人说了一句非常出乎意料的话。那句话意味着……是什么来着？她想到了圣玛丽·米德的屠夫的儿子吉姆，他打赌他可以跳过磨坊引水槽。是什么……

一只手抓住了她的左肩，她从座位上跳了起来。这个想法消失了。

卡斯伯特·凯林教授捏了捏马普尔小姐的胳膊，他表现出的自来熟令人难堪。

"你不介意，对吗？"他凝视着那张座位卡，"简，亲爱的，只是埃尔斯佩思和我刚才还没有说完。"他轻笑了一声，"我极尽友好地问西蒙·斯基珀是否介意和你换个座位,埃尔斯佩思,他就小题大做了。"

"哦,"埃尔斯佩思说,"但我已经吃到一半了。"

"别担心。学院工作人员会解决的。我对你所说的BBC二台的新政治讲座节目很感兴趣。"

"她在自己的位置上挺好的。"埃蒙说。

凯林教授的眼神充满了愤怒。

"她可以自己决定,"他说,"你不能吗,亲爱的?"

埃尔斯佩思紧张地环顾四周。

"你不必过去,"埃蒙轻声说,"他强迫不了你。"

然而,埃尔斯佩思·赫肯的脸颊上泛起两团红晕,带着谦虚的神情,但在马普尔小姐看来又似乎夹杂着恐惧。她站了起来,短裙勉强遮住了屁股,朝上方走去,坐到了凯林教授的身边。

马普尔小姐周围陷入了一片奇怪的寂静。主菜已经上桌了:烤鹿脊肉配欧洲防风草、黑莓和栗子填料。埃蒙恶狠狠地挖着肉。阿格妮莎·斯特罗姆移动了几个座位,坐在了埃尔斯佩思原来的位置上。她和埃蒙阴郁地对视了一眼。就连亚伦爵士都压低了声音。

"请原谅,"马普尔小姐说,"但我确实想知道卡斯伯特教授对年轻女性而言是否足够安全。"

埃蒙苦笑了出来。

在桌子的另一端,凯林教授正在埃尔斯佩思·赫肯的耳边低语。她看起来很紧张。她似乎想拒绝,下巴几乎缩进了胸口,有点害怕地摇摇头,但凯林教授的胳膊如虎钳一般捏着她的肩膀。

"安全?"埃蒙说,"那个叫哈利森的女孩的遭遇要重演了。"

"叫哈利森的女孩?"马普尔小姐温和地问道。

即使从桌子的这一端,每个人都能看出凯林教授对埃尔斯佩思说了什么。她是个多么漂亮的女孩,她穿这么短的裙子时应该想过人们会看的吧?

阿格妮莎·斯特罗姆说:"我之前对埃尔斯佩思说过她的事。她是我的好朋友。卡斯伯特对她毛手毛脚。每个人都说她应该对此保持沉默。但她去学校闹了。当然,卡斯伯特说她和他一样是情之所至,只是事后后悔了。他们各执一词。一年前,她在宵禁后和男朋友在床上被当场抓住,这一切对她相当不利。自那之后,她没有评上初级研究员。"

凯林教授紧抓着埃尔斯佩思胳膊的手一路向下移动,手背几乎擦过了她的胸部。他拍了拍夹克的口袋,在她耳边低语。

"是安眠酮,"埃蒙说。"他从哈雷街的医生那里拿到的,能帮助他放松。他把药给了哈利森。听着,"他对阿格妮莎说,"我知道她是你的朋友,但你根本不知道来龙去脉。我住在她旁边的房间。我在夜里听过她哭泣。她害怕地睡不着觉,我还曾经坐下来陪她说话。"

马普尔小姐看着凯林教授和埃尔斯佩思·赫肯。他递给她一粒白色的小药丸,她把它放进了酒杯里。他也往自己的杯子里放了一颗。他们晃了晃杯子,喝了下去。

"但是卡斯伯特无法控制埃尔斯佩思,对吗?"亚伦爵士略微惊慌地说,"她不是学生。她是BBC的人。她是自由的,可以想做什么就做什么。"

"既然这么说,"埃蒙说,"我相信她一两年前就申请了这里的博士学位。她对奥利弗·克伦威尔和查理二世的情妇莎拉·贝灵顿有一些研究。但是申请被拒绝了。很多人都向往这种相当骄奢淫逸的生活方式。"他停顿了一下,又看了一眼桌子上首:"看来,我得说点什么。"

在正式的晚宴场合,诱惑很难被打断。但埃蒙·麦克马纳韦进行了大胆尝试。他以和其中一位管家谈论要散架的椅子为掩护,慢慢靠近桌子上首。凯林教授的手正在抚摸埃尔斯佩思·赫肯的后腰,已经即将探到她的臀部。埃蒙拿起酒瓶,友好地主动提出给他们俩斟酒。然后他建议凯林已经占用了埃尔斯佩思太长时间,也许可以放她回到原位了。埃尔斯佩思一言不发地摇了摇头。卡斯伯特·凯林哈哈大笑。他紧紧地搂着她大声说——声音大到桌子上的每个人都能听到。"现在,在敬酒和上布丁之前,亲爱的,也许你想到我的房间里梳洗一下。"

埃尔斯佩思睁着闪闪发光的大眼睛,跟着卡斯伯特·凯林从餐厅后面走了出去。

"也许她真的喜欢那只老山羊?"阿格妮莎说着看着他们离开。

"没有人会喜欢卡斯伯特·凯林,"埃蒙说着回到了自己的位置,"她太害怕了,以至于不敢拒绝。"

"我们确定发生了不愉快的事吗?"亚伦爵士问道,"也许她真的需要一点时间去梳洗一下?这里太热了。"

马普尔小姐隐隐感到不安。不幸的事肯定正在发生。整个晚上,这张桌子上都在发生可怕的事。如果饭前没喝那两杯雪利酒,她应该能想出那是什么。她有一种感觉,他们都是这次晚宴上的棋子,正在按预定的规则在这个棋盘格地板上移动。

但规则是谁定的呢？

不到三十分钟，卡斯伯特和埃尔斯佩思回到了餐桌旁。在马普尔小姐看来，他们两人显然都服用了某种药物。过去十几年来，她从警察朋友那里了解到新型毒品的存在，也了解到许多人希望禁售这种毒品。一九五九年，吸毒还被认为是相当无耻而低级的事；而到了现在的一九七〇年，甚至在高知分子眼中，毒品却成了冒险精神和有趣的标志。马普尔小姐还记得那个还没有出台任何禁毒法律的年代。她记得，在第一次世界大战期间，哈罗德百货公司公开售卖"给前线朋友的欢迎礼物"：可卡因、吗啡和所有吸食的设备。年轻人总是认为他们发明了一切。

在马普尔小姐看来，不管是什么，埃尔斯佩思和卡斯伯特都吸食过量了。埃蒙·麦克马纳韦说那是安眠酮。他们错过了主菜。工作人员显然希望开始撤菜并端上布丁，但致辞环节还没有完成。埃尔斯佩思摇晃着，跌跌撞撞地坐下，看起来昏昏欲睡，一脸迷茫。

凯林教授看起来也好不到哪里去。尽管如此，他还是再次站了起来，脸上闪闪发光，眼睛非常明亮，开始了纪念创始人日的正式演讲，宣读了学院的首代捐助者要求谨记的拉丁语格言。但是有些不对劲。他的话越来越含糊不清。他多次忘记念到了哪里，并一直在喃喃自语"请原谅"。他的眼睛闭上又睁开，身体慢慢地向前倾倒，脸朝下砸在了烤鹿肉的剩余物中，酒杯旋转着掉在了地板上。

亚伦爵士立刻跳了起来。他在参军期间接受过一些医学培训,所以他把凯林教授的身体从鹿肉里拖了出来,检查了他的脉搏和嘴巴。

"叫医生!"亚伦爵士喊道,"看在上帝的分儿上,叫医生!"

卡斯伯特·凯林上气不接下气,口吐白沫。

他旁边的埃尔斯佩思·赫肯慢慢地从椅子上侧着摔了下去。她的脸埋在了抛光地板上的面包屑和食物残渣里。她开始抽搐,然后昏了过去。

在那个可怕的时刻,马普尔小姐听到的最后一个声音是埃蒙·麦克马纳韦的。他喊道:"你们到底站在那里干什么?!快叫个医生!"

第二天早上,马普尔小姐和亚伦爵士坐在伦道夫酒店宽敞的餐厅里吃早餐,俯瞰着博蒙特街和烈士纪念馆保留的乔治王朝时代的优雅。亚伦爵士认为开车回家不太明智,但他们两人都不想住学院提供的客房。事实上,警方目前正在搜查整个学院,以寻找任何与服用非法药物并致人死亡有关的证据。晚宴上的所有与会者都接到了通知,要求他们在未来几天内留在牛津,直到调查结束为止。

亚伦爵士说:"至少埃尔斯佩思·赫肯已经脱离了危险。"

"是的,"马普尔小姐说,"这真是让人松了一口气。"

埃尔斯佩思·赫肯和卡斯伯特·凯林教授都被救护车送往了拉德克利夫医院。根据亚伦爵士那天早上设法看到的报告,埃尔斯佩思和卡斯伯特的年龄差超过三十五岁,她度过了一个惊险的夜晚。但是给她洗胃之后,她现在已经脱离了危险,预计再过一两天就能出院回家了。

但是，马普尔小姐和亚伦爵士之间的桌子上摊着上午晚些时候的《泰晤士报》，上面有卡斯伯特·凯林教授的整版讣告。他在伊顿公学和牛津大学贝利奥尔学院担任教授，在哈佛获得了博士学位，他是贝灵顿-博马桑德家族后裔，将葬入家族墓室。讣告列出了他在政治史上的巨大成就，包括他在一九六五年出版的民主题材的畅销著作和他作为学院院长的英明才能，还提到了他的两段婚史和两任前妻。他的照片比实际年龄年轻几十岁，仍然留着茂密的胡须，从报纸上尖锐地凝视着世界。

"告诉我，"亚伦爵士说，"老实说，你感觉到什么了吗？"

马普尔小姐的眼睛闪烁着智慧的光芒。

"好吧，我必须要说，"她说，"人必须保持开放的心态，但我有一两件事想不明白。"

"好吧。"亚伦爵士说。"在你告诉我之前，让我猜猜。有点奇怪的是，安眠酮的所有人卡斯伯特，"亚伦爵士有些厌恶地说，"他以前服用过很多次，这一次他居然服用了这么多，以至于过量而死。而且，他还把埃尔斯佩思·赫肯置于危险之中。"

"是的，"马普尔小姐说，"这很蹊跷。人们会觉得他会很清楚应该服用的剂量，不至于因此毙命。有人注意到了。"她瞥了一眼窗外，似乎仍然对自己的敏锐感到羞涩，尽管亚伦爵士对此心知肚明。"人们肯定会留意到，偷换饮料是多么容易。"

"我确实想起来，西蒙·斯基珀打翻了那个酒杯。他可能是想倒掉他给卡斯伯特下的毒药。"

"是的，正是如此。打翻酒杯可能是想让大家排除他给院长下毒的可能。当然，这意味着所有痕迹都会立即被清除，工作人员会清洗桌布。在座的确实大都是凯林教授的敌人。他确实很有树敌天赋。例如，我们到达时，他对你说的那句怪诞的反犹太主义言论。"

"你不会觉得是我杀了他吧？"

"哦，不，不。你邀请我见证你犯下谋杀案，那太离谱了。我只是想说他是一个不太受欢迎的人。他对大学捐款的立场不受欢迎。阿格妮莎·斯特罗姆认为他故意贬低她。埃蒙·麦克马纳韦博士也受不了他。你有没有注意到麦克马纳韦博士在晚餐时也碰过酒瓶？放点药丸或粉末对他来说轻而易举。"

"或者是院长的酒或饭菜被人动了手脚，这个人分散了所有学院服务人员的注意力。这里的警察局长是我的朋友。我必须告诉他，确保他彻底调查所有服务人员。"

"是的，"马普尔小姐说，"这是明智之举，非常明智。不过，我不禁在想，还有些我不太明白的暗流。"

一阵礼貌的咳嗽打断了他们的谈话。一个穿着伦道夫制服的服务员站在他们的桌子旁，手里拿着一个信封。

"这是刚刚给你送来的，亚伦爵士。"

亚伦爵士给了侍者小费，等他离开后，才撕开信封。

"胃残余物分析报告。我之前要求尽快看到。现在我们会知道卡斯伯特和埃尔斯佩思中的是什么毒。"

他阅读这封信时，好奇而聪明的脸上露出了困惑的表情。他什么也没说，把报告递给马普尔小姐。她仔细地读了两遍。

医院报告明确指出，卡斯伯特·凯林的体内没有额外的药物：葡萄酒和他在哈雷街的私人医生开出的安眠酮是唯一的有毒物质。

"哦，"马普尔小姐说，"那好吧。一切就水落石出了。确实非常清楚。"她吃掉了面前架子上的最后一块煎饼，"唯一的困难就是证明真相了。"

* * *

三周之后,简·马普尔小姐和亚伦·卡恩爵士坐在贾罗东南几英里处的西汉姆海岸,贝灵顿-博马桑德庄园的家族教堂里。大理石的拱形天花板采用了罗纹和扇形装饰,像是透过树枝仰望天空。木凳上铺着手工刺绣的垫子。到场的人包括学术界名流、媒体、贵族,甚至还有两名次要王室成员。马普尔小姐三周前在圣比兹学院见过的许多人也在现场:阿格妮莎·斯特罗姆穿着朴素的黑色及踝连衣裙,埃蒙·麦克马纳韦穿着皱巴巴的西装,看起来仍然有点苍白和不适的埃尔斯佩思·赫肯穿着黑色蕾丝,愤怒的西蒙·斯基珀穿着一件非常破旧的黑色毛衣和休闲裤。几名学院工作人员和仆人也在那里。

"我很怀疑,亚伦爵士,"马普尔小姐喃喃道,"凶手肯定在现场。不管警察怎么说,我确信有人犯下了谋杀罪。你同意吗?我认为,凶手就在现场。"

到了"末日经"部分,唱诗班的声音逐渐提高。令人难以忘怀的音乐充斥了每个角落,墙壁、地板、天花板上回声阵阵。有时,回声似乎直接来自他们上方雕刻的天使或祭坛上方抹大拉的马利亚发光的彩色玻璃图像。有人解释说,马利亚是贝灵顿-博马桑德家族的守护神。他会心地透露,该家族初蒙盛宠是因为第一任公爵夫人是查理二世的众多情妇之一。墙上排列着历代家族的大理石半身像;而且,为了纪念他们的创始女族长,贝灵顿-博马桑德的血统同时通过母系和父系延续。因此,令卡斯伯特·凯林教授无比自豪的是,即使他是旁系家族成员,也被视为贝灵顿-博马桑德后裔,因为他的母亲是公爵的女儿。尽管她嫁给了凯林先生——一个富有的又低调的实业家。

"我听说，这个家族的女性都很令人敬畏，"亚伦爵士说，"可以追溯到第一任公爵夫人。看着她的画像，人们不禁会想象那美丽的眼睛和大鼻子背后的智慧，不是吗？"

"是的，"马普尔小姐说，"有些人很喜欢想象过去。甚至想象死去的朋友。这种人会觉得与过去相比，现在他们有更多的共同之处。"

凯林教授的婶婶康斯坦斯是公爵遗孀，已经九十多岁了。她体态端正，保持着永不屈服和坚强的仪态，非常庄重地从教堂前排的座位上走下来，然后从她的珠绣包里拿出一把大铁钥匙。慢慢地，她走到祭坛左边那扇钉满铁带的大橡木门前，把钥匙插进锁里转动。门缓缓打开，一阵寒风从拱顶吹来，烛光在壁灯中摇曳。庄严肃穆，绚丽堂皇，贝灵顿-博马桑德的墓室打开了。

"家族墓室，"亚伦爵士说，"按照家族传统，卡斯伯特躺在祭坛上时，墓室将开放七天七夜，然后他的棺材与他的祖先一起放入坟墓，墓室会再次密封。"

"啊，是的，"马普尔小姐说，"我想也应该这样。距离上次开放已经很多年了吧？"

亚伦爵士皱眉看着她，"是的，阵仗很大，不是吗？我想，距上一个贝灵顿-博马桑德后裔去世已经过去了二十二年。"

"这完全说得通了。"马普尔小姐说。

音乐再次响起，锡厄姆·吕霍普学校合唱团的声音与大提琴，双簧管和巴松管交相呼应，音符像柔和的雨点一样敲打着耳膜。

"我希望里面不会太冷，那间墓室。"马普尔小姐说。"尸体不介意。"亚伦爵士说。

"不,"马普尔小姐说,"但我们会介意。"

那天午夜过后,简·马普尔小姐和亚伦·卡恩爵士坐在黑暗中。事实上,天气非常冷。亚伦爵士把自己的毛领外套借给了马普尔小姐,他穿着他放在车里的麦金托什雨衣薄外套,瑟瑟发抖。

"你认为我们要等很久吗?"他问。

"不用,"马普尔小姐喃喃地说,"我相信我们期待的人认为他们已经等得够久了。你看过《查特顿之死》这幅画吗?几年前,我在夏季展览上看到了它,深受触动。这位才华横溢的年轻诗人和伪造者,留着火红色的卷发,躺在他的作品上面,那些作品让他流芳百世。他在一七七〇年去世时只有十七岁。这是一次非同寻常的招魂。嗯,你看,亚伦爵士:托马斯·查特顿的崇拜者认为世人应该关注这位天才的年轻人。任何需要等待肯定或承认的事都太难以承受了。托马斯·查特顿的崇拜者不耐烦了。"

"查特顿,那个诗人?"亚伦爵士说,"查特顿和这件事有什么关系?"

"嗯,你看,晚餐时提到查特顿,让我想起了屠夫的儿子吉姆。他多么迫不及待地想吸引贝琪的注意。为了证明自己,他不得不跳上引水槽——当然,他摔倒了。过于急迫,就是这件事的起因。事后,吉姆指责一名农场工人给石头涂了油,但是……"

"对不起,我还没听懂……"

"嘘!"马普尔小姐说。

因为有人正走下台阶进入家族墓室。脚步声轻盈而谨慎。

一束火炬扫过拱顶，棺材放在大理石壁龛里。亚伦爵士和马普尔小姐很隐蔽地藏在一个侧室里，手电筒的光芒扫过时没有照到他们。从他们所在的位置，可以看到一个穿着连帽大衣的人在一口棺材上弯下了腰，是中央壁龛中的那口古老橡木棺材。那个人影从外套里掏出一个长长的物体，开始有条不紊地撬开棺材。

亚伦爵士厌恶地喘着粗气，但很快就压低了声音。他拍了拍马普尔小姐的肩膀，好像在说"时机到了，我们行动吧"，但马普尔小姐轻轻地摇了摇头，示意两人继续保持沉默。

现在，那个人打开了棺材。陈旧发霉的墓室气味和隐约的腐烂气味交织在一起。那个身影朝着尸体弯下了腰，外套掩盖了他的动作。他们从棺材里转过身来，姿态自信，近乎欣喜若狂。

"现在行动吧。"马普尔小姐喃喃道。

亚伦爵士打开了手电筒。那个人影是一个年轻女子。

"站在那里别动。"他说，他命令性的声音为他这些年的法官生涯赢得了赞誉。

那个身影转身就跑，但从上面的小教堂里，六名警察已经走下了台阶。面对失败，盗墓者终于把脸完全转向了马普尔小姐和亚伦爵士。她用颤抖的手指指着棺材，棺材里腐朽的骷髅手指里夹着一沓信。

"看，我找到了。我真的找到了。你可以对我的所作所为做任何评价，但我还是找到了。"埃尔斯佩思·赫肯说。

"这些信到底是什么内容？"马普尔小姐说，"我不太清楚。大概和克伦威尔有关吧？"

"天哪,你怎么知道的?"亚伦爵士一脸困惑,当地警察、督察和现任公爵也是如此。他们都坐在锡厄姆·吕霍普图书室的熊熊大火旁。他们面前摆着茶、威士忌和涂满黄油的面包,以消除墓室的寒意。马普尔小姐坐在火堆前,膝盖上盖着厚重的毯子,一时成为众人关注的焦点,亚伦爵士相当怀疑她很享受这种感觉。

"哦,你不记得麦克马纳韦博士在晚餐时的那句话吗?埃尔斯佩思·赫肯想申请博士却被拒绝了,她对奥利弗·克伦威尔和查理二世的情妇莎拉·贝灵顿夫人有些研究?"

"天哪,是的。好吧,她确实有些研究。而且,正如你所说,她追求理想的方式非常专一但又有点急切。事实上,这些信非常有趣。我获准迅速翻看了信件。当然,我不是那个时期的专家,但应该是莎拉夫人和查理二世之间的信件,表明奥利弗·克伦威尔实际上赞成恢复君主制。他暗中破坏自己的摄政统治,而且没有推荐继任者,以便合法的国王在他死后恢复王位。他们肯定会为学者提供大量证据来反复研究。"

"是的,希望如此,"马普尔小姐有些尖锐地说,"我很清楚,埃尔斯佩思·赫肯这样的女人可能会被这种理论吸引。她相当热切,在某种程度上几乎非常虔诚。她试图打扮得像个现代女孩,但她在这个年纪本应该更快乐。她一定固执地认为自己的理论意味着世界是一种秘密的连续存在;也许,即使是那些变革者也可能暗地里赞成现状?事实上,我想她一直在翻来覆去地思考这件事。完全看得出来,在她申请博士学位被拒绝后,她就变得非常痴迷,以致她会为了证明她的观点而杀人。"

"你是说她密谋杀害卡斯伯特·凯林纯粹是为了打开地下墓

室,好得到这些信吗?"

"密谋?不。不,我只是觉得她看到了机会。凯林教授在晚餐时提到自己是贝灵顿家族后裔之前,她可能完全不知道。而且,当然,她没有带凶器,更别说毒药了。不。是他说自己与她痴迷的主题有联系,她才意识到,如果他死了,他的家族墓室就会被打开,她可以证明自己的理论是正确的。她在学院里听到了太多关于他的传闻,知道会有无数人比她更有杀人嫌疑。然后他给了她毒品。哎呀!我猜这是个千载难逢的好机会。她早就失去了耐心,你知道的。她似乎永远不会暴露。"

"可是,她到底是怎么让卡斯伯特吃了这么多药的呢?"

马普尔小姐挑了挑眉。

"动动脑筋,亚伦爵士,一个漂亮的年轻女孩让一个愚蠢的老男人做任何事都不难吧?我猜,是她挑唆的。她拿了一些药,说自己以前服用过,她更喜欢服用五六倍药量的效果。也许她把一些藏在了腮帮里,然后吐了出来。他已经喝醉了。谁会怀疑这个人自己的药会是凶器呢?"

"除了你,"公爵说,"你真是个了不起的女人。我想,即使如此,说这是谋杀也还是有些武断。不过,我必须说。"他坐了回去,双手交叉放在肚子上:"虽然我会怀念坏脾气的表妹库斯,但她为我的家族增光添彩,让我非常高兴。想象一下,她秘密卷入了克伦威尔精心策划的阴谋,目的是让国王重回王位!"

他自己倒了一大杯威士忌,然后把玻璃酒瓶递给众人。

"哦,对不起,阁下,"马普尔小姐说,"不,不,我还没有解释过。这些信不是真的,而是伪造的。"

房间里的三个男人同时发出了短促的惊呼。

"是的,"简·马普尔温和地说,"这正是人们痴迷的那种怪诞理论。一切都是有意为之的。存在一个惊天阴谋，幕后有秘密的力量驱使。不，不。屠夫的儿子吉姆的故事再次上演了，并没有人给石头涂过油，事情就这么发生了。并不存在人人皆知，唯独你自己蒙在鼓里的惊天秘密。事情的发生完全是顺其自然的。这就是为什么她如此高度评价查特顿——他是一个著名的伪造者。即使是在晚宴上，她还在想办法。她告诉自己，如果查特顿能做到，她也能做到。如果她能以某种方式除掉这个绊脚石，然后伪造她需要的信件，她就可以证明自己的理论是正确的。我想。"马普尔小姐沉思着说："她打算晚上把棺材打开，留待信件第二天被发现。对她来说，这些信被她自己发现并不重要，重要的是有人发现，就能证明她是对的。"

"我没太听懂。"亚伦爵士说。

"她没有发现棺材里的信。她伪造了信，就像查特顿一样。是她把信放在那里的。"

"我的天啊。"公爵说。

接下来的一周里，一位大英博物馆的专家检查了这些信件，他认为这些信件伪造得非常巧妙。信纸是从那个时期的书籍背面剪下来的，几乎让人无法察觉。若非如此，埃尔斯佩思·赫肯会被证明是正确的；她的博士申请会被牛津的任何学院所接受。在某种程度上，马普尔小姐为她感到相当难过。她记得屠夫吉姆的儿子从引水槽里爬出来时浑身都湿透了。但正如亚伦爵士提醒她的那样，这是个故意让人过量吸毒而死的女人，所以不必为她感到太难过。

除此之外，新任院长西蒙·斯基珀再次邀请马普尔小姐回到学院参加晚宴。

"我想,大学教授们都很想和你交朋友。与时俱进嘛,"亚伦爵士说,"这个新社会是开放而平等的。"

马普尔小姐笑了笑,说她会考虑的。

玉皇后邮轮喋血 ———
珍·郭（Jean Kwok）

马普尔小姐居然在跳华尔兹,她自己都有些惊讶。她一直很欣赏这种优雅的舞蹈,但很少想过自己去跳。然而,因为要见她的外甥——著名小说家雷蒙德·韦斯特,她已经在前往香港的邮轮上待了好几个星期。她终究没能招架住邮轮交谊舞教练甜言蜜语的热情哄骗。"只要会走路,就能跳华尔兹。"这位迷人的年轻女子说。她光滑的黑发梳成了高高的发髻。同船上的许多工作人员一样,她是中国人。

马普尔小姐喜欢华尔兹,是因为这个舞种可以让人保持尊严,不像那些拉丁舞,跳起来得把自己扭曲成椒盐卷饼。她的舞伴庞先生比她年长,中等个头,住在她这一侧走廊的客舱里。如今的大多数年轻人似乎都高得离谱,仿佛连门框都过不去。事实上,庞先生的身材短小精悍,这让马普尔小姐如释重负。因为当她看着他的时候,得过风湿病的脖子不会觉得疼。

"玉皇后就是西王母娘娘,你知道吗?"庞先生说,因为用力而喘了一口气,"传说她有长生不老药。只需吃上一粒,你就可以长生不老。那很适合我们这样的人,对吗?人一旦上了年纪,就会想……"

幸好庞先生只会跳几个舞步,马普尔小姐想,否则他讲的这些漫无边际的故事就更让她犯难了。不像其他那些勇于冒险的鲁莽舞伴,他们二人既不会、也不想在顶层甲板上满场转圈地跳华尔兹，只是像旋转木马一样在角落里轻轻旋转。他们偶尔会来几个抬手旋转，马普尔小姐跳得相当优雅。

她任由自己的思绪漫游天际，在顶层甲板上度过了一个美好的下午。她喜欢晴朗温和的春日天气，以及四周的蔚蓝海洋。他们刚刚离开新加坡，但已经离她的家乡圣玛丽·米德村很远了！在到达最终目的地之前，她还会在海上再待几天。雷蒙德真的太善良了。他要在那里度过一年，制作一部以中国为背景的戏剧，同时还担任文化大使之类的职务，为大不列颠帝国尽忠。他坚持让马普尔小姐去他那里住一个月。他强调，这既有利于她的健康，也对她的心理机能有好处，就好像她已经进入了古稀之年。但是她亲爱的外甥已经安排好了一切，所以马普尔小姐别无选择，只能一边欣赏中国南海的海水，一边听着《蓝色多瑙河》的轻柔旋律。

"上次见到我儿子，已经是很多年前的事了，"庞先生继续说，没注意到马普尔小姐根本没有听，"我不想离开他和他的母亲，你会理解的，但我别无选择。"

"当然，"马普尔小姐喃喃地说，试图把他讲的故事拼凑起来，"那你到底为什么离开香港了呢？"

"为过上新生活而拼搏。搬到利物浦之后，我花了好几年才勉强有条件可以把他们接过来。但是那时，孩子的母亲已经去世了，我的儿子也不想来了，说他在香港过得很幸福。分离了几十年，再过几天，我就要和他团聚了。"庞先生的眼皮垂了下来，马普尔小姐礼貌地装作没看到他流下的眼泪。他耸了耸肩，迅速擦去了泪水。

"和你一起旅行的人是你女儿吗？"马普尔小姐注意到了一个身材高大、走路有些蹒跚的年轻女人，此外还有一位带着一只玻璃假眼的老太太,她似乎是庞先生的护工。

"是的,是我和第二任妻子的女儿。去年,她也不幸去世了。"庞先生突然抬起了左臂,向马普尔小姐发出了臂下转弯的信号。马普尔小姐从他的臂下一转而过。"她喜欢园艺……"

当马普尔小姐转回合适的位置时,庞先生说:"牡丹,是我心中的珍宝。每天一看到那些花,我都会觉得高兴。"

马普尔小姐说:"牡丹真是一种可爱的花。"

"牡丹对于中国人的意义,"庞先生说,"就像玫瑰对于英国人一样……"

他们被交谊舞老师坚定的语调打断了,她喊着拍子:"一二三,一二三……"透过庞先生的肩膀,马普尔小姐瞥见老师一直在打量一个看起来很结实的年轻人,他正目不转睛地盯着自己的脚。他的脖子长着深红色的斑块,像皮疹或是胎记。老师提醒他:"眼睛向上看"。但他像没听到一样。

"快看,你的女儿和朋友来了,"马普尔小姐说。在那个倒霉蛋身后,庞先生的同伴们正快速地朝这边走来。

庞先生朝她指的方向看了一眼,愣住了。他直勾勾地盯着她的肩膀。似乎有一瞬间无法呼吸,脸憋成了深紫色。"庞先生,"马普尔小姐有些惊慌地说,"你没事吧?"

她顺着他的目光看去,只看到了老人的同伴,还有一对三十多岁的夫妇,是维克多和埃伦·理查兹,他们之前见过。他们身材瘦削,不苟言笑。维克多长着鹰钩鼻,眼窝深陷;埃伦则是长脸,浅棕色的头发披散在脑后,散发着忧郁的气质。据说他们有一家利润丰厚的制药公司。马普尔小姐听维克多说,这个公司生产多种能够维系社会正常运转的重要药品。

"我没事,"庞先生停了一会儿,气喘吁吁地说,"我想只是华尔兹跳多了。"

晚饭后，马普尔小姐坐在宴会厅角落的小桌子旁，饶有兴趣地环顾着四周。柔和的灯光洒满了桌子，而闪闪发光的枝形吊灯将华丽的房间笼罩在金色的光芒中。男士们系着黑色领带，女人们大都穿着色彩绚丽的晚礼服。马普尔小姐本人穿着一件高雅的灰色蕾丝连衣裙。在场的客人汇聚了不同种族、年龄和体型，既有少数带着孩子的年轻家庭，也有满头银发的老年夫妇。船上的管弦乐队演奏着缓慢的旋律，许多人正在练习下午舞蹈课上学到的舞步。其他人分散在房间四周的圆桌上聊天，喝着热饮或鸡尾酒，马普尔小姐本人也是其中一员。

埃伦·理查兹穿着一件带有树叶图案的绿色长裙，看起来有点像一棵树。她在马普尔小姐的桌子旁停了下来。"我可以和你坐一起吗？"

"当然。"马普尔小姐说。她喝了一口香喷喷的咖啡，然后放下杯子。"你先生呢？"

"维克多有点头疼，就提前回去了。"埃伦向服务员招了招手，要了一壶新的咖啡，"怎么没有看到你的舞伴？"

"庞先生？其实，我也在找他。他之前似乎有点不舒服，希望他没事。"

埃伦抽了抽鼻子。"难怪他有个同伴。他们都叫她费思 (Faith) 阿姨。嗯，我想，要想忍受她，需要对她怪异的行为方式有信心。"

"你是说那个老太太？"

埃伦点点头，弯腰靠近了一些。尽管埃伦举止严肃，但马普尔小姐发现她非常喜欢八卦。"我相信她已经跟船员们打成一片了。事实上,她用船上的设备给他开小灶,给他熬各种中药。一想到她给他吃的东西,我就会不寒而栗。你见过她做的那些令人发指的事吗?整夜整夜地烧香,边走边自言自语,听说她还给他扎针。前几天,我亲眼看到她把活的螃蟹和龙虾扔进了海里!"

马普尔小姐扬起眉毛。"她从哪里弄来的?"

埃伦摇了摇头。她似乎对马普尔小姐如此务实的反应感到惊讶。"我猜肯定是厨房呗。"

"这是有点奇怪,但螃蟹和龙虾的事倒是闻所未闻。"

埃伦压低了声音,尽管管弦乐队的演奏已经盖过了她的话。"她是一个中国女巫。"

但是,马普尔小姐并没有表现出应有的惊恐,反而显得很着迷。"我想知道她的做法是否真的有效。"

"当然不会!"埃伦叫道,"那都是迷信的鬼话,根本没有任何科学依据。"

"嗯,你肯定比我更清楚,"马普尔小姐谦虚地说,"恐怕我过着孤陋寡闻的生活。"

埃伦自鸣得意地笑了,显然没有人能指望这样一个乡下老妪能懂什么道理。"这肯定会让你不安,但我敢肯定,那女巫之所以留在老人身边,只是因为听说他家财万贯。"

马普尔小姐心想,在圣玛丽·米德这样的小村庄发生的事情会让你目瞪口呆。但她只是大声问:"是什么样的家财?"

"一件价值连城的珠宝。"

* * *

当天晚些时候，马普尔小姐在庞先生的门外徘徊，他们的客舱只隔了几间房间。她并不想贸然打扰，显然他的女儿和那个被埃伦称作中国女巫的护工已经在照顾他了。然而，她隐约有些不安。早些时候，庞先生似乎被什么事吓了一跳，尽管他并没有承认。

她正在犹豫是否敲门，门就开了。马普尔小姐和庞先生的女儿都被对方吓了一跳。她看起来二十五岁左右，身材魁梧，长手长脚，黑色的头发从凌乱的发髻上散落下来。

"有什么可以帮你的？"她礼貌地问。

马普尔小姐脸红了一下，感觉自己像个爱管闲事的人。"很抱歉打扰你，我和你父亲跳过舞，只是来问问他的身体情况。"

她愉悦地笑了，黑色的眼睛富含表情。"我记得你。和你跳华尔兹让我父亲感到非常自豪。你是马普尔小姐，是吗？我叫Mudan，很感激你关心家父的健康。"她皱起了眉头，"他之前似乎确实有些吞咽困难，但令人高兴的是，他现在已经睡下了。"

她把门敞开了一些，向马普尔小姐展示了身后黑暗的客舱，里面传来了微弱的呼吸声。餐具柜上似乎摆放着没吃完的饭菜：一碗米饭和一盘煮熟的鸡蛋，旁边是一瓶花。在靠近门口的一张小桌子上，马普尔小姐注意到了一张褪色的黑白照片，照片上是一个怀抱婴儿的女人。

Mudan看到马普尔小姐在看那张照片，就拿起来给她。"爸爸说他告诉过你，这是我同父异母的兄弟陶。这张照片是他小时候和母亲的合照。这是爸爸最后一次见到他。"

庞先生的第一任妻子长着一张娴静的鹅蛋脸，尽管站在斑驳的阳光阴影中，还是能看出她对怀中婴儿的爱。孩子的脸和脖子被一块深色的阴影遮住了一部分,这使得他的表情很难辨认。但马普尔小姐注意到他穿着整洁的水手装,戴着黄褐色的帽子,看起来被精心照顾着。他母亲的上衣上别着一只亮晶晶的胸针,一束光从上面倾泻而下。

Mudan 凝视着照片时表情悲伤。"我父亲迫不及待地想去香港见他,他已经念叨很多年了。"

马普尔小姐非常理解。这有点像圣玛丽·米德的教师默里先生,他一直在缅怀失去多年的爱情——一个多年前搬到伦敦的女孩,而他的妻子则因被忽视而郁郁寡欢。马普尔小姐温和地说:"人很难战胜自己的幻想,不是吗?"

Mudan 美丽的眼睛看着马普尔小姐的脸,惊讶不已。"你真有见地,当然,老人言句句都是智慧。"

Mudan 向马普尔小姐轻轻鞠了一躬,双手合十以示尊重,然后走出来,小心翼翼地关上了身后的门。和马普尔小姐道过晚安之后,Mudan 走进了自己在父亲对面的客舱。

马普尔小姐的脸红了。亚洲文化对长者的崇敬出乎她的意料,也让她很受用。

第二天早上,马普尔小姐门前的过道里人声鼎沸。她探出头,看到船上的格兰特医生正大步走进庞先生的房间。马普尔小姐在风湿病发作时找过这位善良而身材圆润的医生。更令人震惊的是,格兰特医生身后紧跟着韦伯斯特主管,他负责船上的安保工作,身材高大、仪表堂堂。

马普尔小姐赶紧穿好衣服。她正往外走时,来了一位船上的服务员,这个年轻人平日里很温柔,但现在,他失去了往日的冷静,显得很激动。在黑发的映衬下,他阴云密布的脸有点发白,他的嘴唇苍白如蜡,惊恐地大睁着深棕色的眼睛。

"发生什么事了?"马普尔小姐问道。自从她称赞这位服务员在她的客舱里用餐巾纸折出了各种可爱形状以来,她们就变得熟络起来:他折过一顶皇冠,一颗双星,甚至还折过一只天堂鸟。有时她也会在船上的其他地方遇到他,例如在顶层甲板上供应鸡尾酒,或者在桥牌课上发放纸牌。

服务员犹豫了一下,然后说:"很遗憾告诉您一个不幸的消息,走廊那头的那位老先生昨天夜里去世了。"

"庞先生?"服务员点头确认后,马普尔小姐为她的朋友感到难过,他再也见不到他的儿子了,也为 Mudan 感到难过。"但他昨天还在跳华尔兹。他可能当时感觉不太好,但没有严重到去世的程度啊!"

管家的手明显在颤抖。他低声说:"那个客舱里发生了一些奇怪的事。"

"什么事?"

"那里有不祥之兆。"

"你到底是什么意思?"

管家凑过来说:"反正对于中国人来说,很可怕。其他国家的人可能根本意识不到哪里不对劲。我在那里见到了一碗米饭,中间插着一根筷子,就像我们中国的葬礼一样。还有鸭蛋,非常不祥,因为它们意味着死亡。还有纯白的花朵,那也是葬礼的象征。我在他的小屋里见过好几次,包括昨天。这些物品中的任何一种都会带来死亡。"

"庞先生怎么会把这么不祥的东西放在他的客舱里?"

管家摇了摇头。"正因如此。庞先生非常迷信。我敢肯定把这些东西带进客舱的不是他本人。他被吓坏了。"

马普尔小姐在庞先生的门口停了下来,门开着。现在房间内洒满阳光,餐具柜清晰可见,里面空空如也。有人清理了不祥物品吗?马普尔小姐回想着她最后一次见到它们的情景。尽管当时光线黑暗看不清楚,她肯定看到了大米、鸭蛋和花。难道有神秘人在恐吓庞先生?会是什么动机呢?难道Mudan或费思阿姨只把那些东西清理干净就不了了之了吗?

马普尔小姐准备离开,她不想被人看到在死者门口徘徊。这时,她发现了另一件事:那张第一任妻子和小男孩的照片也不见了。

然后,屋内传来了低语声。马普尔小姐往里面看了一眼,发现Mudan正坐在她父亲死去的床上,现在床上的床单和被褥已经清空了。费思阿姨坐在椅子上。韦伯斯特主管和格兰特医生站在她们面前。Mudan的眼睛已经哭得红肿,而费思阿姨则脸色苍白,眼中带着蔑视,双手紧握成拳。为避免被发现,马普尔小姐退回到走廊的阴暗处。她知道自己应该继续向前走,但她不禁觉得Mudan可能需要她的帮助。幸运的是,他们正在全神贯注地谈话,因此没有人朝马普尔小姐的方向看过来。

"我们只需要简要了解发生的情况,"韦伯斯特主管说,"你能告诉我们你是怎么发现你父亲去世的吗?"

Mudan喘了口气:"我……我进去之后……"

"没事,"费思阿姨说,轻拍Mudan的胳膊,"你没有做错什么。"

"当然!"Mudan震惊地说道。她吸了口气,试图让自己平静下来。"我给……给爸爸端来了早茶，但……但他没有回应。"她再次剧烈颤抖着抽泣起来。

"真的很抱歉，但我们需要这样做，"格兰特医生温和地说，"只是有一些反常之处。"

这时，Mudan 抬起头来，而费思阿姨则用那只好眼睛紧紧盯着他。"什么，你是什么意思？"Mudan 问。

韦伯斯特主管示意格兰特医生噤声。马普尔小姐明白，在获得证人或嫌疑人的供词之前，他们不能透露任何信息。"要知道，你现在能帮助你父亲的最好方法就是尽可能详细地告诉我们你看到的一切。昨天晚上，你有没有注意到庞先生有什么不寻常的地方？"

这种能提供帮助的抚慰似乎让 Mudan 情绪平复了下来。"爸爸昨晚感觉不舒服，但我想也许他吃了不适合他的东西。昨天晚上，他有些吞咽困难，说话不多，但最后还是稳定下来睡着了。"

格兰特医生说："他昨晚吃了什么异样的东西吗？"

"只是他平常喝的中药。"费思阿姨说。她的玻璃眼球在灯光下闪闪发光。

"中药里都有什么成分？"格兰特医生温和地问道。

"这几个星期他一直很紧张，所以我一直在给他加药量提精神：放了人参和陆地眼镜蛇。"费思阿姨平静地说。

韦伯斯特主管突然挺直了身子。"你给庞先生吃了眼镜蛇？"

"当然已经去除了毒液。"格兰特医生说。

"哦，没有，"费思阿姨说，"毒液是精华！恐惧是一种毒，祛毒必须以毒攻毒。"

格兰特医生挑起浓密的眉毛。"啊，我猜和以火攻火类似。但是你不觉得毒上加毒会大错特错吗？"

"哦，不，"Mudan打断道，"费思阿姨是我们认识的最好的治疗师。她在国内华人社区很有名，从我出生之前就在我们家工作了。她每天只给爸爸加一点点眼镜蛇，不致命的。她绝不会犯这样的错误。毒量不足以杀死爸爸。"

说到这里，她崩溃地把脸埋在手里。费思阿姨走到她身边，把手放在她的肩膀上，瞪着那两个男人。

韦伯斯特主管清了清嗓子。"今天就到这里吧。"

在两个女人从房间里走出来之前，马普尔小姐赶紧离开了门口，忙着拿钱包，假装在找她的客舱钥匙。Mudan看到她时身体绷紧了，但随后朝着她虚弱地笑了，这让马普尔小姐感到惊讶。费思阿姨甚至根本没看到她。在Mudan和费思阿姨走远之后，马普尔小姐又回到了房间内。

韦伯斯特主管转向医生。"你怎么看？"

格兰特医生用一只手抚摸着自己的脸。"有一定道理。我不建议这样做，但少量蛇毒能被胃酸和消化酶分解。但如果剂量较大，毒素可能会进入血液并会攻击神经系统，症状包括眼睑下垂、说话和吞咽困难、无法呼吸等。你知道的，我已经确定他的死因是窒息。"

韦伯斯特主管低沉地说："那么就是过失杀人，或者谋杀。"

"我很惊讶你没有立即逮捕她。"

"我想先看看庞先生的财产和文件，以便确定是否有动机。毕竟，我们是在船上。费思阿姨无处可去。"

马普尔小姐紧紧抿着嘴唇。先是父亲去世，然后同伴被怀疑是凶手，对于Mudan这个温柔的年轻女子来说，是一段多么可怕的经历。

* * *

当天马普尔小姐没有再见到 Mudan 或费思阿姨。其他乘客似乎对庞先生的突然去世感到不安，但并没有过分担心。毕竟，他年事已高，而且有传言说他患有某种焦虑症，这肯定导致了他的突然死亡。好像所有焦虑的老人都可能随时死亡，马普尔小姐想。

晚餐时分，马普尔小姐走进餐厅，陷入沉思。庞先生和他的故事……他谈到了他的第一任妻子和儿子。他喜欢牡丹，看到牡丹就很开心。但是，不知道他看到了谁而变得非常激动，是他的女儿和看护人，那个所谓的中国女巫，还是维克多和埃伦·理查兹？服务员认为有人故意吓唬他。马普尔小姐想不通舞池里的那一刻究竟哪里不寻常。她肯定遗漏了什么。此外，失踪的不祥物品和照片跟这件事有什么联系？传言中庞先生那件精美的珠宝还在客舱里吗？现在他已经死了。她不喜欢这一连串的疑问，一点都不喜欢。

晚餐时间到了，Mudan 或她的同伴仍然没有出现，但维克多和埃伦发现了马普尔小姐，招手叫她一起坐。

马普尔小姐一坐下，埃伦就说："你听说你朋友的可怕消息了吗？"

马普尔小姐注意到庞先生的地位在埃伦口中从舞伴提升成了朋友，但她只是点了点头。接近死亡时，许多人会体验到一种感同身受的兴奋。离死亡越近兴奋感越强烈，直到人类共同面临的死亡宿命最终降临。

维克多津津有味地补充道："嗯，他显然不是正常死亡的。他们计划明天早上逮捕那个奇怪的中国女人，费思阿姨，因为她用陆地眼镜蛇毒死了庞先生。她自己也承认了。"

"什么？"马普尔小姐假装难以置信地说。

"哦，船上的医务人员和我们关系不错，"埃伦洋洋自得地说，"毕竟，我们为他们提供药品。他们认为，她觉得是在帮他……必须承认，她有一些做法非常可疑。"

当侍者走近点餐时，马普尔小姐惊讶地认出了帮过自己的服务员。"我以前没在餐厅见过你。"

他向她轻轻地鞠了一躬。"这艘船上的服务员很少，所以我们都是身兼数职。今天晚上，这里需要人手。"

马普尔小姐犹豫了一下，然后继续问道："你介意给我们解释一些事吗？"

维克多和埃伦用惊恐的表情盯着她，显然对她与中国服务员交谈感到震惊。

维克多大声说："这不合适……"

马普尔小姐没有理会。"你能告诉我们为什么会有人用针扎别人吗？为什么会把活龙虾和螃蟹扔到海里？或者他们为什么会吃陆地眼镜蛇？"

年轻服务员的脸红了一下，但还是努力给马普尔小姐解答："针扎的做法被称为针灸，它是一种古老的中国治疗方法，可以减轻疼痛，已经有效沿用了数千年。有些人相信放生龙虾和螃蟹等动物可以作为献给神的祭品，是一种可以带来好运的天赐礼物。有时少量的眼镜蛇毒可以帮助恢复健康，但用量必须由医生仔细把控。"

"谢谢你的这些解释，很有启发性。"马普尔小姐对服务员微笑着说，"你认识费思阿姨吗？"

"是的，算是认识。她经常去员工区。事实上，她今天早些时候就去过，因为她需要开水，但似乎有什么东西吓了她一跳，结果水都洒在了地板上。主管很生气。"

埃伦相当粗鲁地说："我们现在可以点餐了吗？"

当马普尔小姐吃着酱烧鲤鱼晚餐时，她感到很不安。根据她自己对植物的了解，她知道一些中国的草药疗法是有效的。尽管船上的人普遍不信任费思阿姨，但马普尔小姐不相信 Mudan 会允许一个骗子这么对待她亲爱的父亲。而且，这些都无法解释那些丢失的物品和照片。

她不禁觉得，这件案子还有很多隐情。

晚饭后，马普尔小姐觉得情绪过于激动，不适合去舞厅，便回到了自己的客舱。平静安宁的环境有助于帮助她理清头绪，集中精力思考这起可疑的死亡。

她刚转弯来到走廊，就听到了一声尖叫。

Mudan 踉踉跄跄地冲出客舱，双手抱住自己。她气喘吁吁地抽泣着。

"这是怎么了？"马普尔小姐大喊。

"费思阿姨！她，她死了！"Mudan 摇摇晃晃，仿佛要晕倒。

马普尔小姐抓住她的胳膊，然后屏住了呼吸，因为她看到了牡丹上衣和手上的深色污渍。全是血。

其他乘客听到动静，纷纷打开了门，周围开始骚动不安，窃窃私语起来。有人跑去找了医生和保安。

"可怜的姑娘，"马普尔小姐说，"来，你得坐下来。"

马普尔小姐领着 Mudan 回到她的客舱，门是半开的，把她带到床前。Mudan 重重地坐了下来。她把脸埋在手里，没有意识到她正在用鲜血涂抹她的脸颊。马普尔小姐给她倒了一杯水，拍了拍她的背。

几分钟后，当韦伯斯特主管和格兰特医生进门时，首先看到的是 Mudan 血迹斑斑的脸。

"天哪！"格兰特医生喊道，停了下来。

"请你回避一下。"韦伯斯特主管对马普尔小姐说，但 Mudan 抓住了马普尔小姐的手。

"请留下！"她恳求道，"现在只剩我一个人了。请……请让这位善良的女士留下来。"

格兰特医生和韦伯斯特主管交换了一下眼神，微微点头，韦伯斯特主管决定让马普尔小姐留下来。"你能告诉我们发生了什么事吗？"

Mudan 将手指按在她紧闭的眼睑上，仿佛想抹去她看到的场景。"她……她感觉不舒服。她说她晕船了。我去看她，她……她浑身都是血……血。"

"你碰过尸体吗？"韦伯斯特主管问道。

马普尔小姐将目光投向 Mudan 被鲜血浸透的手指，想叹一口气。她当然碰过。

"是的，"Mudan 说，"我想摸摸她的脉搏。我……我希望……"她盯着地板，什么也没说。

"费思阿姨是怎么被杀的？"马普尔小姐问道。

格兰特医生沉重地说："应该是一把刀。凶器不见了，但她是刚刚被刺伤的，我推测不到一个小时。"

说到这里，韦伯斯特主管又瞪了健谈的医生一眼，但还没等他说什么，Mudan 就哭了起来："爸爸！费思阿姨！"她突然大声啜泣起来。

马普尔小姐用一只胳膊搂着 Mudan 的肩膀。"先生们，你们说完了吗？这个可怜的姑娘遭遇得太多了。"

"恐怕这件事远远没有结束，"韦伯斯特主管严肃地说。他站了起来。"但是我们今天晚上就不打扰你了。"这两个男人走后，马普尔小姐帮 Mudan 清理干净，扶她上床。"别想太多。明天还早着呢。"

她一直握着这个年轻女孩的手，守在她的床边，直到 Mudan 疲惫地睡着了。虽然她劝 Mudan 休息，但马普尔小姐自己却睡不着。

玉皇后号邮轮上有一个凶手。

"Mudan 怎么还没有被抓？"维克多嘶声喊道，"我们所有人都有危险！坐在窗边的那个是她吗？"

马普尔小姐咬了一口菠萝包，讽刺的是，里面一点菠萝都没有。不过，面包仍然香甜美味，经历了一个不眠之夜以后，这顿早餐给了她一些安慰。"那是别人。我认为 Mudan 正在自己的客舱里吃饭。没有发现对她不利的证据。"

"嗯，反正他们看起来都很像，"埃伦喝了一口黑咖啡说，"当然是她。不然还能是谁？两具尸体都是她发现的。我听说她浑身是血。船上的人都很生气。我们被困在海上，凶手却依然逍遥法外。你不能相信那些人。"

马普尔小姐抬起头来。"哪些人？"

"外国人。"维克多替妻子回答。

"在香港，"马普尔小姐说，"我认为我们才是外国人。"

马普尔小姐吃完早餐回到自己的客舱时，她惊讶地发现

Mudan 正在她的门口等待。

年轻女子脸色苍白，明显在颤抖，但她勉强露出了凄凉的微笑。"我想谢谢你昨晚的好意。"

"没什么。你还好吧？"

"不，我想我再也好不起来了。反正回不到过去了。"Mudan 轻轻地抽了抽鼻子。

"你要进来吗？"马普尔小姐打开门说道。

Mudan 点了点头，跟着马普尔小姐走进了她整洁的客舱。她瘫坐在桌边的椅子上，仿佛已经筋疲力尽。马普尔小姐在她旁边坐下。

马普尔小姐说："你父亲去世的那天晚上，你有没有注意到他的房间里有什么奇怪的东西？"Mudan 疑惑地摇了摇头。马普尔小姐继续说道："比如米饭之类的食物或者鲜花？"

"可能有吧？我很担心爸爸。我真的没有注意周围的东西。"她皱起了眉头，"不过好像有人拿走了爸爸的第一任妻子和陶的照片。"

"是的，我注意到了。"

Mudan 敏锐地看了她一眼。"你很善于观察。"

一阵重重的敲门声传来。马普尔小姐打开门，发现外面是韦伯斯特主管、几个保安和她的服务员，后者绞扭着自己的手。

韦伯斯特主管的脸色严肃，令人生畏。"我们认为她可能在你这里。庞 Mudan，你被逮捕了。"

"什么？为什么？"Mudan 喊道，从椅子上跳了起来。

其他保安迅速进入房间，将她包围起来，抓住了她的胳膊。

"我们找到了凶器，是一把牛排刀，藏在你房间的一张餐布里，被叠成了高塔的形状。"

"但我什么也没做。我永远不会,更别说伤害……"Mudan 哭着说。她疯狂地环顾四周,眼神定格在了服务员身上。她指着他说:"我看见他了!我走近费思阿姨的房间时,他正要离开走廊。一定是在我来之前,他把刀藏在了我房间的餐布里。"

服务员的脸色变得灰白。

韦伯斯特主管摇了摇头。"他已经被问过话了。被害者身亡时,他正在餐厅值班,当着许多客人的面。而且你以前没有提过这一点,这似乎很可疑。"

"我心里乱透了!我脑子里什么都不记得了。拜托……"

"她为什么要做这么可怕的事?"马普尔小姐温和地问道。

"她的父亲有一份大额的人寿保险单。"韦伯斯特主管说。

"她是受益人?"马普尔小姐问道。

"是的,她和她同父异母的兄弟都是受益人。我们深入调查后发现,她在利物浦开了一家面包店,而且生意不怎么样。"

"生意时好时坏很正常。"Mudan 说。

"我们四处打听了,大家都知道她的父亲明显更偏爱儿子。也许是出于嫉妒。"

Mudan 跟跟跄跄地后退,仿佛被打击了。她抬起颤抖的手捂住了嘴。

"那她第二起谋杀案的动机是什么?"马普尔小姐问。

韦伯斯特主管说:"这还有待确定。"他耸了耸肩:"有可能费思阿姨找到了她的犯罪证据。"

Mudan 呜咽道:"可是我爱我的父亲和费思阿姨。"

"你一定觉得我是个愚蠢的老妇人,"马普尔小姐说,"但直觉告诉我,她确实非常关心他们。此外,我的服务员提到,庞先生的客舱里被人放了一些东西,比如直插着筷子的大米饭,可能是为了恐吓他。Mudan 没有理由做这样的事,她能接触他的食物,这太明显了。"

服务员点了点头。

主管的眼中闪过一丝尊敬。"我知道,永远不要低估本能。但是,仅凭这一点还不足以立案。"他把名片递给马普尔小姐,"如果你想起更具体的事,不论什么时间,都请告诉我。下船后,我将继续做我的香港警察。"

他转向下属,他们抓着仍在抗议的 Mudan 出了门。她被拘捕时,最后恳求地看了马普尔小姐一眼。

几天后,马普尔小姐和一群老年人在香港的公园里练太极拳。下了邮轮之后,她一直心烦意乱,努力地思考着船上发生的事的细节。雷蒙德的住处很温馨,但他确实太爱睡懒觉了,而马普尔小姐更喜欢早起。她很高兴地发现每天早上都有一群人在做这种温和但令人精力充沛的运动。

虽然她以前从未练习过,但她发现这些简单的运动很令人放松。他们手拉手举过头顶,这个动作叫作"朝天式",能让人们全身的能量流动起来,然后是一招"白鹤亮翅",马普尔小姐像一只升空的鸟一样伸出双臂,左膝抬起。身体做这种冥想运动时,她的思想可以自由翱翔。

玉皇后号上的谋杀案让她极为不安。难道 Mudan 的无辜只是在演戏,是为了迷惑她这个老太太吗?或者说,凶手是服务员?他有可能在餐厅轮班时溜走,尽管可能性不大。马普尔小姐不得不承认,这似乎也不符合他的性格。也许甚至维克多或埃伦也脱不开干系。以他们对药品的了解和掌握,毒死庞先生是易如反掌的事。至于牛排刀,谁都可以拿到。然而,痛苦的真相在于,除了 Mudan 之外,邮轮上没有任何人对这些谋杀案有作案动机。

马普尔小姐与另一位老太太搭伴正在进行"推手"运动。当她模仿同伴的动作时,她注意到那女人脸侧有一个大大的红色胎记。

突然间,一切都变得清晰起来。

"我能在休息日找到你真是太好了,"马普尔小姐说,"这些烤猪肉包非常棒。你要尝尝吗?"

"很好吃。"韦伯斯特主管说。他打量了一下他们的桌子,上面堆满了吃的,竹蒸笼里是甜莲子包,小盘子里装满了牛肉米粉卷,还有一小碗咸粥。服务员推着装满美味佳肴的推车在餐厅里走来走去,以便客人挑选他们想要的食物。

"我最近学会了一个词:'点心',就是这种食物的名字,意思是'触动心灵',"马普尔小姐说,"这很可爱,不是吗?"

"确实。"韦伯斯特主管回答。他的眉头皱了起来,好像在想她为什么要邀请他一起吃饭。她担心他会拒绝,但从他现在津津有味地咬着水晶虾饺的样子可以看出,他显然很享受这顿美餐。

"谋杀谜案的解答总触及心灵深处,不是吗?"她说。

韦伯斯特主管一动不动,继续咀嚼,但把注意力从食物转移到了马普尔小姐身上。

"在庞先生的客舱里,至少有两件物品不见了,"她说,"一枚珍贵的胸针和他第一任妻子抱着儿子的照片。"

"现场没有发现这些物品,但也没有证据表明它们曾经存在过。"

"这就是我以前没有提到的原因,"马普尔小姐说,"然而,我相信它们是解开这个谜团的关键。在庞先生去世的前一晚,我和他一起跳了华尔兹,我注意到当时他不知从我肩膀后面看到了什么,之后情绪变得非常激动。我只看到了Mudan、费思阿姨、维克多和埃伦·理查兹,但我犯了一个许多人常犯的错误:我没有注意工作人员。他们对我来说是隐形的。当时,交谊舞教练也在和一个年轻人跳舞。我花了很长时间才想起他身上有一些不寻常但很明显的东西,因为他一直低头看着自己的脚。起初,他的脖子通红似乎是因为尴尬,但事实远不只如此。他的脖子侧面有一个红色的胎记。"

韦伯斯特主管的目光又回到了盘子里的嫩蛋挞上。他一定在想她的故事有何含义。

"我想起了之前听说过的一个案子,"马普尔小姐说,省略了她实际上已经解开了这个谜团的事实。"一个女人伪装成女仆杀了人,但没有人注意到她,因为他们看到的只是制服,而不是穿衣服的人。"

"我必须承认,我不知道你想说什么。"韦伯斯特主管说道。

"为什么,一切都很简单,"马普尔小姐说,"你自己说过的,人寿保险有两个受益人:Mudan和她同父异母的弟弟陶。陶就是脖子上有胎记的年轻人。在陶与母亲的合影中,他的胎记清晰可见,但是在斑驳的阳光下,容易被误看成阴影。我怀疑他是以乘客的身份登上邮轮的,然后伪装成了服务员。由于许多人都认为所有亚洲人……还有服务员……长得都一样,他们没有看出,在他们船舱里进进出出的服务员并不是同一个人。"

"因此，我们真正的服务员是无辜的，但陶有时会假扮成他。因为假扮成服务员，他就能接触到钥匙。他在庞先生的船舱里放了可怕的东西，让费思阿姨觉得需要增加眼镜蛇毒的剂量，从而确保庞先生过量服用。他的父亲一定在我们跳华尔兹时认出了他，所以当天晚上陶不得不暂停行动。这也不难，因为他可以接触到庞先生的饭菜。"

"我想他希望 Mudan 被指控杀人，因为这将使她失去对人寿保险索赔的资格，他将成为唯一的受益人。另外，有人告诉我，费思阿姨经常去员工区，真正的服务员向我提到过，有一次她被什么东西吓了一跳。我想是费思阿姨认出了他脖子上的胎记——她已经和他们家人共同生活很长时间了。所以这也成了陶除掉她的理由。趁真正的服务员在餐厅时，陶刺死了费思阿姨；之后，他把刀插在了 Mudan 的房间里。"

韦伯斯特主管的嘴巴张开了。他"咔嗒"一声合上了嘴。"传闻中庞先生的那件无价珠宝是什么呢？"

"我认为是胸针，照片中陶的母亲一直戴着。我想只要搜查他家，就会找到它。他一定在乘客名单上，如果他使用假名，交谊舞老师能够帮你指认他。"

"我们要找的胸针是什么样子？"

马普尔小姐答道："照片不是很清楚，但能看出是一朵花。我怀疑是牡丹，因为庞先生说他每天看到牡丹是多么高兴。起初，我以为他的房间里有一株牡丹花，或者是一些来自新加坡的插花；但后来我想起来，牡丹不可能在热带地区开花，它需要冬天的低温。因此，他一定指的是别的东西。"

韦伯斯特主管摇了摇头："你为什么一直追究这件事？这件案子看上去都是老套剧情。"

马普尔小姐喝了一口乌龙茶，享受着它烟雾弥漫的香味。"对我来说，Mudan 杀死两个她明显爱的人是不合常理的。正如我所说，谋杀总是与内心深处联系在一起。现在，你想吃一只馄饨吗？"

马普尔小姐看报纸时不由得脸红了。韦伯斯特主管在陶家找到了无价的牡丹胸针，还有他母亲和他自己的合照，并全都归功于马普尔小姐。陶对一切罪行供认不讳。陶似乎恨他的父亲；因为，与庞先生的说法相反，他并没有第一任和第二任妻子。相反，庞先生是重婚者。他去了利物浦之后，把陶和他的母亲扔在香港，而后娶了 Mudan 的母亲。母亲因为穷困潦倒过世后，陶对父亲的第二个家庭，尤其是同父异母的妹妹深恶痛绝。他想独占全部遗产和牡丹胸针。

报纸还说，邮轮上的维克多·理查兹夫妇对马普尔小姐解决了这个案子感到"非常震惊"，但她最喜欢的部分是文章的结尾，当被告知她的父亲说过他的牡丹是他心中的珍宝时，重获自由的 Mudan 说："这是我的名字。我名字的意思就是牡丹。"

夺命婚礼

德雷达·塞伊·米切尔（Dreda Say Mitchell）

1

即使是谋杀案也不足以打断新婚夫妇的温馨时刻,但马普尔小姐还是迟到了,令人懊恼,却无法避免。这是她参加过的最奇怪的婚宴。她悄悄地溜进婚礼早餐所在的房间,觉得这里很奇怪,但一时说不出原因。场地很完美——当然不是这方面的问题。在这栋豪华宅第里,宴会厅显然是庆祝爵士儿子婚礼的合适场所。墙壁上挂满了新郎祖先的画像,家具、用品和餐具都带着走过了数个世纪的厚重感。所有东西都由黄铜打造,闪闪发光。没有任何瑕疵。

到场宾客穿着体面,举止得体,没有任何异样。新郎对新娘满怀爱意,这对新人俨然一副情投意合的模样。彼得·阿普费尔-斯特兰德穿着传统的男式晨礼服,他的新娘玛丽·巴普蒂斯特则穿着白色雪纺婚纱。不过在马普尔小姐看来,她的裙子可能有点太时髦了。

不对,是贵宾席的宾客组合不太对劲,他们就像在拍摄现代新浪潮电影中的场景一样,似乎很合评论家的口味,但观众却摸不着头脑。新娘一方的贵宾只有一个人,那就是马普尔小姐的密友,新娘的姨妈贝拉小姐。玛丽的家人来自一个美丽的加勒比海岛国圣奥诺雷,简·马普尔最近在那里度假。也许两国之间的距离是玛丽的至亲好友无法前来参加婚礼的原因？马普尔小姐对自己被邀请有些意外，但当她询问贝拉小姐关于她的外甥女的其他亲属情况时，却得到了一个礼貌的搪塞——"家庭情况可能非常复杂"。

确实很复杂。

与新娘那边的贵宾席空空如也形成鲜明的对比，新郎这边的亲朋有些人满为患了。其中有彼得的父亲赫伯特·阿普费尔-斯特兰德先生和他的母亲阿普费尔-斯特兰德夫人。主礼人是他的舅舅安布罗斯主教。目光所及之处，其他家庭成员还在不断增加，新郎的父母在向众人打招呼时脸上挤满了笑容，显然决心要撑足门面；就像一群秃鹫刚刚飞落到猎物身上，却发现鬣狗已经先到一步。

他们明显有些尴尬，理由不可避免，却也令人不快：在二十世纪六十年代的英国，人们或许希望种族偏见已经成为历史，但遗憾的是，事实并非如此。他们的儿子兼继承人娶了一位来自圣奥诺雷的黑人，这一事实也许是阿普费尔-斯特兰德一家郁闷的原因？马普尔小姐紧抿着嘴唇，摆明了不赞同这种偏见。

"简！你能来参加婚礼让我很高兴。"贝拉小姐短暂离开了她靠近这对幸福夫妇的位置，来到马普尔小姐的座席热情地拥抱了她。

"对不起，我来晚了。"马普尔小姐错过了婚礼仪式，"从圣玛丽·米德出发的两列火车取消了。毫无疑问，这与比钦勋爵削减铁路服务的预算有关。"

贝拉小姐身形如雕像一般，比瘦小得多的马普尔小姐高出了一大截。她穿着一件不带装饰的淡紫色连衣裙，缓和了她棕色皮肤的光泽，头上戴着一顶漂亮的帽子。贝拉小姐出门必戴帽子。她们二人直到最近才重逢，当时马普尔小姐在圣奥诺雷度假，那里的酒店住宿条件太差，她再也不会去了。但她们实际上早在闪电战期间就在防空洞里认识了。当时伦敦被炸弹轰炸，贝拉小姐为了消磨时间，就对马普尔小姐讲了自己在这座大都市的短暂经历。她申请加入英国陆军女子辅助军团却被拒绝，就像当时年轻的伊丽莎白公主那样，但她屡败屡战，最终成功进入了空军女子辅助军团。军队里还有其他像她一样的加勒比地区妇女，她们响应号召帮助"祖国"，因为她们从小就被培养要将英格兰视为祖国。"二战"后，贝拉小姐留了下来，成为英国新成立的国家医疗服务体系的一名护士。

"玛丽没有可以邀请的朋友吗？"马普尔小姐问道。

"她不肯告诉别人。事实上，我对她在英国的生活一无所知。她一年多前才从圣奥诺雷来到这里。我觉得她做的是文员工作。"

"你知道她是怎么认识新郎的吗？"

"不知道。她总是对这件事含糊其词，"贝拉小姐补充道，"我们彼此并不是很了解，我成年后大部分时间都住在英国。我不想让她觉得我想插手她的事。"

"你住在本地吗？"马普尔小姐问道。

"我和玛丽一起同住在村里的水果采摘装备旅店的一个房间里。但我明天就要回家了，而玛丽和彼得今天晚上也要出发去度蜜月——至少我认为他们计划如此。玛丽对这件事也是支支吾吾的。"

玛丽·巴普蒂斯特似乎对很多事情都语焉不详。

马普尔小姐敏锐地注意到贵宾席有新客人加入。"看来你外甥女的客人终于到了。"

新来的客人二十岁出头,比新娘年轻几岁,身材高挑,一头金发剪成了沙宣式波波头,皮肤黝黑,似乎刚从更暖和的地方回来。她站在玛丽身边,穿着被小报称为"迷你裙"的衣服。裙子非常短,当然不适合受人尊敬的年轻女士在婚宴上穿。玛丽和她的客人似乎只说了寥寥数语,然后沉默了很久,玛丽耸了耸肩。然后那个女人坐在了贝拉小姐刚才坐的椅子上。

马普尔小姐和贝拉小姐并不是唯一观看这种奇怪交流的人。新郎尊贵的叔叔安布罗斯主教正在仔细研究这个女人的腿,他的表情表明他很可能正在考虑需要进行一次针对肉体罪恶的布道。

"你认识那位小姐吗?"马普尔小姐问贝拉小姐。

她的朋友摇了摇头。"我想,早餐时在水果采摘装备旅店见过她一面。也许她也住在那里?玛丽肯定跟她很熟,否则不会邀请她坐在贵宾席。哦,我看赫伯特爵士要召集大家回到自己的座位了。我最好在他开始之前回去再找个位置。"

马普尔小姐穿过混杂的客人,找到了她所在的桌子。这时,这位英国勇敢的贵族站了起来,僵硬的笑容仍然刻在他面无表情的脸上。"我偕夫人欢迎大家在我的儿子彼得婚礼的喜庆时刻来到斯特兰德大厅。在致辞之前,请各位先享用婚礼早餐。"

早餐先是冰镇芦笋汤,然后是鲑鱼和蔬菜,最后以水果沙拉作为甜点,辅以口感甜香的白葡萄酒和敬酒的香槟。一个多小时后,这些美味的英国美食让每个人都大饱口福。赫伯特爵士又站了起来,用勺子敲了敲酒杯。可还没等他说话,新娘那边的桌子上就传来了一阵骚动。

玛丽的那位神秘来宾挣扎着站起来,大口喘着气。她痛苦地捂着胸口,然后是肚子,最后拼命地抓住自己的喉咙。她跟跟跄跄地越过惊恐的新娘,走向新郎的父亲,椅子向后翻倒在地。

她大声说:"斯特兰……斯特兰德……"然后就倒在了惊讶的爵士怀里。出于本能,他抱住了她扭曲抽搐的身体,直到她不动。赫伯特爵士看上去濒临崩溃,最终他的妻子冷漠地带着上流社会的冷静来救场了。

阿普费尔-斯特兰德夫人对客人说:"啊……这位小姐似乎晕倒了。这里闷得可怕。有人能打开几扇窗户吗?"她转向丈夫,用生气的声音咬牙切齿地说:"我帮你护送我们的客人去会客室吧,她可以躺在那里恢复。"

阿普费尔-斯特兰德夫人迅速挥手打发走了冲上前来帮忙的工作人员,抓住一只女人软绵绵的胳膊,放在自己的肩膀上。然后,爵士和妻子费了九牛二虎之力,连抱带拽地带着年轻女子进入了宴会厅后面的一扇门。

马普尔小姐和贝拉小姐会心地交换了眼神。贝拉小姐退休之前是护士,而马普尔小姐也从自己的时代积攒了足够的经验。

她们都确信这个不幸的陌生人已经死了。

2

"你确定那个年轻女人真的死了吗?"马普尔小姐问贝拉小姐,她们都徘徊在爵士和他的妻子消失的门口。

贝拉小姐刚刚回来,她试图以一名训练有素的护士的身份去提供帮助。"我没有找到机会。赫伯特爵士和阿普费尔-斯特兰德夫人不让我见她。他们坚称不需要任何帮助。"

和马普尔小姐一样，贝拉小姐在伦敦的加勒比海社区中也享有业余警探的声誉。毕竟，她以一己之力推断出了诺丁山臭名昭著的"钢锅谋杀案"的真相。

贝拉小姐的表情很严肃。"我不知道他们在玩什么花样。你怎么不亲自去看看呢？"

马普尔小姐正是这样做的。穿过门之后是一条走廊，两侧有许多扇紧闭的门。但是完全不用猜测阿普费尔-斯特兰德夫妇在哪个房间。因为他们的高声谈话清楚地传遍了走廊。

"我再说最后一次，赫伯特，这次的酒席不会取消。你知道花了多少钱吗？"阿普费尔-斯特兰德夫人听起来像一只正在进攻的斗牛犬，"你不记得当我们要求延长透支期限时，那个讨厌的小银行家脸上的嘲笑吗？住在这种豪华宅第里，不可能在别的地方举办酒席，我们是逃不掉的。不然，每个人都会猜到我们的处境。我们不能取消这次酒席，然后花钱再办一场。指望新娘的家人达到标准是不太可能了，但面子必须得维护。"

马普尔小姐停下来偷听。

"你不是认真的吧，就这么把这个死去的女孩扔在这堆橙色的盒子里，而我们去庆祝儿子的婚礼？"赫伯特爵士站了起来，"我要打电话叫警察和救护车。现在。"

"你不能打，"他妻子的回应撕裂了空气，"我们会等到所有客人都离开后再给他们打电话。这一延迟很容易解释。"

赫伯特·阿普费尔-斯特兰德再次说话时，语气更柔和，带着呜咽的腔调。"我们的儿子为了爱情而结婚，玛格丽特，有那么糟糕吗？玛丽那么可爱。"

"为爱结婚？"他的妻子冷笑道，"真像女仆说的话。咱们这种家庭出身的人不会为爱而结婚，你应该很清楚。如果你的儿子尽了自己的职责，娶了一个门当户对的有钱配偶，我们就不会陷入这个烂摊子。或者你更希望彼得和你邀请来的这个娼妇结婚？"

爵士什么都没说，惹的她更为愤怒。"我看你连否认的风度都没有。"

然后她的声音戛然而止，也许感觉到了有人在门外徘徊。马普尔小姐认为敲敲门会比较谨慎。门打开了几英寸宽，赫伯特爵士显露了愁容。"马普尔小姐，是你吗？我能帮上什么忙？"

"我只是想知道我能否帮助照顾那位生病的年轻女士。我是一个经验丰富的急救人员。"

阿普费尔-斯特兰德轻轻地笑了，半信半疑。"病人没有大碍，正在喝水，你该放心了。"他转过头，喊道，"对吗，路易丝？"他回过头："说实话，她很尴尬，不想再大惊小怪了。我们很快就会回去，所以你能不能回到婚宴上？"

门在她面前紧紧地关上了。就在这时，马普尔小姐又听到了他们接下来的谈话。

阿普费尔-斯特兰德夫人悻悻地说："那是简·马普尔吗？我的教母和她住在同一个村庄，圣玛丽·米德，说她喜欢到处管闲事，可能是老年痴呆了。"

马普尔小姐叹了口气。她不是第一次被斥责为一只脚踏进坟墓的愚蠢老妇，这也不会是最后一次。她认真思考着，这与贝拉小姐在她的加勒比社区被对待的方式形成了强烈对比。她的朋友非常受人尊敬，没有人敢直呼其名。"小姐"的尊称被认为是对她的年龄和生活经历的尊重。

马普尔小姐沿着走廊走了回去，注意到沿路的一扇门半开着。出于无聊与好奇,她推开门走了进去。这个房间显然曾经是一个相当宏伟的客厅,现在却空无一物。与宴会厅的富丽堂皇形成鲜明对比,这里的墙壁上曾经的挂画痕迹清晰可见。现在看来,房间里剩下的东西都装在木箱里,随意堆放在光秃秃的地板上,似乎在等待着被取走。阿普费尔-斯特兰德显然陷入了困境,他们还在隐藏什么呢?

马普尔小姐和贝拉小姐在一个安静的角落里一起讨论。贝拉小姐对她的朋友喃喃道:"我的老家有句谚语——鳄鱼会下蛋,但不代表它就是鸡。"为了避免疑问,她补充解释道,"事情并不总是和表象一样,是吗?健康的年轻女性不会在婚宴上死去,正常的家庭当然也不会假装死去的客人还活着。我不需要多年的护理经验就知道她的症状是中毒了。也许我们应该自己报警?"

马普尔小姐考虑了一下,但还是摇了摇头。"如果赫伯特爵士和阿普费尔-斯特兰德夫人不承认家里有人死了,我担心警察来了会被责骂。乡下的警察对绅士贵族往往相当恭敬。我建议我们先尝试自己理清楚。"

"问题是我们甚至不知道她是谁,如果她真的中毒了,我们也不知道谁可能有毒害她的动机。我们需要和玛丽谈谈,看看她知道什么。"

"对于她的身份,我们可能有点线索。赫伯特爵士喊她'路易丝'。他被那场乱子弄得心烦意乱,应该来不及编造,所以这很可能是她的真名。他的妻子还指责他与'这个娼妇'有不体面的联系,我认为这也是指的死者,如果我们是对的,是这位被谋杀的年轻女士。"

贝拉小姐点头表示同意。"倒在他的怀里之前，她想说的听起来像是爵士的姓氏。这暗示他不是无辜的。"

"不一定。"马普尔小姐反驳道，沉默思考了几秒钟后说，"在那个需要医疗救助的紧急关头，人通常会很自然地喊出你面前的人的名字寻求帮助。"

"但是，"她的朋友坚持说，"路易丝去找爵士之前，已经跟跟跄跄地越过了玛丽。"

鉴于有这么多事无法解释，马普尔小姐和贝拉小姐开始以近乎军队行动般的细致组织行动计划。马普尔小姐会先找新娘问话，从她的话和反应来分析线索。贝拉小姐则会尝试追查毒药来源。

没多久，马普尔小姐就在宏伟的主花园边缘的草坪上发现了玛丽。其他几位客人正在餐后散步，但玛丽却独自一人。这个新娘的手臂紧紧地抱在胸前。马普尔小姐走过来，和蔼地说："很抱歉，你的朋友路易丝生病了。"

"你说什么？"玛丽的睫毛疯狂地颤动，"你说的是谁？"

"坐在你旁边的那位小姐？晕倒的那位。路易丝？"

玛丽眺望着广袤的、修剪整齐的花园。"她不是我的朋友。我不知道她是谁或者她叫什么名字。恐怕我在嘉宾名单上没有太多发言权。"

"亲爱的，在你的婚礼当天，让一个陌生人坐在你旁边似乎不太正常。"

"哦，她告诉我她是贝拉姨妈的朋友，"玛丽解释道。她称呼姨妈时用了法语，重读了最后的长音。虽然圣奥诺雷是英语国家，但仍然使用奇怪的法语单词。"或者也许是其他亲戚。我不记得了。她问她是否可以和我们一起坐，我觉得把她拒之门外不太礼貌。"她把脸转回老妇人身上，眼睛睁得大大的，迎着凉风，裸露的胳膊上起了鸡皮疙瘩。"她没事吧？"

马普尔小姐决定暂时不挑明事实。"你的公婆在照顾她。"她很快换了个话题，"你和你可爱的丈夫是怎么认识的？"

玛丽结结巴巴，看起来很慌张，以她惯常的含糊方式回答："我不记得了。"

马普尔小姐还没来得及进一步追问，新郎就出现了。他关心地紧紧握住妻子的手。"很抱歉打断你们俩，但我想我的父母很快就会回来了，致辞终于要开始了。"

马普尔小姐离开他们回到了婚宴上。毕竟，她还有另一个特别想询问的证人。

趁着宴会中断，她坐到了安布罗斯主教旁边的贵宾席空位上。当然，她并不认识他，但对他的声音和观点很熟悉。他是无线广播节目的常客，尤其是BBC的家庭服务频道，他经常在滔滔不绝地宣讲"宽容社会"中的邪恶。

"安布罗斯主教，请原谅我打扰您，但我只是想借此机会说，我多么喜欢你的演讲，你警告基督徒，那些利物浦年轻人的音乐很危险——披头士，对吗？"

安布罗斯受宠若惊，原谅了她的错误。"是滚石乐队，女士，但谢谢你。"

马普尔小姐知道，不管想问主教什么都需要速战速决，因为随着阿普费尔-斯特兰德夫妇的返回，宴会即将恢复，所以她直接开门见山。"那位生病的小姐，你认识她吗？"

安布罗斯不赞同地抿了抿嘴唇。"很遗憾,是的。"

"哦,她是不太成体统吗?"

安布罗斯主教倾诉说:"我不想做带头批判她的人,但我的眼睛知道它们看到了什么。我只想说到这里。人们很难指望下层阶级在他们的上层阶级树立了这么糟糕的榜样时能做出正确的事。"说着,主教向他的姐夫赫伯特爵士投去了指责的目光,赫伯特爵士当时正在走进房间。"鱼烂自头始。"

3

楼梯下方的厨房门上贴着"仅限厨房人员入内"的警告。在正常情况下,贝拉小姐一看到它就会回到接待处——她是个守规矩的人,尤其是在厨房方面。然而,她决心弄清楚那个可怜的不幸女孩的遭遇,因此继续向前走去。里面有很多人在四处奔忙,各式各样的命令此起彼伏。没有人注意贝拉小姐,但她发现了一处像工作人员衣帽间的地方,便躲了进去。她找到了一件和其他工作人员一样的灰色工作服,就把它穿在身上,因为餐饮团队里有几个黑人,她希望自己能蒙混过关。她把帽子换成了制服附带的白色帽子,然后走向巨大的管家水槽,那里堆满了从宴会厅清理出来的盘子和碗。她的目的是先检查食物是否有异常,寻找任何毒药迹象的证据。如果没有发现,就去检查饮料的残留物。

但要想检查盘子时不被人注意,只有一种方法,那就是假装在洗碗。不服输的贝拉小姐卷起袖子,插上塞子,开始往水槽里倒肥皂水。她摆出一副洗碗的架势,但并未真正将它们浸入水中,她仔细检查了每个盘子,寻找任何不寻常的迹象或气味。她先从鱼开始检查——这时，一碗吃了一半的水果沙拉引起了她的注意。

"你在这里做什么？"一个声音问道。

贝拉小姐转过身，发现一个戴着白色高帽子的厨师正在非常怀疑地看着她。他的脸颊红润，使他看起来像一个已经下令备餐却私下里大喝烹饪白兰地的人。尽管如此，她还是不能责怪他准备婚礼宴席的辛苦，因为她注意到了他的手上努力谋生留下的粗糙印记。

贝拉小姐马上答道："有人问服务员水果沙拉的配料有什么，他把盘子端进来时问了我，但我不知道。沙拉显然很好吃。我知道你们厨师都很忙，便想自己查看。"

厨师自豪地高昂起头，动作把帽子甩得晃晃悠悠。"我的水果沙拉？少许异国香料和我的特殊配方。你必须告诉他们这是个秘密！"

然后他便转身离开了。贝拉小姐回过身继续检查吸引她注意的水果沙拉碗。她用勺子扒出了一块水果，惊恐地看着它。

玛丽·巴蒂斯特在隐瞒什么？她为什么要假装不认识路易丝？为什么一被问到她和新郎的相识过程时，她就变得如此不安，开始闪烁其词？这些问题困扰着马普尔小姐。她回到宴会厅的座位上，等待新郎开始致辞。马普尔小姐敏锐的头脑正在飞快运转，试图想出一个微妙的方法，能够以某种方式激怒玛丽说出她与死去的女人的关系，因为她确信如此获得的信息会比玛丽主动透露的更多。马普尔小姐满意地笑了笑，因为她突然想到了一个主意。

她转向桌上的其他客人，温和地说道："我经常觉得新娘不能在自己的婚礼上致辞是很可惜的，不是吗？在这个时代，只有新郎和伴郎以及其他男人能说话吗？"

对面红脸秃顶的男人当场反对说："新娘在婚礼上致辞？你是干什么的，激进分子还是什么？"

然而，令人高兴的是，他年轻得多的漂亮妻子很快就接过了接力棒。"别这么粗鲁，贾尔斯。她说得很对。为什么新娘没有机会发言？女人也有舌头，你知道的。"

贾尔斯翻了个白眼，但立马屈服了，表明了他对妻子的热爱。"我不知道，亲爱的。我只讲法律，但我不制定法律。"

随后，他们的注意力被贵宾席吸引了，因为新郎彼得·阿普费尔-斯特兰德站起来清了清嗓子。他讲了好几个故事，但没有一个是马普尔小姐期待的他和玛丽的相识过程。所以，当他说完后，她对着同桌的漂亮女人叹了口气："唉，我真想听新娘讲讲她们是怎么认识的。我可真是个浪漫的人。"

果不其然，那个可能已经被酒精冲昏了头脑的女人喊道："不如让新娘说说你们是怎么认识的呗？"

一些年长的客人看起来对她的行为感到有些震惊；在上流社会的婚礼上像女人街集市的摊主一样大喊大叫并不合乎礼仪。然而，一些年轻的女性坚定地点头表示同意。这是二十世纪六十年代，是个飞速变化的世界。

彼得勇敢地挺身而出。"我们是在律师办公室认识的……"

"不，我们不是，"玛丽带着一丝惊慌插话道，然后，她的声音变得轻柔起来，继续说，"那是在一个派对上。"

"是吗？"彼得似乎对新娘的断言感到非常困惑，但无论他从她脸上看到了什么，都让他迅速改口。"当然……当然，我们是在一场派对上认识的！我怎么会忘记呢？"

马普尔小姐苦笑地承认自己的计谋失败了，她正要离开桌子去找贝拉小姐，去看看她的进展如何。这时那个大声嚷嚷的女人的红脸丈夫贾尔斯突然开口了。"我知道他们是怎么认识的。"

马普尔小姐停顿了一会儿，然后趁机问道："真的吗？快告诉我吧。"

"我是他们的家庭律师。有一天，彼得和他的父亲在我的办公室里讨论一些经济事务。我接下来的两个客户坐在外面，她们突然吵了起来。接着，彼得、赫伯特爵士和我结束了她们的吵闹。其中一个女人就是玛丽。彼得就是这样认识她的。他把她带到外面冷静下来，这就是他们爱情的开始。与此同时，赫伯特爵士也把另一位年轻女士带到了其他地方做了同样的事。"他咳嗽了一声，"我是说让她冷静下来。"但他意味深长地对着他的妻子眨了眨眼。

马普尔小姐全神贯注地听着。"请问，等待室里的另一个年轻女士是谁？"

他似乎对这个问题相当惊讶。"为什么这么问，是路易丝·麦克拉肯，就是那个晕倒在贵宾席上的女人。"

马普尔小姐匆忙离去，恨不得把得到的消息马上告诉别人。但当她在走廊里遇到贝拉小姐，却看到她满脸愁容。她停下脚步问："怎么了？发生什么事了？"

贝拉打开了手中折叠的餐巾纸。里面是半个小青苹果；但当马普尔小姐伸出手想仔细观察时，贝拉拍开了她的手。"别碰它,简!"

"这到底是什么?"

贝拉非常苦恼。"这是从一碗水果沙拉里找到的,一定是给路易丝的……"

"麦克拉肯。她叫路易丝·麦克拉肯。"

贝拉小姐继续说道。"这种东西叫死亡小苹果。剧毒,可能致命。她的水果沙拉里一定放了更多,都被她吃掉了。据说它们的味道非常甜美诱人。"

马普尔小姐注意到她的朋友大为震惊,眼泪几乎要夺眶而出。她说:"我不太明白。你为什么这么不安?"

"因为这是毒番石榴树的果子,原产于加勒比海。它们生长在圣奥诺雷,而不是在这里。"她直视着马普尔小姐的眼睛,"在参加这场婚礼的人里,只有两个人来自圣奥诺雷,只有他们会知道这种树。但我没有在路易丝·麦克拉肯的水果沙拉里放这些死亡苹果。"

那只剩下一个人了。新娘。

她心爱的外甥女玛丽·巴蒂斯特。

4

"你的外甥女是无辜的,我敢肯定,我们会证明这一点。"马普尔小姐断言,她们坐在出租车的后座上,前往水果采摘装备旅店。"我敢肯定,只要我们仔细检查麦克拉肯小姐的房间,就能弄清楚这件事。但我们需要尽快找到真凶,否则他们就会像那只每个人都大惊小怪的金雕一样消失。"

金雕指的是现在臭名昭著的戈尔迪,它最近从伦敦动物园逃了出来，已经失踪十三天了。贝拉小姐点了点头。

贝拉小姐激动地说："曾经，我经过多年的艰苦努力才加入空军女子辅助军团，原因之一是想为下一代黑人女性铺平道路，比如我心爱的外甥女玛丽。当她的时代到来时，她就可以昂首挺胸，直接走进那扇门。"贝拉·巴蒂斯特摇了摇头，然后坚定地挺直了肩膀。"我最小妹妹的女儿不可能夺走别人的生命。"

那一刻，马普尔小姐明白了。他们的调查不再只是找出是谁杀死了路易丝·麦克拉肯。对贝拉小姐来说，更是为了洗清玛丽的嫌疑，她确信玛丽不会犯下这种邪恶的罪行。她嫁入贵族阶层已经要面对根深蒂固的偏见，她最不需要的就是任何污名。但是凶手会是谁呢，为什么他们似乎想陷害新娘？

赫伯特爵士很可疑。很明显，他与不幸的路易丝有些秘密。但他肯定不太可能邀请自己的情妇参加儿子的婚礼。当然，如果他们真的这么做，那么阿普费尔-斯特兰德夫人可能会有动机。或者也许是彼得·阿普费尔-斯特兰德为了报复路易丝对他的玛丽所做的一切，这大概是她们在律师办公室里争吵的原因？那么会不会是安布罗斯主教呢？他的眼睛是不是在高挑袅娜的麦克拉肯小姐的腿上徘徊太久了？他是不是私下过于喜欢他大肆谴责的肉体罪孽了？道德高尚的人最擅长伪装成君子了，马普尔小姐思索着。

"跟我讲讲毒番石榴树吧，贝拉。"

"你最近在圣奥诺雷度假时可能见过这种树。这种树沿着海滩生长，是保护海岸线免受侵蚀的天然防线。不幸的是，这种树从里到外都很危险。树上的果实、树皮和树叶全是致命的。这种树分泌的乳白色汁液会灼伤皮肤，如果摄入体内，会灼伤喉咙并引起可怕的胃部不适。我还听说，树皮点燃会产生有毒的烟雾，可以致盲，甚至致死。当地政府在这种树上画了白色十字架，以警告人们保持远离。它分泌的强效毒素仍然是个谜。"

她继续说着，低头看着自己紧握的双手。"虽然圣奥诺雷岛上的大多数人都知道要远离这种可怕的树，但死亡事件仍然不时发生。可悲的是，受害者通常是孩子。记得有一次，一个孩子在海滩上的一棵树下睡着了。树皮和树叶的汁液滴在他的皮肤上，悄无声息地杀死了他。他被紧急送往当地医院，但任何人都无能为力。"突然袭来的记忆使她平日里发亮的棕色眼睛黯淡了下来。"我这辈子都不会忘记他母亲悲伤的哭喊。"

马普尔小姐皱着眉头，绞尽脑汁，试图回忆她是否听说过毒番石榴树或它的有毒果实。作为一名热衷园艺的人，她以增加对世界上动植物的了解为己任，包括致命的品种。当然，如果这种树的害处如此之大，就一定有它导致死亡的记录。贝拉小姐猜到了她亲爱的朋友的所思所想，撇着嘴角抬起了头。"政府对我们这些圣奥诺雷原住民的死亡并不感兴趣，所以如果原住民因为遇到邪恶的死亡之树而死亡时，为什么要费心留下记录呢？"她的眉头皱了起来，"不过，奇怪的是，路易丝·麦克拉肯怎么死得这么快。"

"你是什么意思？"马普尔小姐追问道。

"据我所知，所有因误食毒苹果而中毒的人都有足够的时间坚持到接受治疗。他们要么幸存下来，要么在几个小时后因为没有及时得到有效医疗救治而死亡。为什么玛丽的客人死得这么快，一定有其他原因。"

与加勒比海的危险相比，英国乡村似乎如此仁慈。当出租车将他们带回当地村庄时，乡村风景飞掠而过，水果采摘装备旅店矗立在中世纪大街的半途中。这个旅馆和图画书里英国乡村旅馆的形象一模一样,半木质结构,但沿用了乔治王朝时代的砖墙,繁茂的常春藤暗示它是整体效果不可缺少的一部分。这一古老的标志沐浴着夕阳余晖的斑驳光影,在微风中摇曳。

贝拉小姐做了个鬼脸。"我应该现在提醒你,房东不太招人喜欢。他永远都在咆哮。我和玛丽刚到这里时,他提醒我们,店里的'英联邦成员国客人'很少。按他的说法,这还像是一件好事。"

"他真的这么说吗?"她这位出色的朋友和她心爱的外甥女居然要面对这种公然的偏见,而她自己在圣奥诺雷却被热情欢迎,这种对比让马普尔小姐很恼火。

接待处后面杵着这位长胡子的老傻瓜,似乎是衣服穿着他,而不是他穿着衣服,用怀疑的眼神打量着她们。

"女士们。我能帮上什么忙?"

贝拉小姐走上前。"你的一位客人生病了,我们来收拾她的物品。她的名字是路易丝·麦克拉肯。"

房东很坚定。"这可不行。如果发生这种情况,我们只能向警察或救护人员提供钥匙。"

马普尔小姐捏了捏朋友的胳膊,走上前去。"我们非常理解。通常我们不会这么要求。但如果你对这位年轻女士有印象,你就会明白为什么她的家人希望将政府的参与保持在最低限度。在一些人眼里,她的外出着装可能更适合晚上睡觉穿,而不是外出……"

房东嗤之以鼻。"你是说那位住六号房间的小姐?"然后他恶意地嘲笑道,"她遇到麻烦事了,对吧?我一点也不惊讶,看她平时都是什么样子。即使在像我们这样寂静的村庄,也有那种勾当。长发男人和名声可疑的女人开着敞篷跑车到处招摇，整夜都在鸣喇叭。"

马普尔小姐走上前去。"路易丝来自一个体面的家庭，所以，你可以想象得出，他们不想出任何丑闻。如果你能让我们收拾她的东西，他们会永远感激不尽。"

店主考虑了一会儿，然后对路易斯父母的同情占了上风。他交出钥匙时，又抱怨了一句："露易丝老是和我的女仆埃尔茜闲聊，让那个女孩没法专心工作。我付给她工资不是让她游手好闲的，也不是让她和客人套近乎的。"

六号房间几乎没有任何住过的迹象。梳妆台上放着一些化妆品，还有一个旅行袋，里面只有换洗的衣服。

马普尔小姐叹了口气。"真令人失望。"

但当他们准备离开时，贝拉小姐回过头来，拿起了一个看起来像首饰盒的东西。"这个东西很奇怪，你不觉得吗？上面刻着一个徽章。"

马普尔小姐解释说："我想这就是苏格兰人所说的'鼻烟壶'，这是一种大鼻烟盒。"她抚摸着盒盖说，"苏格兰鼻烟盒是用兽角制成的，这个也是，它们经常保留兽角的形状。这是一件古董，相当昂贵。"这个徽章雕刻精湛，马普尔小姐仔细检查后认出了部分细节。"这是个圣安德鲁十字架……有一只雄鹿……一座山峰……绝对是个典型的苏格兰人。"

马普尔小姐打开盒子，里面露出了几片粗糙的树叶和一小块木头，木头已经碎了，旁边放着刮下来的薄片。贝拉小姐急忙把盒子抢了回来。

"别碰它们，简。"她把树叶和木头倒在写字台上的一张纸上，在台灯下检查。"这些是毒番石榴树的叶子和树皮。它们的外表覆盖着乳白色毒液。"她的目光扫向马普尔小姐,"是不是有人知道她会打开盒子,就故意把这些东西放在这里?这是另一种试图毒害路易丝·麦克拉肯的方式吗?"

他们离开了房间,锁上了门。贝拉小姐朝楼梯走去,但是她的朋友犹豫了。"先别走,贝拉,亲爱的。"

"我们还有什么可检查的吗?"

不得不说了。"我们也需要检查玛丽的物品。警方很快就会来调查,我们最好在他们之前找到一些答案。"

进入房间后,马普尔小姐对玛丽的手提箱进行了彻底搜查,在侧袋里,她发现了一个折叠的轻薄银色相框。打开之后,里面是两张黑白照片,两侧各一张。其中一张照片是一名白人海军军官和一个穿着西装的黑人妇女,她挽着他的手臂。背景是一座装有护墙板的白色教堂,远处有一座山。从相框中拿出来后,可以看到背面的铅笔字迹写着"一九七〇年六月二十四日"。另一张照片还是这个女人,慈爱地抱着一个婴儿。

"你知道这些人是谁吗,贝拉?"

她朋友颤抖地拿着照片。"那个女人是我最小的妹妹科莉特,那个婴儿是她的女儿玛丽。这张照片一定是在圣奥诺雷拍摄的,因为他们身后是那座覆盖整个岛屿的死火山。"

她紧紧盯着那个穿军装的男人。"我从来没有见过他。战争期间,岛上有一个海军基地,负责追踪U型潜水艇之类的事。也许他是其中一员,遇到了我的妹妹,之后还生了一个孩子。我当时在伦敦,但我确定听说过她结婚了。直到战争结束后我才回到了家,但只见到了那个孩子玛丽,没见到她的丈夫。不过我什么都没问过。"

贝拉小姐一言不发,拿起相框离开了房间。几分钟后,她带着路易丝·麦克拉肯房间里的鼻烟盒回来了。她先向马普尔小姐展示了鼻烟盒的徽章，又展示了银色相框上饱经风霜的徽章。

这两个徽章一模一样。

在楼下，马普尔小姐用公用电话打给了她的老朋友亨利·克莱瑟林爵士，他是苏格兰场的退休警官。她轻声而快速地对他说了事情经过。打完电话后，她和贝拉小姐吃了一些点心，等待亨利爵士回电话。不到一个小时，他就回电话了。根据他提供的信息，马普尔小姐和贝拉小姐终于知道了当天早些时候那桩谋杀案的真相。

贝拉小姐分享了另一句精明的加勒比谚语："猴子在买裤子之前，必须先知道把尾巴放在哪里"。她解释说，"这起犯罪的每一步都是精心策划的。"

她们离开之前，房东又告诉了他们一件事。"六号房间的女孩昨天很忙。"他眯着眼睛看着贝拉小姐，"早上，我看到她和你一起旅行的年轻女人说话。那天晚上晚些时候，我还看到她在大厅里与爵士促膝长谈。"

5

"路易丝死了？"玛丽瘫倒在酒红色的长靠椅上，泪水涌上眼眶。马普尔小姐注意到她不再假装不认识那个女人了。

在大厅的另外一边，宴会仍在如火如荼地进行。她们回到斯特兰德大厅后，又去了厨房。马普尔小姐召集了所有相关人员，她怀疑汇合所用的房间是阿普费尔-斯特兰德夫人挑选的，因为只有这个房间还有家具。正是在这里，马普尔小姐向新娘透露了这桩不幸的命案。

彼得小心翼翼地把妻子拉过来,保护着她,对马普尔小姐厉声说:"你说死了是什么意思?她只是晕倒了,我估计她现在已经被送回家了。"

马普尔小姐精明的眼睛停留在他的父母身上。"她死了,尸体在一楼的另一个房间里,对不对,赫伯特爵士?"

赫伯特·阿普费尔-斯特兰德绅士地移开视线,但他的妻子却没有保持同样的风度——她强硬地抿紧了嘴唇。所以,答案再次不言自明,真相的寂静就像尖叫声一样响亮。

马普尔小姐开始娓娓道来:"今天死在这里的年轻女子是路易丝·麦克拉肯,在场的一些人已经知道了。我们检查了她在水果采摘装备旅店的房间,发现了一枚非常富有的苏格兰家族徽章。克莱德·麦克拉肯是麦克拉肯家族的领主,最近去世了,他的女儿路易丝是一位非常富有的女继承人。"

"然而,在上次战争期间,克莱德·麦克拉肯是一名海军军官,驻扎在加勒比海的圣奥诺雷,他在那里遇见并爱上了一个当地女人……"

"是我的妹妹,科莉特。"贝拉小姐插嘴说,所有人都能感觉到她颤抖的声音中流露的情感。

"他们生了一个女儿,给她起名叫玛丽,"马普尔小姐继续说道,"当克莱德回到英国时,发现他的父亲已经将家里的钱做了一些非常不明智的投资。按照上层阶级的传统,克莱德不得不为了钱而结婚,因此他在一年内就结婚了。他娶的女继承人来自另一个苏格兰地主家庭。他努力重新积攒家庭财富。"事实上,亨利爵士估计他的财富已经增加了两倍。"作为一个坚强的商人,他的生意在两个国家都做大了。但克莱德·麦克拉肯隐藏了一个秘密。"

"作为一名年轻的海军军官，他不仅与科莉特·巴蒂斯特生了一个孩子，而且还信守承诺，在圣奥诺雷当地教堂举行仪式娶了她。这意味着他与路易丝母亲的婚姻是重婚；而玛丽，他的第一个也是唯一合法出生的孩子，是他真正的继承人，而非路易丝。"

彼得惊讶地低头看着他的新婚妻子。"亲爱的，这是真的吗？"

玛丽抬头凝视着他，显然心烦意乱。她在他怀里微微颤抖，正要说话，这时他叔叔的声音响彻了房间。

"什么？"安布罗斯主教带着神职人员的愤怒怒吼道，"不可能！教会对所有婚姻都有详细记录。如果他已经有妻子还试图再结一次婚，他会被发现的。"

马普尔小姐已经考虑过这一情况。"克莱德和科莉特的婚姻记录在世界另一端的加勒比海，远远超出了英格兰任何人的能力范围。这种事情不是第一次发生了。我很遗憾地说，无论教会怎么想，不论是在战争期间还是在战后，重婚都并不罕见。"

最后，玛丽静静地开口了："我知道克莱德·麦克拉肯是我的父亲。但我不知道他已经娶了我母亲，直到路易丝开始挑事。"彼得的怀抱收紧了。"克莱德在圣奥诺雷买了一套度假屋，夏天他会带着他的妻子和路易丝来度假，同时偷偷拜访岛另一边的我和妈妈。他资助我接受了良好的教育，并帮助我在英国找到了一份好工作。"火光照亮了她的眼睛，"但我一直是那个见不得天日的小秘密。我从来没有要求过任何财产。我没有谋杀我同父异母的妹妹。"

于是，马普尔小姐好奇地注视着赫伯特爵士和他的妻子。

阿普费尔-斯特兰德夫人对此嗤之以鼻。"你不是想说我们和她的死有什么关系吧？"

马普尔小姐盯着爵士。"你和路易丝·麦克拉肯有私情吗？"

然而，回答问题的还是马普尔小姐，没有等赫伯特爵士说话，她又提出了另一个问题，这次是针对玛丽的。玛丽明显保持着沉默，紧张地绷紧了脸。"但你知道这不是真的，不是吗，亲爱的？你的公公和你同父异母的妹妹没有私情。他在帮助你。"

"玛丽真是个可爱的女孩。"马普尔小姐想起了赫伯特爵士早些时候对妻子说的话。这句话说得如此温柔，很明显，他不仅全心全意地赞同儿子选择她为妻，而且对她有着极深的个人感情。他对她的疼爱足以在困难面前为她挺身而出。

玛丽的声音只比耳语声大了一点点。她说："我父亲的律师把我叫到他在伦敦的办公室，我在这里第一次见到了我同父异母的妹妹。他把我父母的婚姻告诉了我们，说我是合法继承人……我们大吵了起来。"她温柔地转向她的丈夫，"我就是在那里遇见彼得的。他拯救了我，但他没有偷听到我和路易丝的激烈讨论，所以对细节一无所知。在那之后，路易丝一直缠着我。她威胁我不能公开我父母的婚姻。后来有一天，赫伯特爵士发现我很苦恼……"

"他决定告诫路易丝让她离开，"马普尔小姐替她接上了结尾。她的目光转向玛丽的公公，说："你到水果采摘装备旅店找到了路易丝，并与她当面对峙。不幸的是，你的姐夫安布罗斯主教在外面看到了你们俩。他向他的妹妹阿普费尔-斯特兰德夫人报告说，你和一个有魅力的年轻女人在一起，肯定没干好事。"

阿普费尔-斯特兰德夫人面色苍白，目瞪口呆，她看着丈夫说："这是真的吗？你为什么不早点否认呢？"

"玛丽告诉我的是需要高度保密的事。我本来打算婚礼结束后再跟你解释。"

"但是那个女孩倒在了你的怀里,还试图喊出我们的家族姓氏,阿普费尔-斯特兰德。那是你的姓氏,"他的妻子指责道。她的嘴形变得很难看。"她可能还想喊'赫伯特',但没能喊出来。"

"她确实试图喊出爵士的名字,但原因不是你们想象的那样,"贝拉小姐告诉大家,"麦克拉肯小姐死于中毒。有人在她的甜点里放了一个可能致命的水果。早些时候,厨师告诉我,他到达厨房时发现柜台上小心地盖着一碗水果沙拉。有一张手写便条,上面写着里面是一种玛丽喜欢的来自圣奥诺雷的美味佳肴。这张纸条是赫伯特爵士写的,那道特殊甜点是他给儿媳的惊喜。"

赫伯特·阿普费尔-斯特兰德义愤填膺地说:"这太荒谬了。我没有做过这样的事。"

"我们知道,"马普尔小姐证实,"在路易丝·麦克拉肯房间的一个盒子里,我们发现了一种剧毒的树的树叶和树皮。"

"圣奥诺雷的毒番石榴树,"贝拉小姐解释道,"它可能是致命的。"

安布罗斯主教身体前倾,听完所有的话之后,倒吸了一口气说:"你是说……"

"是的,"马普尔小姐确认道,"是路易丝·麦克拉肯把凶器——一种在圣奥诺雷被称为死亡小苹果的有毒水果,放进了玛丽的甜点。但这对她来说还不够;她必须确保玛丽必死无疑,而且要当场毙命,所以她把树皮和树叶也放在了盘子里。这将增加水果沙拉里的毒药效力。她把树皮和叶子切碎,把它伪装成类似于肉桂或肉豆蔻末之类的香料。你知道,有时只吃毒苹果是不够的。玛丽同父异母的妹妹知道,她必须使用树上其他有汁液的部分才能保证把人毒死。"

简继续说:"玛丽已经证实,路易丝小时候和她的父母一起在圣奥诺雷度过假,所以她应该知道关于毒番石榴树的一切。她今天看起来晒得很黑,这表明她最近是从气候非常炎热的地方回来的。"

彼得把新娘抱得更紧了。他困惑地说:"但为什么死的是路易丝·麦克拉肯——谢天谢地,不是我亲爱的玛丽。我不明白。"

马普尔小姐填上了拼图的最后一块:"玛丽,你的贝拉姨妈告诉我,你不喜欢吃苹果。我怀疑,当你的甜点上桌时,你调换了你和路易丝的碗,因为她的碗里没有苹果?"

玛丽这才明白自己和死亡擦肩而过,而且是在她自己的婚礼这一天。她点点头,吓得浑身发抖。

阿普费尔-斯特兰德夫人仍然不相信。"甜点放在她面前时,这个叫麦克拉肯的女人难道会认不出她自己阴险的手艺吗?"

贝拉小姐带着告诫举起一根手指。"玛丽同父异母的妹妹没有考虑到厨师的艺术眼光。他在厨房里发现那盘沙拉时,不喜欢它的摆盘方式。所以他切开了苹果并混合了配料,无意中将树皮和叶子翻到了水果沙拉的下面。我第一次见到他时,他的手掌是深粉红色的,我以为那是常年工作腐蚀的。他眼睛布满血丝,我误以为是他喝多了。但我错了——他的手和眼睛都是因为碰到了苹果而受了刺激。路易丝·麦克拉肯吃了水果沙拉,因为她已经认不出这是她自己准备的菜了。"

"可是她怎么知道我们的婚宴菜单呢?"这次提问的人是彼得。

"路易丝一直在和水果采摘设备旅店的客房清洁女工聊天，这让旅店老板非常不高兴，"贝拉小姐解释道，"但麦克拉肯小姐其实并非闲聊。因为她发现那个女工埃尔茜也是斯特兰德大厅婚宴期间的厨房工作人员之一。玛丽同父异母的妹妹正是通过埃尔茜得知了菜单内容。水果沙拉是隐藏她致命小苹果的完美菜肴。"

马普尔小姐接着讲了下去："当麦克拉肯小姐意识到自己中毒时，她踉跄地站起来，喉咙灼热，呼吸困难。她跌跌撞撞地寻求帮助，但面临两难境地。离她最近的人都是她的敌人：一边是玛丽，另一边是在客栈与她对峙过的赫伯特爵士。她选择了敌意相对较轻的那一个，也就是爵士。麦克拉肯小姐确实在呼唤他的姓——阿普费尔-斯特兰德，但不是你想的那样。阿普费尔在德语中是苹果的意思，斯特兰德是海滩的旧称，也就是说，她说的是'苹果-海滩'。毒番石榴树的毒果不仅被称为死亡小苹果，也叫海滩苹果。露易丝在痛苦的状态下，试图告诉大家她吃了海滩苹果，但她已经说不出话了，所以也指着赫伯特爵士，暗示她要说的是他的名字。她甚至已经尽力说出了'斯特兰德'这个词。"

马普尔小姐吸引了房间里所有人的目光。"这不算谋杀案，因为始作俑者和受害者是同一个人，她死于自己的谋杀恶意。"

玛丽悲伤地喃喃自语："我告诉她，我会和她分享父亲的所有财富。也许我们可以像姐妹一样相互了解。但这对她来说还不够。她想要自己独占全部，想让我死。"

马普尔小姐和蔼地看着玛丽。"你同父异母的妹妹是一个孤注一掷的、贪婪的人。"

贝拉小姐悄悄地补充了一句她的加勒比海谚语。"什么都想要，就什么都得不到。"

一周之后，马普尔小姐和贝拉小姐以及阿普费尔-斯特兰德夫妇欢送这对幸福的夫妇去度蜜月。由于警方的调查，他们的蜜月被推迟了，这是可以理解的。但亨利·克莱瑟林爵士向负责的警察保证，他可以相信马普尔小姐告诉他的一切。因为根据他的经验，她是一个调查细致的女人，比任何人都更了解人性的严重缺陷。

现在，在斯特兰德大厅外面，玛丽热情地吻别并拥抱了马普尔小姐和贝拉小姐。她带着灿烂的笑容，和新郎一起坐进了华美的E型捷豹汽车。她们二人目送它沿着公路渐行渐远，后保险杠上绑着叮叮当当的锡罐，后备厢上挂着"新婚宴尔"的标语。

贝拉小姐转向她的好朋友，带着打趣低声说："看来赫伯特爵士和阿普费尔-斯特兰德夫人的愿望实现了。他们的儿子确实娶了一位女继承人。"

马普尔小姐点了点头，但又回过神来补充道："更重要的是，两个年轻人遇到了彼此，找到了爱情。"

罗莎别墅谋杀案

艾莉·格里菲斯（Elly Griffiths）

当然，长途跋涉去风景优美的地方实施一场谋杀完全没有必要，但有时这确实能有所帮助。当我开着租来的汽车沿着令人眩晕的意大利公路行驶时，这个念头多次出现。这里处处风景如画，同时，也让我无限接近自己的死亡。大海、悬崖、蓝天、白色的房子、来世的畅想这一切都超过了我的接受范围。前方不时会毫无预警地出现一条隧道。我刚在黑暗里摸索到车头灯，旋即出现的急转弯却又让我暴露在了烈日下。最糟糕的莫过于遇到一辆反方向开来的汽车或公共汽车了。这些车辆丝毫没有减速的迹象，我很快就知道唯一的选择是转向路旁的树篱，给这些飞驰而过的车让道。在我新买的巴拿马帽子下面，额头上浸满了汗水，方向盘上的手已经僵硬了。

多年以来，我一直在想杀死瑞奇。起初，我很爱他，这是当然的。我们一路走来，他是我成功的重要组成部分。每个人都喜欢瑞奇，我想这也是问题所在。我厌倦他了，每一个特殊习惯都看厌了，每一个看似即兴的笑话似乎在几年前就已经听过了，在我的记忆里像冰河时代一样久远。但那些所谓的诙谐仍然能把人们逗笑，人们似乎永远不会厌倦他的陪伴。我终于意识到，唯一的答案，就是杀了他。

但是怎么杀，在哪里杀？在家里做这件事太难了。我住在巴特西，房子宽敞舒适。阁楼上有一个摆满书的书房，从那里可以看到泰晤士河曲折蜿蜒的水道。我还有一个迷人的妻子和两个偶尔可爱的孩子。但是问题在于，沃特韦大路五号上到处都是瑞奇的影子。我已经有过一些令人不安的经历，我在瑞奇不可能去的地方见过他；瑞奇会跟着我沿着拖车道去酒吧，或者站在我的阳台上沉思。不，我在那里杀不了他。

是我的妻子宝拉首先提到了罗莎别墅。她是在一次食火鸡出版社的鸡尾酒会上从弗兰那里听说的。宝拉说这是个完美的地方。它位于阿马尔菲海岸，但不在索伦托或波西塔诺这样的旅游陷阱。从照片上看，它是一座半酒店半城堡式的暗粉色建筑，坐落于石崖上，可以俯瞰那不勒斯湾。"你可以远离这一切，"宝拉说，"可以去工作或者只是休息。随便做什么都可以。"宝拉知道有些不对劲。她只是不知道是哪里出了问题。如果她知道，肯定会尝试阻止我。而我知道她完全没有错。

我把旅行社打印的指示图放在旁边的座位上。问题在于，随着太阳落山，我的视野也越来越窄，这对司机很不利。一边是波光粼粼的大海，另一边是若隐若现的山脉；为了给那些迎面而来的庞然大物让路，我一次又一次地把租来的菲亚特汽车开进了树篱里。幸运的是，我已经把指示图印在了脑海里，部分原因是那些地方听起来非常优美。经过岩石圣母的神殿，再经过伞松，它就在废弃的塔楼附近。我快速驶过了这些地标。现在我后面又跟了一辆怪物巴士，它不耐烦地鸣笛，让我差点错过了转弯。我只来得及猛地向右急转，朝着大海的方向，在树藤下颤颤巍巍地停了下来。

立刻有人打开了我的副驾车门，一个令人宽心的声音说："晚上好，杰弗里斯先生。我是贝尔特兰多。欢迎来到罗莎别墅。"

我走下车，长途驾驶后略微有些站立不稳。门廊里很凉爽，我听到贝尔特兰多说，有人会拿上我的行李并帮我泊车。说话间，他把我领了进去。我来到了一条黑暗的走廊，面前工作人员来回穿梭，还能闻到柠檬的香味。然后，贝尔特兰多打开了另一道门，我惊奇地眨了眨眼。

我们来到了露台上，这里摆放着桌子和遮阳伞。但是，在石栏杆之外，除了一望无际的蔚蓝色，什么都没有。地中海的海水一直延伸到天际的地平线。海湾的轮廓将我包围，色彩缤纷的房屋紧依着树木繁茂的海岸，金色的圆顶在夕阳下闪闪发光。

"欢迎您，"贝尔特兰多又说，"莅临罗莎别墅。"

我的房间宽敞奢华。百叶窗是关闭的，但稍微打开窗就又看到了那片风景，摄人心魄的美丽，甚至罪恶。

"房间的位置很棒。"我说。

"这里曾经是一座罗马别墅。"贝尔特兰多说。他的英语很流利，只在某些元音上能听出来一些口音。"在文艺复兴时期，一个贵族家庭将它重新修缮，在墙上画了壁画。后来，这里又被当作一座修道院，战争期间则成了一所医院。无奇不有，尽是秘密。不过现在，我就不打扰你休息了。"

我的房间有独立的浴室（贝尔特兰多称之为"套间"），铺有蓝黄相间的瓷砖。房间内设有浴缸和淋浴，这显然是两个盥洗室。检查之后，我发现其中一个是欧洲大陆常用的坐浴盆。我洗了澡，换上了干净的衣服。贝尔特兰多解释过，酒店有一个传统，即客人在八点聚集在露台上享用餐前饮品。现在已经八点半了，我用香露抚平了头发，把衬衫下摆塞进裤子，便下楼了。

这个迷人的地方看上去已经人满为患了。有一对白发苍苍的夫妇,一个年轻女人和比她年长的丈夫,一个中年军人和一个不合时宜地穿着粗花呢套装的老太太。

贝尔特兰多在我旁边低声地介绍道:"他们是马丁内利夫妇,布雷斯韦特勋爵夫妇,彼得斯上校和马普尔小姐。"

"我叫菲利克斯·杰弗里斯。"我和他们一一握手鞠躬。

"你是作家?"那个比丈夫年轻许多的女人——布雷斯韦特夫人说。她有美国口音,我发现她非常漂亮。

"是的。"我说,像往常一样,承认我的职业让我感到尴尬。

"我们很喜欢瑞奇·巴伯的书。不是吗,亲爱的?"

布雷斯韦特勋爵说:"亲爱的,那些书很精彩。"

"瑞奇·巴伯,"白发苍苍的马丁内利夫人说,"我是他的忠粉。"瑞奇系列被翻译成了三十种语言,畅销很多国家。

"当小说家一定是一件很有趣的事。"马普尔小姐说。

她说话的方式让我更仔细地看了看她。她那无邪的脸庞白里透红,丝毫没受意大利阳光的影响,一头白发仔细地梳成发髻。她的眼睛是明亮的淡蓝色。她看了我一会儿,奇怪的眼神飘忽不定,好像知道我为自己的职业而陶醉,也许是光线引起的错觉。

"都是运气。"我一如既往地说。

"运气,"彼得斯上校说,"只是狡猾的另一种说法。"

贝尔特兰多宣布晚餐已经上桌。

食物非常美味。开胃菜、意大利面、青豆鸡肉、刺山柑酱鱼、柠檬冰糕、奶酪、小杯咖啡……似乎源源不断地上个不停。吃到最后，我懒洋洋地倚在椅子上，但我旁边的马普尔小姐一如既往地坐姿端正，仍然穿着她的花呢外套。喝完咖啡后，贝尔特兰多为大家提供了一种亮黄色的柠檬甜酒，盛在蓝色小玻璃杯里。我、上校和马丁内利先生不计后果地接过了酒。大家开始闲聊起来，我们相互介绍自己是如何来到罗莎别墅的。我是在出版商的推荐下慕名前来的。马丁内利一家前年来过这里，当时就"爱上了这个地方"。布雷斯韦特勋爵说他来这里是因为可以享受特价优惠。他似乎对此很高兴，这让我感到惊讶，因为他显然非常富有。他已经提过自己参加的赛马和游艇活动。至于他美丽的妻子，则全身上下都是奢侈品。

喝到第二杯酒时，布雷斯韦特夫妇和彼得斯上校退席了。布雷斯韦特夫人说，在阳光下晒了一天后，她已经累了。彼得斯上校说他打算带着一本好书去休息。他的语气似乎在暗示，这本大部头不会是菲利克斯·杰弗里斯或者同类型作家的作品。

剩余的食客都心照不宣地聚集在了一张桌子上。此时已近午夜，蜡烛已经快要燃尽，偶尔能看到萤火虫的光芒或深夜渔火。但除此之外，海湾一片漆黑，四周回响着蟋蟀的鸣唱。

我们介绍了自己的家乡。马丁内利来自米兰，马普尔小姐来自一个叫圣玛丽·米德的村庄。我则不厌其烦地讲了伦敦巴特西区生活的乐趣。

"当然，"伊丽莎白·马丁内利说，"我曾经住在索伦托。那时我还是个修女。"

起初我并没有理解她的意思。都怪柠檬酒，让我开始犯糊涂了。但马普尔小姐说："与世隔绝的生活一定很迷人。"

"是的，"伊丽莎白说，"但我并不总是与世隔绝。战争爆发后,我们加入了一个叫阿西西网络的团体,努力帮助意大利的犹太人逃避迫害。我们把男女老少藏在修道院里,最后我也被捕了。"

"后来怎么样了?"我说。很难将这个故事与坐在我旁边的这个白发苍苍的女人联系起来。她穿着绿色连衣裙,优雅低调。路易吉·马丁内利看着他的妻子,金框眼镜在烛光下闪闪发光,嘴角挂着温柔的微笑。

"我被带到那不勒斯并被监禁在那里,"伊丽莎白说,"当时,法西斯分子刚刚逮捕了一名年轻的地下抵抗者。他们要枪毙他。我挡在他面前说:'你必须先杀了我。'他们很迷信,不敢杀害修女,所以他才幸免于难。"

"他后来怎么样了?"我问道。

伊丽莎白朝丈夫挥了挥手。

"那个人就是我,"他严肃地告诉我,"战后我们又相遇了。我成了一名医生,遇到了在那不勒斯当护士的伊丽莎白。我立刻认出了她,我们坠入了爱河。不过,自从她为我挡子弹开始,我就爱上了她。"

"这让我很难抉择,"伊丽莎白柔和地说,"我向上帝郑重地发过誓,必须遵守誓言。但爱情是不能否认的。"

"我们一直很开心,"路易吉说,"我们有四个孩子,生活富裕。当然,我永远无法报答她。"

"你每天都在报答我。"伊丽莎白说。

我感动地流下了眼泪,这次肯定还是柠檬酒的错。

"真是一个美丽的故事。"我说。

"就像一本书一样。"马普尔小姐说。

* * *

第二天早上在露台上吃早餐时，我很难以之前的眼光看待路易吉和伊丽莎白了。从表面上看，他们还是那对在阳光下享受假期的惬意夫妇。但一想到他们的过去经历了那么多危险和灾难，发生了那么多的故事，我在他们面前自惭形秽。我们用意大利语互道了早安，我坐下来吃甜瓜和火腿。这种早餐很少见，但味道非常好。我喝咖啡时，看到一只蜥蜴在白色的墙壁上晒太阳。我想，我应该回房间计划我的谋杀了。我已经要了一台全新的奥利维蒂打字机，它现在带着谴责的态度待在我卧室的桌子上。我告诉弗兰，本周末之前会完成新书的概要。弗兰是我的编辑，是食火鸡出版社的众多年轻女性之一，她们和我似乎不仅属于不同的年代，更是属于不同的世界。她大概二十多岁或三十岁出头，未婚，日常穿裤装，骑着小摩托车上班，应该是 Vespa。我的上一个编辑叫马丁，他会带我吃漫长的午餐，把雪茄灰弹在我的手稿上。我很怀念马丁，尽管他总是叫我菲尔。

该动笔了。但突然间，我想像爬虫一样躺在沙滩上。

一个阴影笼罩在了我的早餐上，是马普尔小姐来了。她穿着蓝色连衣裙，戴着一顶大草帽。

"你今天有什么安排，杰弗里斯先生？"她问。

"叫我菲利克斯就行。我今天应该会处理一些工作。"

"我可能会去海滩转转，"她说，"贝尔特兰多说酒店有一个私人海滩。台阶非常陡峭，但有一种上山缆车。"她说的最后这个词听起来很有异域风情，甚至有点危险。

马普尔小姐一边叽叽喳喳地说着缆车探险，一边走远了。而我一想到自己的房间：只有床、衣柜、书桌、打字机，便决定也去海滩看看。

岩石上凿刻了台阶，像昨天的道路一样曲折蜿蜒，沿途可以一览海滩的美景。我到达海滩时，发现马普尔小姐已经坐在躺椅上，喝着青柠汁。这个海滩只是一个岩石环绕的三角形沙堆（黢黑的颜色对我来说格外明显）。布雷斯韦特夫人也在那里。她在日光躺椅上舒展着身体，穿着一件分体泳衣，几乎没有给我留下任何想象的空间。

我说了对沙滩的印象，马普尔小姐告诉我那是由火山造成的。"当然，"她说，"维苏威火山离这里并不远。我经常想起庞贝城的那些可怜人。他们的结局是如此凌乱。"

听到她这句话，我不得不忍住笑。那个罗马小镇的居民在痛苦中死去，被活埋在燃烧的灰烬下。我是不会用"凌乱"去形容它的。但我发现马普尔小姐在身边总能让人很放松，没过多久，我就开始向她倾诉我对瑞奇的计划了。

"我开始恨他了，"我说，"除非我杀了他，否则我永远摆脱不了他。"

"在你不喜欢的角色上大费笔墨一定很难。"马普尔小姐说。

"我不介意写坏人，"我说，"毕竟，我是一个犯罪小说作家。写谋杀是我的分内事。我喜欢深入探究一个真正邪恶的人的内心。这就是瑞奇的问题所在。他太好了。他起初身体很好，当时他刚刚退伍，成了一名警察。他整天在为无伤大雅的事焦虑。感情进展不顺，与儿子日渐疏远，身体也变差了。但是，当读者开始喜欢瑞奇时，我便有些害怕让他受苦。他只是在混日子，解决对他没有真正影响的犯罪案件。他和儿子和解了，但是，我的编辑弗兰和其他所有人都忘记了他的健康问题。"

"这让我想起了我们村里的一个人。"马普尔小姐说，这倒是出乎我的意料。"兰德尔太太摆脱了她的丈夫，因为每天晚上十点钟,他都会准时说,'我要上楼睡觉了'。①"

"我能理解这会让你多么心烦,"我说,"但因为这个离婚似乎反应过头了。"

"哦,她没有和他离婚,"马普尔小姐说,"而是杀了他。"

阳光热辣,过了一会儿,我大胆地下海了。凉爽的海水又咸又苦,清澈如镜,没有一丝波纹。我游了很远,直到能看到那不勒斯朦胧的轮廓,背景是维苏威火山。"凌乱的结局。"我自言自语、仰面漂浮着,感觉到阳光正在灼烧我的脸。结局对犯罪作家来说至关重要。你必须破案,找出罪魁祸首,伸张正义,把所有松散的线索拼在一起。这些都要安排在小说的最后五十页完成。如果出现得过早,读者就会抱怨没有悬念;如果出现得过晚,他们则会觉得受到了欺骗。

我游回岸边,发现路易莎·布雷斯韦特已经加入了马普尔小姐的行列。她的泳衣外面穿着一件透明的金粉色长袍。酒店在海滩的角落里建了一个小酒吧,里面有成桶的冰,浸着各种各样的酒。

自称卡洛的年轻酒保说:"想喝一杯吗,杰弗里斯先生?苏打?酒?还是啤酒?"

我本应该选择苏打水,但喝点冰镇啤酒的念头突然冒了出来。卡洛在我的躺椅旁边搭了一张临时桌,把一瓶冒着水珠的啤酒放在上面。路易莎告诉马普尔小姐,她是布雷斯韦特勋爵的第三任妻子。马普尔小姐除了安慰地低声寒暄了几句,并没

---

①原文为:I'm going up to the wooden hill to Bedfordshire。此处为双关语。

有说太多。但是，就像我之前的情况一样，她似乎确实激发了同伴的倾诉欲望。

"那要符合很多标准，"路易莎说，"马库斯非常挑剔。当然，他只喜欢某种类型的女人。"

"你是什么意思？"我问，有些唐突地加入了她们的谈话。但她的话勾起了我的好奇心。

作为回应，路易莎开始在她那看起来很昂贵的手提包里翻找起来。令我惊讶的是，她拿出了一个信封，并抽出了一张剪报。马普尔小姐和我向前倾身以便细看。

报纸上的标题写道：《布雷斯韦特勋爵和夫人在戛纳》，图中这对夫妇的打扮是战前的风格。这让我有些惊讶，因为路易莎看起来不超过三十岁。马普尔小姐说："很像。"

"是的，"路易莎说，"二号长得也像我。"然后，她从同一个信封里抽出一张黑白照片，上面有一男一女站在一匹赛马旁边。这个女人也非常像路易莎，只是可能更高一些。即使考虑了大帽子的高度，她的身高也到了丈夫眼睛处。我昨晚注意到路易莎要比马库斯矮了一头。

"我的意思是，他有特定的偏好类型，对吧？"她说，"起初我没有意识到。战后，我在纽约遇到了马库斯。我是一名舞者，他一场不落地观看我的演出。他穿着英国针织条纹西装坐在前排，只要我在舞台上就一直盯着我。有人说他是个贵族，但我不相信。最后，他邀请我和他一起吃饭，一个月后我们就结婚了。直到我们度蜜月时，我才知道他以前结过婚。事实上，我们的蜜月也是在罗莎别墅过的。"

"这里一定是度蜜月的完美地点。"我说。

"也许吧。"路易莎望着大海，在正午的眩光下，海水闪着金光,但我感觉她在看别的东西。"我不太介意成为三号妻子。我的意思是,马库斯比我年长。我得有心理准备,他肯定会有一些过去。只是,当我看到照片时,我想……如果我的容貌变了,会发生什么呢?"她敲了敲在戛纳的照片,仿佛照片里是她本人,而不是第一位布雷斯韦特夫人。

"布雷斯韦特勋爵让我想起了圣玛丽·米德的一位好友,"马普尔小姐说,"我认识她以来,她已经养了三只狗。全是黑白的可卡犬,都叫乔治。"

"哎呀,谢谢,"路易莎说,"这是个可爱的比喻。"

"你不用担心,"我急忙说,"布雷斯韦特勋爵非常喜欢你。我一眼就看出来了。"

"他也这么喜欢过其他人,"路易莎说,"直到她们死去。"

"她们死了?"

"是的,"路易莎说,"是不是很倒霉?"她躺在躺椅上,闭上眼睛。我想起了彼得斯上校昨晚说过的话。

运气只是狡猾的另一种说法。

卡洛不知从哪里端来了一顿丰盛的午餐。我挑了萨拉米香肠和马苏里拉奶酪。马普尔小姐把餐巾纸铺在膝盖上,吃得津津有味。路易莎没有睁眼。我开始犯困,也许是因为食物,或者是太阳,也可能是啤酒(我喝了两瓶)。我决定回房间去午睡。

回去的楼梯非常陡峭。我爬上去时,摇摇晃晃地差点摔倒。

"先生,你没事吧?"传来了一个女人的声音。

我睁开眼睛。是一个女仆。我想她应该叫西蒙内塔。

"你没事吧?"

"没事,"我说,"只是楼梯太陡了,天气也太热了。"还有啤酒,我默默地补充道。

西蒙内塔似乎像一部老电影一样在眼前闪烁。"贝尔特兰多昨晚给你了他特制的柠檬酒吗?"她问。

"是的。"我说。

"如果没喝习惯,会觉得酒劲非常大,"她说,"它可以让你看到不存在的东西。"

当我再次睁开眼睛,她已经不见了。

我坚持走到了房间。百叶窗关上了,但我可以看到打字机在阴暗中闪烁。我没理会,躺在了床上。一只蚊子在橡木高处嗡嗡作响。蚊子在意大利语中叫赞扎尔,是个形象的拟声词。突然,我想到了弗兰的摩托车品牌,意大利语为 Vespa,意为黄蜂,也很形象。

我以为我能马上睡着,但文字和图像像虫子一样在我脑海中旋转。

与世隔绝的生活一定令人着迷。
在你不喜欢的角色上大费笔墨一定很难。
维苏威火山在地平线上闪烁。
如此凌乱的结局。
路易莎拿出一张照片。他有特定的喜欢的类型,对吧?

在进入梦乡之前,我终于在最后一刻想清楚了:西蒙内塔看起来很像路易莎·布雷斯韦特。

* * *

晚餐时，听说马普尔小姐的外甥为她支付了度假费用。"他非常慷慨。"她说。

"当叔叔或姨妈是一件美妙的事，"贝尔特兰多说，"我的侄子卡洛和我一起工作。我每周都会和我的侄女弗兰切斯卡通电话。"

"我可受不了我的外甥，"彼得斯上校说，"他杀了我妹妹。"

这句话是对所有人说的。不出所料，之后大家陷入了沉默。伊丽莎白低声说了什么，听起来像是祈祷。

"他是怎么杀了你妹妹的？"马普尔小姐问，从她的意大利肉汁烩饭中平静地抬起头来。

"他把她折腾死了，"上校说。我们都松了一口气。"他酗酒，沉溺女色，还赌博。不过，我已经在我的书中复仇了。"

是的，上校也是一位作家。当他提到拿着一本好书上床睡觉时，他指的是自己的书。事实上，他已经写了两本广受好评的军事回忆录，现在又开始构思新书了。"这是一部犯罪小说。"他告诉我们，柠檬酒让他变得话多起来，"我希望能写出一个系列。我要把所有的敌人都放进去，一个接一个地杀死他们。真想不到我也能写出很好的情节。我想他们会称之为杀手钩。"他邪恶地看着露台上的众人，露出发黄的牙齿。

"杀手钩。"伊丽莎白非常紧张地重复道。

"菲利克斯可以给你提些建议。"马库斯·布雷斯韦特说。

"我不需要建议，"上校说，"事实上，我要去再写一章了。"他摇摇晃晃地走进了酒店。

马普尔小姐和我并排坐在柳条沙发上，眺望着深蓝色的大海。布雷斯韦特勋爵和夫人去海滩上散步了，马丁内利夫妇正在用意大利语与贝尔特兰多交谈。

"有时候好像全世界的人都在写书。"我说。

"我总觉得写作这件事很难，"马普尔小姐说，"比看起来困难多了。"

这位年长的同伴让我很有好感。令人惊讶的是，有不少人都觉得当作家是件易如反掌的事。"我一直想写作，"他们都说，"要是有时间就好了。"仿佛他们需要的只是时间。

"如果你有一个杀手钩，也许很容易。"我说。

"我怀疑这种东西根本不存在，"马普尔小姐说，"也许这是类似钩针一样的多个小钩子，多凑一些就能编出一个完整的挂毯。我喜欢钩针编织。也喜欢针织。不过，这更像是一种冬季的消遣活动。"

一个女人从明亮的露台进入了黑暗的酒店。几分钟后，我看到她沿着楼梯去往海滩。她有一头乌黑的长发，有那么一瞬间，我以为她是路易莎·布雷斯韦特。

"西蒙内塔长得很像布雷斯韦特夫人。"我对马普尔小姐说。

"漂亮的人都很相像。"她回答道。

"她在海滩上讲的故事真是精彩，"我说，"三任妻子的故事。"

"是的，"马普尔小姐说，"像个现代蓝胡子。"她笑了，但这些话让我的皮肤发紧，好像那里落了一只蚊子。在我看来，布雷斯韦特勋爵像一个典型的英国上流人士，内向冷漠，还有些死气沉沉。但谁知道人的外表下面隐藏着什么呢？杀人犯并不总是像莫里亚蒂那样的邪恶天才。你会在聚会上遇到他们，和他们一起吃饭，在路上和他们擦肩而过，或者和他们同坐在伦敦双层巴士上。我想起了贝尔特兰多的话:"无奇不有,尽是秘密。"

然后,一声尖叫划破了黑夜。

我站了起来,但贝尔特兰多比我更快。他冲下了台阶。我以最快的速度跟了上去。我看到黑色的大海在黑色的沙滩上激起了白色的浪花。我看见了布雷斯韦特勋爵,月光下的他脸色苍白。一个女人躺在他的脚边,她的头发乌黑,如同死亡。

然后我就什么都看不到了。

我醒来时,正躺在酒店大堂的沙发上,能闻到柠檬和意大利古龙水的味道。蒙胧中,我看到了吊扇和壁画的赤土色阴影。然后是一张男人的脸,戴着金边眼镜,他正在弯着腰焦急地看着我。是路易吉·马丁内利。

"只是轻微脑震荡。"我听到他说。我忘了他是一名医生。

"发生了什么?"我挣扎着坐起来,"谁死了?谁被杀了?"

"没有人死。"贝尔特兰多的声音似乎从远处传来,"西蒙内塔看到了一个……英语怎么说?一只水母……在海滩上。是她尖叫了一声,跑向台阶,然后摔倒了。她很尴尬。"

看来摔倒的不止我一个,我想。

"我为什么晕倒了?"我说。

多托雷·马丁内利把一杯水放在我手里。

"你从台阶上摔了下来——在黑暗中很容易发生这种事。你的头撞在了石头上。"

"我是怎么到这里来的?"我喝了一口水。它尝起来很奇怪,有一股硫黄的味道。

"贝尔特兰多和布雷斯韦特先生把你背了过来。但你应该躺在床上。你能站起来吗?"

如果有人帮忙的话,我能站起来。贝尔特兰多和医生在两侧搀扶着我。我们走到楼梯时,我看到同伴们都聚集在落地窗旁。布雷斯韦特勋爵搂着他的妻子。伊丽莎白正在安慰西蒙内塔。马普尔小姐站在稍远一点的地方,灯光在她的白发上闪闪发光。

除了略有头痛,我早上感觉良好。贝尔特兰多把我的早餐端到了床上:有小羊角面包、无盐黄油、果酱、橙汁和咖啡。

"多托雷·马丁内利说你今天要放轻松。"他说。

"放轻松,"我说,"你的英语怎么说得这么好?"

"战后我在伦敦待了一段时间,"贝尔特兰多说,"我哥哥住在那里。我在那里学习了酒店经营。"

"你做得很好,"我说,"西蒙内塔今天早上怎么样?"

"她很好,"贝尔特兰多说,"只是不好意思引发这样的麻烦……这样的骚动。"

"告诉她不要担心,"我说,"要我说应该怪的是柠檬酒。"

我感觉到贝尔特兰多在躬身致意离开时看起来有点内疚。

吃完早餐后,我洗了个澡,穿好衣服,决定步行去最近的城镇普里亚诺。虽然不远,但沿线都是沿海公路,步行的感觉几乎和我开着那辆租的菲亚特汽车一样可怕。我艰难地完成那些急转弯是多久以前的事?真的才刚过两天吗?而且我再也没办法杀死瑞奇了。我想到了彼得上校昨晚自鸣得意的反驳:"我不需要建议。"我倒是觉得我需要建议。

这条路需要穿过一条悬崖上凿出的急转弯隧道。经过一天的炎热之后，隧道让人感觉尤其寒冷和黑暗。但是，走近一点就看到里面有微弱的磷光。在诡异的光线下，我辨认出了一个奇怪的装饰。在石墙上凿出的粗糙壁龛上有一个村庄模型：里面有房屋、圆顶教堂、废弃塔楼和一座粉红色的建筑，看起来非常像罗莎别墅。教堂和塔楼旁点燃了蜡烛，正是这些烛光反射在岩石顶上，发出了不祥的绿光。我加快了脚步。

普里亚诺很漂亮，房子都粉刷成了白色，台阶蜿蜒曲折。显然教堂里有一些重要画作，但我更想坐在咖啡馆外面，拿着一杯柠檬酒和一份两天前的《泰晤士报》。我向会说英语的老板问起了隧道里的村庄模型，他解释说这是一个微型复制品，描述的是圣诞节耶稣诞生的场景。两年前由一位当地艺术家创作，没有人想过把它移除。瞬间，那个烛光熠熠的模型显得古朴起来，再也没有险恶的感觉了。我突然想把它写下来。也许我应该把瑞奇送到意大利去，然后我想起，瑞奇不会去任何地方，除了迎接他的宿命。我准备当天晚上就动笔。

返程的路很辛苦，因为太阳到了一天最毒的时候。天空是刺眼的亮蓝色，蝉鸣在脑子里嗡嗡作响。也许这样的徒步跋涉对我来说太冒险了。毕竟，医生让我静养。我记得前一天，我从海滩爬楼梯时感到头晕目眩。也许有什么东西让我感到恶心？隧道让我略微缓解了一些，我站了一会儿，呼吸着潮湿的空气。我回到日光下，太阳光线好像汇聚在了我的头顶。要是我戴着巴拿马帽就好了。

就在这时，我看到一个男人走在前面。我觉得很奇怪，我没有在隧道里看到他，但也许他是从一条沿海小路上来的。他身材高大，黑发已经转白了，步态略有不稳。我想到了瑞奇，他在早期的书中曾经一瘸一拐，是战争受伤导致的，但现在似乎像十八岁一样敏捷。我想起了我在伦敦的家里见到瑞奇的那些日子。也许他真的一直在那里？突然间，追上那个走路像瑞奇的人似乎变得重要起来。我加快了步伐，但这让我的心跳加快，汗水顺着额头流了下来。

罗莎别墅终于到了，在正午的阳光下，它粉红色的墙壁几乎成了红色。我想起了凉爽的大厅，前台的那罐柠檬和画着巴黎审判的壁画。在爬楼梯回到我的房间之前，我想在黑暗中坐一会儿、喝杯水。然后我停了下来。那个一瘸一拐的男人也走进了酒店。不知为何，我觉得我必须阻止他。我向前跑去，跟跟跄跄地穿过了双开门。

一进门，多重感觉向我袭来。瓷砖地板在以令人不快的方式跳动，天花板上的吊扇吹起的灰尘看上去就像奥利维蒂打字机的按键。我听到了笑声。蝉鸣汇成了一个名字。

瑞奇·巴伯。

我看到了一张熟悉的面孔。

我冲上前去，打算开始我的谋杀大业。

我这次醒来时，躺在床上。一个女人的声音说："你感觉怎么样？"

"弗兰！你怎么在这里？"

我的编辑竟然在意大利，还坐在我的酒店床边，我一时无法相信。她属于伦敦，属于另一种生活；但是，另一方面，此情此景下她如果还在家里也会很奇怪。她还让我想起了一个人。

"对不起，"她说，"我只是想帮忙。"

我挣扎着坐起来。百叶窗关着，风扇在天花板上旋转。

"怎么了？"我说，"我又晕倒了吗？我以为我看到了瑞奇。他走在我前面。"

"那是萨尔瓦托雷，"弗兰说，"他是厨房的工作人员。"

"我以为是瑞奇，"我说，感觉自己很蠢，"我想我必须阻止他进入酒店。"

"你应该是向前扑时摔倒在了地上，"弗兰说，"很是突然。显然，这里有一位客人是医生，他说你可能是中暑了。"

"但我听到有人在说'瑞奇·巴伯'。"

弗兰看起来有些困惑，然后笑了，同时做了一个奇怪的抚摸下巴的手势。"你听见的是我说的意大利语'真无聊'。它的字面意思是无聊到可以等待胡须长出来。"她又做了一次手势，"当时我一定是在和卡洛聊足球。"

"你还没说你为什么在这里，"我说，"老实说，弗兰。我觉得我快疯了。这个地方都快把我逼疯了。这儿像是书中的场景。你不会相信我听到的故事。"

"我会的，"弗兰说，"因为这些故事是我告诉你的。"

"我不明白。"

"我很担心你，"弗兰说，"我知道你想结束瑞奇系列的书。这对我来说没有任何问题。只是你对新书或者新系列还没有想法。我以为你已经不喜欢写作，不喜欢讲故事了。我和宝拉谈过这件事。"

"你和宝拉谈过了？"

"在食火鸡出版社的作家聚会上。她也很担心你。她问我是否可以推荐一个作家的静修所，我就想到了这个地方。这里景色优美，历史悠久，可能会给你带来灵感。然后我想，何不在这里安排一些有趣的角色？安排一些有故事的人。我的叔叔推荐了马丁内利夫妇，因为他们以前住过这里。他们和他们的经历让他十分震撼。"

"你的叔叔？"我说。

"就是贝尔特兰多。"

然后我想起，贝尔特兰多曾经住在伦敦。他有一个侄女叫弗兰切斯卡。这就是我之前注意到的相似之处。他们有同样的黑眼睛和高颧骨。

"布雷斯韦特勋爵和夫人在这里度蜜月，"弗兰继续说，"贝尔特兰多叔叔对他们记忆犹新。他说，布雷斯韦特夫人得知她的前任长得很像她，感到相当不安。她甚至向他提起过。我想，如果她能把这个故事告诉酒店经理，那她也会告诉任何人。我说服叔叔给他们一个特别的优惠——有钱人总是喜欢讨价还价。"

"彼得斯上校呢？"

弗兰笑道："特里是我的另一位作者。有一点良性竞争并没有错。他总是在说他的系列犯罪小说有一个杀手钩。我想这可能会对你有所启发。"

我闭上眼睛。我能听到蚊子嗡嗡的声音。

"所以整件事都是为了对我有所帮助？我不是中了柠檬酒的毒吧？"

"贝尔特兰多叔叔的柠檬酒很烈。但你没有中毒。我觉得你只是今天晒得太久了。"

我想到了燃着蜡烛的隧道，夜晚萤火虫的灯光，庞贝古城的废墟，都烟消云散了。

"我一定出了什么事，"我说，"我不太确定是什么。"

"楼下有个老太太叫马普尔小姐，"弗兰说，"她很想见你。

我让她上来好吗？"

"是的，有劳你了。"突然间，我想听听马普尔小姐温柔的声音，通过她锐利的蓝色目光看看世界。

"你猜到了吗？"我说，马普尔小姐进来了，她穿着整洁的花裙子，步伐敏捷轻快。

"没有完全猜对，"她说，"但是第一天晚上，你自己也说伊丽莎白的故事是个美丽的故事，我当时就觉得像书里的情节。然后，路易莎在海滩上讲的故事是个传说，一个现代的蓝胡子故事。我怀疑是否有人在为你整理这些故事。"

"但是丈夫和死去的两任妻子呢？这是真事。"

"是路易莎夸张了，"马普尔小姐说，"但我认为马库斯·布雷斯韦特确实是喜欢特定类型的女人。"

"西蒙内塔呢？"我说，"她和路易莎长得很像是巧合吗？"

"也没有那么像，"马普尔小姐说，"一点点而已。正如我所说的，漂亮的人确实往往看起来很像。三任布雷斯韦特夫人的相似程度并不会高于我朋友的三只猎犬的相似程度。只是名字让它们看起来像。"

"那你呢？"我说过，"你也是为了我特意安排在这里的吗？"

"哦，不是，"马普尔小姐说，"我只是在度假。虽然我几年前在伦敦见过贝尔特兰多。不过我的外甥为我支付的房费确实非常优惠。"

"我的编辑是贝尔特兰多的侄女，"我说，"是她安排了整件事，想让我找到一些新书的灵感。"

"你找到了吗？"

"也许吧，"我说，"我在想你说的那些小钩子，比如钩针或挂毯。"

"没错,"马普尔小姐说,"我不是作家,但我觉得这是你构思完整故事的方法。尤其是犯罪小说,你需要很多线索。"

我看向桌上的奥利维蒂打字机。那些按键弄的我手疼。

马普尔小姐怯懦地说:"我能提个建议吗?"

"但说无妨。"

"不要杀死瑞奇。你还记得我说过的莱蒂·兰德尔和她的丈夫吗?"

"总是说上楼睡觉的那个?"

"就是他。她被判无罪释放,但她从未摆脱他的阴影。其实,如果她直接跟亚瑟离婚,她就再也不用想起他了。"

"你认为我应该和瑞奇离婚?"

"根据我的经验,"马普尔小姐说,"没有什么比幸福更能阻止好奇心了。你能给瑞奇设计一个幸福的结局吗?"

"当然,可以试试。"我说。

杀人狂

凯伦·M. 麦克马纳斯（Karen M. McManus）

"简姨妈,这太完美了。"

我说完这句话,满足地叹了一口气,重重地坐在了姨妈摇椅对面的一张毛绒沙发上。然而,外表是骗人的,我的屁股落在了不舒服的硬垫子上。"嗯,近乎完美,"我调整了姿势,按沙发的软硬坐直了一些。"你们是怎么在科德角半岛找到这座看起来像是伦敦诸郡的小屋的?"

"雷蒙德一直都很聪明,"简姨妈喃喃自语道,眼睛盯着她正在编织的白色毛线。她可能在织婴儿毯。只要你见过她一次,你肯定会在自己的宝宝出生两周以内收到一条毯子。"而且非常慷慨。真的,妮古拉,我从来不明白他为什么要为他的老姨妈这么大费周折。"

"因为他知道我想见你。"我深情地说,虽然我确信这只是部分原因。即使在夏天,圣玛丽·米德也阴冷潮湿,雷蒙德一直在寻找干燥的气候来缓解简姨妈的风湿病。我正好和同学在这里过暑假,这是个额外的收获。

"我也想见你,"简姨妈说,把她的编织品放在膝盖上,全神贯注地看着我。自从她昨天来到查塔姆以来,这是我们第一次见面,我突然意识到我从黛安娜那里借来的拼布短裤与这个时间扭曲的房间不太搭配。"你看起来很……"

"像美国人?"我插了一嘴。自从我和黛安娜成为朋友以后,我父母一直这么说。她是五年级转学来的，这位迷人的纽约女继承人是学校的话题人物。她的母亲是英国人，在经历了一场离婚大战之后将她匆匆带到了乡下。我从没想过她会注意到我，但第二天她拍了拍我的肩膀说，"你叫妮古拉·韦斯特（Nicola West），对吧？我叫黛安娜·韦斯托弗（Diana Westover）。我们的名字很般配，所以我们注定会成为最好的朋友。"

然后，我们奇迹般地真的成了好朋友。我们成了黛安-妮可组合，以至于同学们用同一个名字称呼我们。学校放假了，我知道黛安娜很快就会离开我，去往她祖父在科德角的海滨庄园。即将到来的夏天漫长而空虚，直到她邀请我同去。

"我本来想说你已经长大了，"简姨妈委婉地说，"但我仍然认为十七岁离开家独自去过暑假还是小了点。不过，你父亲那一代人的想法和我不一样。而且，大卫让我放心，说韦斯托弗家族堪称完美。"

"非常完美。"我附和道。然后我清了清嗓子，这是我自童年就有的紧张习惯，即使成了半个黛安-妮可也没能改变。

简姨妈猛地抬起头。我不知道她到底高龄几何，但可以肯定的是：无论她多大年纪，没有什么能瞒过她。"难道不是吗？"她问。

"嗯……"

我还没想好怎么开口，门铃响了。"为什么不让黛安娜解释呢？"我说，匆匆忙忙地走向前门。我拉开门，发现我打招呼的对象是一株巨大的开花植物。

"妮可，嗨！"黛安娜高兴地喊着，好像她已经半年没有见到我了，而不是半个小时。"对不起，我来晚了，但我不想空手来。"

"任务完成了。"我说，退后一步，给黛安娜留出挤进来的空间。不知何故，她连搬着一株庞大的植物都看起来如此优雅，好像它是最新的热门装饰。她的黑色长直发富有光泽，是如此完美，我希望我能接受她的建议，试着在我自己那不守规矩的卷发上试试她的沙宣护发素。然后我皱起眉头说："你换衣服了？"

不过，我刚说出口，就意识到黛安娜当然不会穿着短裤和村姑衫来见简姨妈。她是根据场合搭配服装的专家。果然，尽管简姨妈看起来对这盆植物感到困惑，但当黛安娜把它放在地板上之后露出一件稳重、剪裁完美的夏装时，她的表情变得柔和起来。"你好，马普尔小姐，我是黛安娜·韦斯托弗，"黛安娜热情地说，"我带来了一盆绣球花。"

"你真好。"简姨妈说。她太和善了，以至于不会提及这份礼物的任何缺点，包括这个院子并不是她的。不过，这可是黛安娜；她富有到足以认为每个人都拥有多栋房子，而且她是如此热爱环境，以至于她很厌恶更常见的鲜切花礼物。

"我去把这盆花放在厨房里。"我说。

我把这盆花放在了水槽边，简姨妈的同伴彻丽从商店回来时知道该怎么收拾。黛安娜坐在沙发边上，兴致勃勃地说："你去过海边吗，马普尔小姐？"她问。

"我们昨天刚到的时候就去了，"简姨妈说，"但是有几辆相当大的工程车挡住了视线。"

黛安娜沮丧地呼出一口气。"哦，这很糟糕，不是吗？"她问，"他们正在盖公寓。绝对会毁了海岸线！我很怀念在班伯里的学校，那里到处都是郁郁葱葱的。妮可说你住在一个风景如画的村庄，对吗，马普尔小姐？"

"已经不像以前那么漂亮了,"简姨妈叹了口气说,"圣玛丽·米德也在……开发。"为了回应黛安娜扬起的眉毛,她补充道,"盖了各种新的现代住宅。当然,这是进步,年轻人总得有地方住。但我确实怀念过去的日子。"

"我也是。"黛安娜热切地说,赢得了简姨妈的微笑。

"你太年轻了,对过去不会有什么印象的,亲爱的。"

黛安娜笑道:"我认为你是对的,但即使在十年前,我睡觉时也能听到爷爷家对面池塘里的青蛙在唱歌。现在呢?我什么都听不到了。"她看着我,眨了眨眼。"除了哈利一直在敲打他的吉他。他很有魅力,是我的表弟,但也是一个糟糕的音乐家。"

我不想让眼尖的姨妈注意到哈利这个名字让我脸红,所以我赶紧说:"黛安娜有件事想问你,简姨妈。因为你是如此,嗯,你知道……"我又清了清嗓子,"擅长杀人案。"

简姨妈眨了眨眼,吓得把编织针掉了下来。"你说什么?"

"嗯,当然不是擅长自己制造案件。是破案。"我说。这个开头真是尴尬,所以黛安娜试图缓和气氛。"妮可一直在告诉我们,你一个人顶一个苏格兰场,马普尔小姐。"她说。

简姨妈的脸颊变红了。"我向你保证,我没那么厉害。我只是对人性有一定的了解,有时会对警察有所帮助。"

我用胳膊肘戳了戳黛安娜。"告诉过你她会这么说。"

我觉得简姨妈的坐姿不可能更端正了,但她还是做到了。"你们小孩子到底为什么要讨论这么可怕的事?"她问。

黛安娜将一缕黑发缠绕在一根手指上。虽然不像我清嗓子那么明显,但这也是她不安的信号。"因为我的祖父,"她说,"他一直很古怪,但自从两周前我们一家到达之后,他一直像对待……罪犯一样对待我们。"她脸红了。"他非常富有，你知道，而且很老，他脑子里一直在想我们盼着他死，这样我们就可以继承他的财产。"

"太不公平了！"我插了一句，脸颊因想到约西亚·韦斯托弗的刻薄指责而发热。"黛安娜根本不在乎钱！即使她在乎，她的父亲已经在华尔街大赚了一笔。"然后我担心这么说是否过于粗鲁。除了约西亚之外，没有一个韦斯托弗人喜欢谈钱。但黛安娜朝我感激地笑了笑。

"谢谢，妮可，"她说，"但我不认为他是针对我。"

"哦，亲爱的，"简姨妈喃喃自语，"绅士们年纪大了之后可能很难相处。感觉健康和活力在离他们而去，并且成为别人的负担是一件令人煎熬的事。"

"倒也不是那样，"黛安娜说，用力拽着她的头发，"问题在于，爷爷确实认为我们想杀他。"

简姨妈睁大了瓷蓝色的眼睛。"真的吗？真的有吗？"她的脸又变红了，"请原谅我这么问，但有证据支持这样的指控吗？"

黛安娜和我交换了眼神。约西亚·韦斯托弗是我见过的最古怪、最暴躁的人之一，但他不是偏执狂。我们到达两天后，一辆只有他开的汽车刹车失灵了。如果不是他在离开车道之前就发现了，可能会发生一场可怕的事故。一周后，他办公桌上方架子上的沉重花瓶砸在了椅子旁边，与他的脑袋只差几英寸。

"有好几次差点就出事了，"黛安娜说，"但那都是意外！"她很快补充道。简姨妈点了点头。"你必须理解，我的家人很古怪。没错，他们中有些人经济上有点紧张，但他们不是杀人犯。

我父亲快为这件事发疯了。他听说你也在这里，就建议我们邀请你参加我姑奶奶伊迪丝明天晚上的庆生活动。爸爸想你也许能让我爷爷放心。也许你可以告诉他……"黛安娜的声音逐渐减弱了，我知道她担心约西亚对简姨妈会像对其他人一样粗鲁。"我们不是杀人狂？"

"啊，亲爱的，"简姨妈和蔼地笑了笑，"你看，问题在于，没有哪个杀人犯生来如此。最不像杀人犯的人才会让你大吃一惊。年轻的母亲，年迈的神职人员，受人尊敬的商人。恐怕没有人能被排除在外。"她拿起针线活儿，侧头看了我一眼。"即使是迷人的吉他手。"

简姨妈什么都能看破，有时候这有点烦人。

只要让约西亚·韦斯托弗举办派对，他就会大操大办，即使仅仅是他妹妹的生日小派对也不例外。黛安娜把举办派对的房间称为"大厅"。那是一个巨大的客厅，滑动玻璃门通向俯瞰大海的露台，屋里摆满了鲜花和蜡烛。透过敞开的门可以看到深蓝色的夜空，带着咸味的微风吹进屋内。钢琴师坐在角落里的三角钢琴前演奏着轻柔的古典音乐，而身着白色制服的服务员则传递着装着小吃和饮料的托盘。

这一切，只是为十个人准备的。

我站在门口，烦躁不安地穿着借来的衣服，后悔听了黛安娜的话。她还在整理头发，便让我先下楼。她的大多数家人让我感到害怕，除了……

"喝点什么，妮可？"

好像被我召唤了一样，哈利·韦斯托弗出现在我身边，手里拿着两只香槟高脚玻璃杯。他穿着祖父坚持让穿的深色西装，但没有打领带，皱皱巴巴的白衬衫的第一颗纽扣没有扣。"喝吧，"我正在犹豫，他补充道，笑着露出了酒窝。"没人会注意到你未成年。"

我接过杯子，低声道谢。我不是特别喜欢香槟，但确实喜欢哈利。可能太喜欢了。我第一次来到韦斯托弗家时，黛安娜警告过我，哈利和任何五十岁以下的女人说话都带着调情的意味。不要把他当回事，她说。所以我尽量不上心，但那双明亮的蓝色眼睛盯得我很为难。

黛安娜是对的；哈利的吉他弹得并不是很好。但在过去的两周里，他一直在不停地练习《火和雨》，现在几乎能听出调来了。

"我觉得你今天晚上和黛安娜一模一样。"哈利说。

我正在品尝香槟，差点被呛到。"你说什么？"

"你说什么？"哈利重复了一遍，仍然咧嘴笑着。"任何语言加上你的口音都更好听了。"然后他指了指我快要变直的头发，黛安娜用大量的护发素和吹风机帮我打理过了。"你的卷发怎么了？"

"我正在尝试新的发型。"我说。

"你不需要。"哈利说，听起来异常真诚。

这让我一时语塞，好在黛安娜随后进入了房间，从路过的服务员那里拿了一杯香槟。"我们今晚需要这个，"她说，与哈利碰了碰杯。"你觉得爷爷想干什么？"

"只有上帝知道，"哈利说，然后压低声音，模仿约西亚烦躁的语气。"我想和你们每个人单独谈谈。"他环视着房间里的其他客人：黛安娜的父亲迈克尔，正站在一边自得其乐；哈利的父亲艾伦正在和约西亚的助手斯蒂芬·麦克法兰深入交谈；艾伦的第二任妻子卢克丽霞在与伊迪丝姑奶奶交谈，不时做出夸张的手势。这两个人在一起很奇怪——卢克丽霞很迷人，哈利不怀好意地称她为失败的演员；而伊迪丝则很严肃，仍然穿着她的园艺服。"听起来不会像往常一样说'你们的谈话都让人失望透顶'。"

黛安娜扬起眉毛。"连你也这么说？但你已经被他们同化了。像所有韦斯托弗人一样，去哈佛大学学经济。"

哈利皱起眉头。"只是暂时的。我不会永远待在那里，但爸爸说我们不能惹麻烦。事实上，他最近做的那个万无一失的生意还是失败了。"然后他喝了半杯酒，转向我，"妮可，你那个简姨妈怎么样了？她今天晚上会来吗？"

"她本想来的，"我说，"可是她太累了。"

"这可是个避开祖父的好主意，"黛安娜说，抚平了裙子上几乎看不到的褶皱，"他太累了。"

"说谁谁就到。"哈利说，他的祖父走进了房间。

在约西亚·韦斯托弗的威仪下，每个人都安静了下来。他的身材矮小干瘪，脸上布满皱纹，白发几乎掉光了。但他的精力和活力和比他年轻一半的人不相上下。他挂着一根镀金的黑色手杖，像一只捕食鸟一样歪头审视着房间。

"莎拉在哪儿？"他问道。

"在路上，"艾伦·韦斯托弗立即回答。当然，莎拉是他的女儿。但不论约西亚问什么问题，哈利的父亲总是第一个回答。

"也许和她神秘的未婚夫在一起，也许没有？"哈利喃喃自语。他对黛安娜和我坚称，他无意中听到姐姐在电话里偷偷讨论订婚的事，但如果她指的是她自己的订婚，家里其他人还都一无所知。

约西亚的助手斯蒂芬·麦克法兰走上前去。他大约三十岁，如果不是表情过于殷勤，他其实很英俊。"莎拉小姐在离开波士顿之前打过电话，说这个时候可能会堵车，"他说，"即便如此，她应该会在半小时内到达。"

"好吧，我不能再等了，"约西亚说，用手杖敲打着地板。他环顾房间，眼神落在了卢克丽霞身上。"你先来。"

哈利的继母把纤细的手放在喉咙上。"我先干什么？"她问。

"你会知道的。"约西亚说。

我的眼角余光瞥见黛安娜的父亲朝我们走来。"对不起，我需要去厕所。"我说，把我的香槟杯放在一个空托盘上。我并不是真的想去厕所，但我至少可以检查一下我的头发怎么样，也许可以让一些卷发弹回去。毕竟，韦斯托弗一家讨论的是家事。

我通常会使用卧室附近的浴室，但到那里要经过整层楼和配楼，所以我沿着走廊走了下去，仔细寻找任何类似化妆间的屋子。我没有在这个房子里停留太久，这里毕竟是约西亚·韦斯托弗的领地。我发觉时，已经明显转错了弯。我到了一个小客厅，能听到附近的声音。我的心跳开始快得有些不适——我不希望黛安娜的祖父指责我窥探隐私。所以我做了任何正常而理性的人都会做的事，我扑向一个看起来像橱柜门的地方，迅速钻了进去并关上了门。

但是，那并不是橱柜门。

现在，我来到了一个气势宏伟的房间，窗前摆着一张红木桌子。我估计，在那些图案丰富的丝绸窗帘后面起码会有一扇窗户。房间的一侧是真皮沙发，另一侧有两把配套的扶手椅。其中三面墙都是书架，里面摆满了皮革装订的书籍和那种黛安娜祖父喜欢制作的飞机模型。客房中央的毛绒地毯上印有韦斯托弗的家族徽章。

哦,不。我在约西亚·韦斯托弗的书房里,不是吗?

门开了,我还没来得及思考自己在做什么,就躲在了其中一张扶手椅后面。然后从角落里窥探着,看到斯蒂芬·麦克法兰大步穿过房间,伸出一只手分开窗帘,然后走到了窗帘后面。

到底是怎么回事?

也许窗帘后面是一扇门,而不是一扇窗?斯蒂芬的身影已经消失不见了。我正要起身逃跑,脚步声把我留在了原地。他们越来越近,我从藏身之处惊恐地看着约西亚和卢克丽霞进入房间。

"坐下。"他说。如果她选择这把扶手椅,我就完蛋了。我该怎么辩解?但她选择了真皮沙发,约西亚坐在她旁边。

"这是怎么回事?"卢克丽霞问道。

"只是一点家族小事。"约西亚说。

"我洗耳恭听。"卢克丽霞的语气没有任何感情,但她的下巴紧绷着。我绝望地希望我能和黛安娜、哈利在一起,而不是在这里徘徊,但现在为时已晚。

"好。"约西亚说,从口袋里拿出一个处方药瓶,放在他们面前的桌子上,旁边是一杯水。"请原谅,我必须确保我的心脏药在手边的位置。我最近有心悸的毛病,在我这个年纪,怎么小心都不为过。"

"那是自然。"卢克丽霞说。

"事情是这样的,卢克丽霞,"约西亚说,"你一直是艾伦的好妻子。我个人对你没有意见。但事实是,只要艾伦知道可以依靠我的钱,他就永远不会在这个世界上努力拼搏。所以,今天晚上，我要修改我的遗嘱，把一切都留给慈善机构。恐怕你和艾伦什么也得不到了，不过你可以选择飞机模型。"他用一只手在房间里扫了一圈。"如果你愿意，你现在可以选一个。"

"我不需要飞机模型。"卢克丽霞冷漠地说。

"不过，你不想留点什么东西来纪念我吗？"

约西亚问道。

卢克丽霞的鼻孔张开了。"你告诉艾伦这件事了吗？"

"我想先告诉你。"

"你为什么要这么做？"

"因为……"约西亚猛地停了下来，吸了一口气，"对不起。刚才有点疼。我说到哪儿了？哦，艾伦。是因为艾伦……"

他又停了下来，捂着胸口。"你没事吧？"卢克丽霞问道，虽然她听起来并不怎么担心。"很好，"约西亚说，但这个词更像一声喘息。"我没事。"然后他瘫倒在垫子上，满脸痛苦。"我想……我想我需要我的药。你能不能……"

"当然，"卢克丽霞说。我紧盯约西亚的脸，尽管它因痛苦而扭曲，但我认为他在仔细观察她。

我想，他在考验她。这在我看来似乎非常明显，因此当卢克丽霞平静地从瓶子里取出一颗药丸并连同一杯水递过去时，我并不惊讶。"给你药。"她说。

"谢谢你。"约西亚喘息着，把药吞了下去。

约西亚"康复"后，他按响了铃，管家打开了门。"罗伯茨会带你去东配楼，你会在那里吃晚饭，"约西亚说，"我和其他家人谈话时，晚饭就会上桌。"

"所以我会和其他人分开？"卢克丽霞问道，"真有意思。"她听起来很沮丧，但一言不发地离开了。

她和罗伯茨之间的门刚刚关上,约西亚把手杖顿在地板上,喊道:"嗯?你觉得怎么样?"

我的心沉了下来。他知道我在这里。但还没等我紧张地清嗓子并试图为自己辩解,斯蒂芬·麦克法兰从窗帘后面走了出来。

"还有很多工作要做,韦斯托弗先生。"他说。

可以肯定的是,约西亚·韦斯托弗学得很快。

他和哈利谈了将近十五分钟,熟练地数落他的哈佛学业和音乐梦想,然后他开始表现出更微妙的心脏病发作症状。当他最终倒下时,效果是如此令人信服,以至于我不得不将指甲掐着手以防哭出来。哈利马上行动了,我不禁松了一口气,他甚至把药丸放进了约西亚的嘴里。我现在从约西亚和斯蒂芬·麦克法兰之间的反复对话中了解到,这不过是糖丸。

不过,哈利的父亲艾伦则是另一番表现。当现在约西亚表现出非常令人信服的心脏病发作时,艾伦除了看着他痛苦地喘息之外什么也没做。最终,约西亚瘫倒在垫子上,一动不动。时间一分一秒地流逝,直到艾伦试探性地说:"父亲?"然后约西亚突然坐了起来,艾伦后退了一步,我几乎大声喘了口气。

"虚惊一场。"约西亚说,眯着眼睛看着他的儿子。

艾伦瘦削的脸变成了番茄红。"哦,谢天谢地!"他喊道,"我……我惊得浑身僵住了,而且……"

"你可以走了,"约西亚厉声说,按铃叫罗伯茨,"我没什么需要问你的了。"

艾伦溜走后,约西亚与斯蒂芬进行了简短交谈,我听不清他们低沉的声音。然后斯蒂芬回到窗帘后面,轮到黛安娜了。"嗯,她来了,"约西亚说,黛安娜在真皮沙发上坐下,"我们的小英国玫瑰。一有机会就抛弃了她的家人。"

黛安娜叹了口气。"你知道我别无选择。我母亲坚持如此。"

"胡说八道。你完全有能力在合适的时候按照自己的方式行事,"约西亚说,"现在你回来了,见到我们高兴吗?几乎没有。你只是在抱怨蛙鸣。忘恩负义的姑娘。"

他太讨厌了,当他又开始那熟悉的表演时,我几乎松了一口气。黛安娜的反应和哈利一样快,她用力拧乔西亚的药瓶盖,差点绊倒,我为我的朋友感到自豪。哈利的姐姐莎拉现在已经从波士顿赶到了,她的反应时间长了一些,但最终也帮了忙。

然后伊迪丝姑奶奶走进了房间。我不觉得她会比黛安娜更关心约西亚的钱,不禁想知道她会做什么。

事实是,约西亚发作后,伊迪丝居然爆发出了难以置信的笑声。"别装了,你这个可笑的老怪物。"她哼了一声,约西亚在所谓的痛苦中扭动着。"你一直就在忙这个?祝我生日快乐,嗯?"伊迪丝姑奶奶在她的长裤膝盖上拂拭了一下,然后补充道,"你应该为自己感到羞耻。你的家人是人,不是你可以摆布的傀儡。"

"伊迪丝,是真的。"约西亚痛苦地呻吟着,"有点不对劲。"

"真正不对劲的是你被你的财富蒙蔽了。"伊迪丝说。

"拜托,"约西亚喘息着,"叫医生。"

正是"叫医生"这句话让我采取了行动。"他这次不是假装的,"我喊道,跳了起来,因为在一个地方蹲了太久,腿都麻了,"出事了。"

"我的天啊!"伊迪丝姑奶奶张大嘴巴盯着我,"你一直都在那里吗？"然后斯蒂芬·麦克法兰从窗帘后面走出来，她的嘴张得更大了。"你也在这里？你们两个到底在干什么？"

斯蒂芬没有理会我们俩，朝约西亚弯下腰。"韦斯托弗先生？"他说，手指按在约西亚的脖子上，"你没事吧？你需要药吗？"伊迪丝姑奶奶抓起桌上的瓶子，朝他推了推，但斯蒂芬没有接。他的额头上滴下了汗珠，说："不是那些药。"

"怎么回事？"伊迪丝姑奶奶问道，"这是什么变态游戏？"

我艰难地咽着唾沫，无法将眼睛从约西亚僵硬、死一样苍白的脸上移开。"我认为这不是游戏了。"我说。

"所以你怎么看呢？是谁干的？"

我看着简姨妈和查塔姆警察局的警探劳拉·威尔科克斯，他们并排坐在简姨妈小屋后面的躺椅上。一周前，威尔科克斯警探就约西亚·韦斯托弗的死向我问话后，我告诉她，要破案，她需要和简姨妈谈谈。她拒绝了，然后开车送我回了简姨妈家。她坚持说我不能和杀人犯一起待在韦斯托弗家里。虽然我有些不愿意离开黛安娜，但也算是松了一口气。

然后，就在今天中午，简姨妈和我吃完午饭后，威尔科克斯警探来了。她恭敬地说，当她向局长提到简姨妈时，他想起了在纽约警察大会上听过这个名字，我姨妈的老朋友德莫特·克拉多克探长曾是特邀演讲者。"我会给你提供你需要的任何信息，马普尔小姐。"威尔科克斯警探说。然后她整整听了将近十五分钟的圣玛丽·米德村的八卦，直到我再也无法保持沉默。

"真的，妮古拉，我不确定。"简姨妈温和地说。她的毛衣针咔嗒作响。

威尔科克斯警探可能觉得我在那次乏善可陈的反应之后夸大了简姨妈的破案能力，但她没有表现出来。"这些富有的家庭很棘手，"她说，从彻丽留给我们的盘子里拿了一块饼干，"他们很团结。"

"但杀死他的一定是毒药吗？"简姨妈问道。

"哦，是的，"威尔科克斯警探说，"尸检报告写得很清楚。在约西亚的体内发现了白莓，毒性极强。它对一个健康的人可能不会致命，但这种植物具有镇静心肌的作用，对于患有心脏病的人来说是致命的。"

简姨妈发出了啧啧声。"你认为这种毒药是通过约西亚·韦斯托弗为这场小闹剧准备的药进入他体内的？"

"我们认为如此。他在与家人交谈时服用的药可能不止一个有毒，但瓶子里剩下的那些药的成分只有糖。"

"我的天啊，"简姨妈说，"约西亚玩的游戏太危险了，不是吗？这是为了什么？要考验他的家人？"

"斯蒂芬·麦克法兰是这么说的，"威尔科克斯警探说，"约西亚经历了太多可疑的事故，这让他变得偏执。他想知道当他们认为他心脏病发作时，谁会来帮助他，谁会对他见死不救。"她摇了摇头，"这个游戏确实愚蠢，因为人们在危机时刻的行为方式并不能真正反映他们的意图或性格。但是，很显然，他无形中给某人灌输了这个想法。"

"但是，除了斯蒂芬·麦克法兰之外，没有别人知道这个计划吗？"简姨妈说。

"是的，麦克法兰承认他和约西亚在书房里策划了整个游戏，但书房里有一扇窗户，可以俯瞰整座大花园。"威尔科克斯警探说,"窗户是开着的,因为那天天气很好,所以他们有可能被偷听了。除了莎拉,过去两周全家人都在。"

"除了斯蒂芬·麦克法兰之外,还有谁能证实窗户打开了吗?"简姨妈问道。

威尔科克斯警探歪着头。"我不确定。你为什么这么问?"

"嗯,"简姨妈温和地说。"这看起来像是在洗清他本人的嫌疑。我并不是说斯蒂芬·麦克法兰有罪,"她很快补充道,"但你肯定知道,他是唯一知道约西亚·韦斯托弗打算在下午服下多粒糖丸的人。即使是一个无辜的人,处于那个位置也会难以抉择。"

威尔科克斯警探点点头。"千真万确。然而,麦克法兰是房子里唯一不会从约西亚的死中受益的人。他有丰厚的薪水,而且约西亚的遗嘱中没有和他有关的约定。他很清楚这一点。"

"约西亚真的要修改他的遗嘱吗?"我问,"还是在说谎?"

"他已经让律师起草了一个新版本,"威尔科克斯警探说,"把一切都留给慈善机构。但问题在于:他还没有签字。他的旧遗嘱仍然具有法律约束力,他的家人将继承他的财产。"

"谁会受益最大?"简姨妈问道。

"他的儿子,迈克尔和艾伦。他们享有遗产的一半,另一半将在伊迪丝、莎拉、哈利和黛安娜之间分配。"

"所以,真的,艾伦受益最大,"我说,"他几乎一贫如洗。"

简姨妈皱着眉头看着遗漏的针脚。"然而,他似乎最不可能是凶手,不是吗?"她问道。"可以想象,如果他把毒药放在了约西亚的瓶子里,在他知道心脏病发作是个骗局后,他肯定会煞费苦心地尽可能表现出乐于助人和爱心。"她叹了口气,把针织物放在一边,补充道,"不过,如果他特别狡猾,他可能会认为这种无所作为是很好的掩护。"

"我不认为艾伦·韦斯托弗有那么聪明，简姨妈。"我说。

"嗯，我从来没有见过他，"简姨妈平静地说，"但也许，如果他是凶手，他会想给约西亚拿药。因为他吃得越多，他吞下毒药的可能性就越大。"她转向威尔科克斯警探："瓶子里有多少药丸？"

"根据斯蒂芬·麦克法兰的说法，约西亚说他准备了七颗，"威尔科克斯警探回答，"给每个家庭成员都准备了一个。"

"迈克尔还没来得及进去和约西亚谈话，"简姨妈说，"艾伦和伊迪丝都没有给约西亚吃药。但卢克丽霞、哈利、黛安娜和莎拉都给了。约西亚倒下后，瓶子里还剩下几颗药？"

"嗯，你的问题很有趣，马普尔小姐，"威尔科克斯警探说，在座位上动了一下，"剩下四颗药丸，而不是三颗——当你说有七颗药时就想到这个结果了吧。斯蒂芬坚持认为约西亚对这个数字很确定，但也许是他数错了。"

"也许吧，"简姨妈说。她的声音低了下来。"剩下四颗，都是糖做的。约西亚本可能完全错过毒药。真奇怪啊。可以想象，我们的凶手不会冒险只放一颗毒药，而是应该将它们全部替换。在约西亚把它带到书房之前，瓶子放在哪里？"

"斯蒂芬·麦克沃兰说，药一直在约西亚身上。"威尔科克斯警探换了个座位，"但是，跟窗户的问题一样，我们只有他单方面的证词。"

"如果他有动机，他会是最大的嫌疑人，不是吗？"我问。

"这看起来不太好，"威尔科克斯警探苦笑道，"我想，他很幸运。对他来说，约西亚的死会影响他的收入，让他失业。"

"不过，是吗？"简姨妈喃喃自语，再次拿起她的毛活儿。

"我有点怀疑这一点。是的,我非常怀疑。"

那天晚上晚些时候,和简姨妈一起吃完晚饭后,我帮彻丽打扫卫生,这时电话响了。"你能接电话吗,亲爱的?"她问我。

"当然可以,"我说,从壁挂支架上摘下听筒,"喂?"

"妮可,你不会相信发生了什么!"黛安娜上气不接下气地说,"你记得我表姐莎拉所谓的秘密未婚夫吗?"

"记得。"

"嗯,真有这个人。你永远猜不到他是谁。"她没有给我机会回答,就马上补充道,"是斯蒂芬·麦克法兰!"

电话差点从我手里滑掉。"真的吗?你确定?"

"哦,是的,"黛安娜说,"有人给警方送了一张匿名字条,莎拉看到后崩溃了。我告诉你,这是个大丑闻。艾伦叔叔完全不知道。斯蒂芬和莎拉现在都在警察局。如果他在今天晚上被捕,我一点都不意外。"

"哇。"这个回应不太恰当,但我想不出还有什么可说的。我应该松一口气,但这个消息有些不太对劲。不过,我也说不出到底为什么。"这太不可思议了。"

"你不相信?"黛安娜问道,"我不觉得。尤其是在你说了他在书房里的表现之后。他甚至没有试图帮助爷爷,是吗?最后都把你逼出来了。"

"没错。"我说。

"最终还是外人干的。"黛安娜说。好像我不是外人一样。

我挂断电话时,姨妈走进厨房,手里拿着一个阿司匹林瓶。"妮古拉,你能帮我打开这个吗?我有些头疼,我的风湿病使我很难打开这些防儿童的安全盖。"

"当然,"我边说边拧开药瓶,"拿去吧。简姨妈,你不会相信黛安娜刚刚跟我说了什么。原来,斯蒂芬·麦克法兰与莎拉·韦斯托弗秘密订婚了,现在大家都认为是他杀死了约西亚。"

"啊。"简姨妈看起来心事重重,她从彻丽手中接过一杯水,服下了阿司匹林,"我确实怀疑过那个秘密未婚夫有没有可能是斯蒂芬。雄心勃勃的年轻人和女继承人相互吸引的情况并不少见。"

"你早就知道了?"我目瞪口呆地看着她,"你为什么什么都没说?"

"我无从确定,"她纠正道,"这只是一个猜测。我什么也没说,因为我并不相信是斯蒂芬·麦克法兰杀死了约西亚·韦斯托弗。如果他想让他的雇主死,他可以想出十几种更简单的方法,而这些方法都不会让人怀疑到他的头上。"

"我也这么想。"我把瓶盖拧回去,皱着眉头想着斯蒂芬藏在窗帘后面的场景。有些东西困扰着我,在我的大脑深处相互拉扯,但拒绝让我看清。

"我想我们明天应该和威尔科克斯警探谈谈,"简姨妈说,"与此同时,妮古拉,请与韦斯托弗宅邸保持距离。约西亚死的时候,你和他一起在房间里,看到了没人希望你看到的东西。你的处境很危险。很多时候,最不起眼的观察会让一个自认为安全的杀手感觉到威胁。"

我感动地握住她的手。"不要太担心,简姨妈,"我说,"我不会有事的。我保证,我会留在这里。"

* * *

不过，几个小时后，我食言了。

黛安娜在简姨妈上床睡觉之前又打来了一个电话，听上去心烦意乱。"警方没有指控斯蒂芬。他们让他离开了，"她抽泣着说，"显然，他去了酒店，但如果他不住在那里呢？如果他来追杀我们呢？"

"他要是这样做肯定是疯了，"我说，简姨妈的话在我脑海中回荡。如果他想让他的雇主死，他可以想出十几种更简单的方法。"请不要担心，黛安。警察放他走一定是有原因的。"

"因为他们无能！"她哭了起来，然后她的声音低了下来，"我很害怕，妮可。太害怕了。"

我尽最大努力安慰她。挂断电话后，我试图看书分散自己的注意力，但完全无法集中精神。最终，我放弃了，决定走回韦斯托弗家。我会给黛安娜一个惊喜，让她振作起来，也许我们可以像以前她来我在班伯里的家住的时候一样吃点夜宵。

现在我已经接近车道了，韦斯托弗宅邸的每个窗户都亮着灯，看起来很温馨。随着距离越来越近，我放慢了脚步，我不想按门铃。说到谋杀，世界上没有人比简姨妈更聪明。如果她认为我回到犯罪现场是不明智的，那么也许我不应该这样做。

她说了什么来着？很多时候，最不起眼的观察会让一个自认为安全的杀手感觉到威胁。

然后我停下了脚步，因为在简姨妈的小屋里一直戏弄我的记忆正在全力打击我。也许这没什么。但这可能意味着……

我绕过前门，朝房子后方走去。黛安娜告诉过我，那里有一条通往地下室的防水壁，它应该被锁上，但很少上锁。果然，门"吱呀"一声打开了。我走进了一个昏暗、发霉的空间，完全迷失了方向；我以前从未到过这里，不知道如何到达我需要去的地方：约西亚·韦斯托弗的卧室。

不过，我是疯了吗？它很可能被锁了，即使没有，我也应该和警察一起找我要找的东西。

警察。对。我摸着口袋里威尔科克斯警探在离开前给我的名片。"如果你想起还有什么要告诉我的事，随时打电话。"她说。在底部写下了她的家庭电话号码。

我怀疑地下室没有电话，但我知道楼上的大厅里有一部。我慢慢地穿过黑暗的房间，一扇窗户透出的微弱月光使我不会撞到墙壁和旧家具。我终于到达了楼梯。

有一缕光线从上面的门缝里射了进来，所以我走上去抓住了门把手。铰链轻轻作响，我推开门，走进了走廊。我没有认出自己在哪里，但它远不如房子的其他地方那么优雅和气势磅礴。也许又是一个储物间，或者让成群的家庭用人休息的地方？我不确定，但这并不重要。现在最重要的是去找墙上的电话。

我举起它，拨通了威尔科克斯警探的家庭号码。第二声响后，一个女人接了起来："喂？"

"威尔科克斯警探？我是妮古拉·韦斯特。"

"妮古拉，你好。一切都好吗？"

"是的。我认为如此。但我有一个问题。"我把电话握得更紧了，耳朵紧紧地关注着周围安静的气氛。我是不是听到了吱吱声？

"什么问题？"她问。

"约西亚·韦斯托弗的药瓶。它有防儿童的安全盖吗，还是老款，直接弹出的那种？"

"是弹出的那种。怎么了？"

我短暂地闭上眼睛，把头靠在墙上。当然是那种。我看到三个韦斯托弗家的人以这种方式打开瓶子，没有完全记住他们做了什么。如果我没有打开简姨妈的阿司匹林瓶子，我可能甚至想不起来，那些打开约西亚的药瓶不需要的动作。

但我见过一个人做了。

"妮古拉？你为什么这么问？"威尔科克斯警探问道。

我无法回答。"你确定瓶子里还剩下四颗药丸吗？"我问，"不是三颗？"

"是的，但是……"

嘎吱的声音又响了起来，然后变成了脚步声。有人从大厅里下来了，我需要在有人发现我和威尔科克斯警探说话之前挂断电话。"好的，简姨妈，我马上就到。"我在挂断电话之前匆匆说。

黛安娜走到拐角处，手里拿着一个杯子。"妮古拉！"她说，惊讶地睁大了眼睛，"我感觉听到了你的声音。你在这里干什么？"

"哦，我只是……我很担心你，所以想来看看你。"我挤出一个微笑，尽管黛安娜是我现在最不想见到的人。

黛安娜。是她扭了瓶盖。她费了很大劲去扭瓶盖，然而……我不记得看到瓶盖打开。但黛安娜还是把一颗药丸递给了约西亚。

"你怎么不按门铃？"黛安娜问道。

"很晚了，我不想吵醒任何人。"我的假笑到了崩溃的边缘，"但是简姨妈让我到这里时打电话，她很担心，我想我最好回去。对不起，打扰你了。"

"哦，不麻烦。能惦念我，你真是太好了。不过，你不必走路。我们可以安排一辆车送你回去。拿着，"她把杯子放在我手里,"喝点茶,我去安排好一切。你看起来很冷。"

"好的,谢谢。"我抓着杯子,等着她离开,这样我就可以走了。

不过,她没有。"来吧,妮古拉,喝一口。"

我凝视着杯子里闪闪发光的棕色液体。里面有什么?"我最好不喝,"我说,后退了几步,"这会让我睡不着。"

"你真可爱,妮可,"黛安娜用她一贯的深情语气说,"我想,你知道,如果真的到了那个地步,我可以让你睡着。"

她伸手抓住我,我没有时间思考了。我手中的杯子"咔嗒"一声掉在地上,我跑向身后的楼梯。不过,黛安娜瞬间就扑到了我身上,把我重重地撞倒在地。"我看见你了,"我挣扎时,她在我耳边嘶嘶作响,"走到前门,然后偷偷绕到后面。你说的每一个字我都听到了。你本来可以一个人安然无恙地离开,妮古拉。"她现在抓住了我的背,跨坐在我身上,一只手捂住我的嘴,我试着反抗却根本做不到。"可惜茶被你毁了,不过我还有备选方案。人必须准备万全之策。"

我不停挣扎着想挣脱出来,这样我就可以尖叫了。黛安娜也扭动着身子,伸手去拿什么,然后她的手从我的嘴上抬了起来。在我喘气之前,她捏着我的脸颊让我张开嘴,并试图往我嘴里灌一些白色的东西。"这是老鼠药,"她嘶嘶作响,"很适合你,因为你原来是个这么卑鄙的朋友。"我设法闭上嘴巴,把头转开,但黛安娜捏住我的鼻子,使我无法呼吸。我很快就要喘不上气了,一旦我张开嘴……

"住手!"一个命令的声音喊道。然后黛安娜的身体从我身上移开了,因为她被一个我从未见过的男人粗暴地拉了起来。"够了,韦斯托弗小姐,"他说着把她往后拉,我挣扎着坐起来,

"你做得够多了。"

我几乎喘不上气来,但还是问道:"你是谁?"

"查塔姆警察局的彼得·格雷夫斯警官,"他说,"你的姨妈听说斯蒂芬·麦克法兰被释放后,就安排我今晚在这儿盯着。她认为杀害约西亚的凶手可能会丧心病狂。"他收紧了对黛安娜的控制。"看来她确实如此。"

"可是她的动机是什么?"我问威尔科克斯警探。我们回到了简姨妈家的露台上,距黛安娜试图毒死我的那个晚上已经过了两天。"她真的需要钱吗?她父亲破产了吗?"

"你为什么要问我?"威尔科克斯警探笑着问道,"简姨妈现在肯定已经想出来了。"

"即使她想出来了,也没有告诉我。"我说道,无法抑制我声音中的烦恼,"她一直说我需要休息。"

"是的,你需要休息,"简姨妈平静地说,"当然,我不确定,但我宁愿怀疑黛安娜和祖父的冲突原因是因为一时冲动。也许……"她凝视着黛安娜送给她的绣球花丛,彻丽小心翼翼地把它和院子里的其他植物栽在一起。"也许和青蛙有关。"

"青蛙?"我重复道,"我不明白。"

简姨妈歪着头。"它们不再唱歌了,你看。当土地过度开发、生命失去家园时,就会发生这种情况。"

"天哪,马普尔小姐,什么把戏都逃不过你的眼睛,对吗?"威尔科克斯警探钦佩地说,"事实正是如此。约西亚计划开发一大块地皮,黛安娜则认为那里应该是保护地,因此感到愤怒。她正在他办公室下面的窗户偷听,试图了解开发计划,正是这时听到了约西亚的糖丸计划。她决定自己制作药丸，但不知道如何把它放进瓶子里。斯蒂芬·麦克法兰是对的，药瓶从未离开过约西亚的视线。所以她只能随身携带毒丸。假装打开瓶子，递上她的药丸。这是仓促完成的，她冒着约西亚可能已经注意到的风险。但是，很明显，他没有注意。"

"那车和花瓶事故呢？"我问，"也是黛安娜做的吗？"

"她否认了，"威尔科克斯警探说，"但她还是我们的头号嫌疑人。"

"为什么黛安娜不把毒药放进约西亚的茶里，就像她试图对我做的那样？"我问。

威尔科克斯警探的表情阴沉了下来。"她还没向我们招供这个，但我怀疑举报斯蒂芬·麦克法兰和莎拉订婚的匿名便条就是出自她的手笔。她认为约西亚的计划是陷害斯蒂芬的绝佳机会，她利用了这个机会。"

"她怎么知道这么多毒药，白莓……老鼠药？"我颤抖着问道。很适合你，原来你是个这么卑鄙的朋友。考虑到黛安娜的所作所为，她的话刺痛了我，这太荒谬了。我想，令人痛心的是，我从未真正认识过那个我视为朋友的女孩。黛安-妮可不是真的，也许黛安娜的名字排在第一位的事实就应该让我想到一些线索了。黛安娜总是排在第一位。

今天我的头发又恢复了往常的卷曲，我穿着自己的衣服。但我无法摆脱我多么渴望和黛安娜一模一样的记忆。

"她在植物方面知识渊博，"威尔科克斯警探说，"尤其是那些当地植物。她知道白莓可能会杀死她的祖父，但不会杀死一个健康的年轻人。至于老鼠药，那本来是给哈利准备的。"

"给哈利准备的？"我惊愕地问。

"哦，亲爱的，"简姨妈喃喃自语，"第二个受害者。"

"正是如此，马普尔小姐。黛安娜对我们没有逮捕斯蒂芬·麦克法兰感到沮丧，并希望我们相信他想通过策划另一起死亡来增加莎拉在约西亚财富中的份额。但是当她看到妮古拉走向房子并无意中听到她与我的谈话时，计划改变了。"

我的胃里翻江倒海。"她会怎么样？"

"还不确定。她是个未成年人。她的父亲为她聘请了最好的律师，"威尔科克斯警探说，"但她的行为相当冷血。查塔姆警方希望她能从社会上消失很久。"

"很好，"简姨妈干脆地说，"当然，这是一种耻辱。她在很多方面都很迷人，几乎和她自以为的一样聪明。我看得出来，她不愿意让我知道她父亲的邀请，但我以为是因为尴尬。她伪装得很好。我们有一些共同的观点，特别是当她如此热情洋溢地谈论更简单的时代时。"她叹了口气："我还没有完全把这些疑点联系起来，但谢天谢地，我听从了自己的直觉。威尔科克斯警探，我很高兴与尊重直觉的人一起工作。"

"我很感激你的参与，"威尔科克斯警探说，"妮古拉那天晚上突然挂断电话，我担心她已经遇到危险了。如果我们等到那时再派人过去，可能为时已晚。"

"所以，关键是，简姨妈，你救了我的命，"我说。我精神振奋了一点，补充道："也许雷蒙德最终会承认你是本世纪的犯罪大师。"

"天哪，妮古拉，别胡说八道，"简姨妈回答说，"我相信雷蒙德不会这么想的。"

"你说得对，"我说，"但那只是因为他从来不理解你。另一方面，现在我……我想向你学习。"我双手合十，假装恳求，半开玩笑地说："教教我,简姨妈,如何发现杀人狂。"

"谢天谢地,凶手很少而且不常出现。找出身边的疑犯更为重要。"她轻咳了一声,接着说,"从这个角度来说,也许现在你该告诉我们今天早上收到韦斯托弗家那个男孩的纸条的事了吧。"

我的手滑落在膝盖上,威尔科克斯警探眨了眨眼。"纸条?"她问。

"简姨妈,真的,你怎么知道的?"我红着脸问道。

"这是你打开的质地最好的信封,你读的时候脸红了不少,"简姨妈平静地说,"就像你现在这样。我猜想那个英俊的年轻表弟已经联系过你了,也许,发出了什么邀请?"

"你不应该对我使用你的警探技能!"我抗议道,然后诚实迫使我补充说,"好吧,是的。是哈利,他为发生的事道歉,并问他本周是否可以来我们家做客。"我一直很想答应,现在我知道哈利原本会是黛安娜的另一个受害者,我更应如此。但是,在黛安娜如此彻底地愚弄我之后,我无法再相信自己的判断了。"我应该拒绝他吗?"

"做客?"简姨妈问道,"我还在担心他可能想把你带到某个俱乐部去,但这听起来非常得体。我会很高兴见到他。"

"真的?"我微笑着问道,感觉就像这几天来的第一次笑。

"真的,"简姨妈确认道,"但务必请他把吉他留在家里。"

酸性土壤的秘密
凱特・莫斯（Kate Mosse）

1

世界上最美好的事情莫过于：及时赶在火车出发前十分钟上车，行李存放妥当，一切有条不紊。

简·马普尔正坐在南方铁路服务的头等车厢里——现在可能不这么叫了，大厅和售票处的喧嚣已被抛至身后。维多利亚车站不乏搬运工，她的行李箱被放在头顶的架子上，警卫拉下窗户以便空气流通。她把褪色的皮革手提包和旅行手套放在旁边的座位上，腿上有一团灰色毛线，给外甥孙准备的套头衫刚刚开始编织。

那是八月下旬的一个午后，空气闷热，阳光正盛。她和外甥雷蒙德、外甥媳妇琼在伦敦度过了愉快的两天，琼是一位小有名气的画家。雷蒙德带她去沃德维尔剧院看了一部新喜剧，在辛普森餐厅用餐，带孩子们去伦敦动物园看了狮子。她住在伯特伦酒店的姐妹酒店里，尽管伦敦经受了闪电战的洗礼，但似乎没有什么改变：同一类人，同样稳定的步伐，军人、黑衣寡妇和旧英格兰的记忆已经烟消云散。如果不是被炸毁的建筑物的阴影，或者商店橱窗里的货物短缺致歉信，过去八年可能从未发生过。

马普尔小姐很开心，但也累坏了。伦敦街头熙熙攘攘，大家都行色匆匆。空气似乎都被抽干了。她很想去苏塞克斯与她亲爱的朋友埃米琳·斯特里克特度过一个宁静的假期。她原计划在秋天去特罗福，但埃米琳因右手掌挛缩动了手术，因此邀请她提前去帮忙复健。康复期可能会不太舒服。旧相识太少了，只有她们才记得她曾经的少女生活。因此，马普尔小姐毫不犹豫地给女仆发了伙食费，把她的贵重餐具和查尔斯国王大啤酒杯送到银行妥善保管，为在乡下度过八月的后三周做好安排。她唯一担心的是她不在家时，茉莉花树篱可能会长得乱七八糟。

火车的汽笛响了。

2

火车正要启程，门被推开了，一个年轻人冲了进来。他坐在对面的座位上，脸因用力而涨得通红，教士服的下摆沾满了伦敦街道的灰尘。

"很抱歉，"助理牧师气喘吁吁地说，"我着急赶火车。"

"我猜到了。"她回答道，褪色的蓝眼睛闪烁着。

马普尔小姐继续开始编织。火车猛地冲出车站，她的旅伴用手帕擦了擦脸，凝视着窗外。轨道上响起了金属声、发动机的嘶嘶声和蒸汽声。火车越过泰晤士河，经过了维多利亚和巴特西公寓楼灰蒙蒙的背影，最后进入了克拉珀姆和斯特雷特姆绿树成荫的城郊。虽然他一言未发，但马普尔小姐还是发觉这个年轻人的情绪颇为激动。他扯着教士服上的一根线头，快把纽扣抠掉了，鞋头焦虑地踢着地板。

火车驶过城郊来到了乡村。沿途是绿油油的田野，河谷上空氤氲着水汽。她被轨道的节奏诱惑,放在膝盖上的手越来越沉。远处,南唐斯映入眼帘。

"但是,如果我能确定就好了。"他喃喃自语。

她的眼睛猛地睁开。"请再说一遍?"

助理牧师脸红了。"对不起,我没有察觉……"

"以为没人注视自己,就很容易把心理活动大声说出来。"

"我想是的。"他努力恢复镇定,"您要去的地方远吗?"

马普尔小姐笑了笑。"我要去菲什伯恩,要过了奇切斯特才能抵达。"

他的脸亮了起来。"那是我的堂区。这是我的第一份工作,我在那里……"他停了下来。

她很好奇他要说什么。

"我有一个叔叔,他是奇切斯特大教堂的教士,"她说,"战前,我是说在第一次世界大战之前,我和姐姐曾经与他同住。那是一个美丽的地方。"

"确实,至少是……"他又戛然而止,眉头再次皱了起来。

马普尔小姐等着他把话说完,但他又一次陷入了自己的思绪中。

"我要去学生时代的一个朋友家住一阵,"她说,"我们年轻时一起在佛罗伦萨上寄宿学校,已经过去很多年了。那时的我们满是憧憬。我想去照顾麻风病人,埃米琳想去……"她摇了摇头。"我记不起来了。"

年轻人看起来好像要说什么,但随后他把手放在了脸上。

"原谅我,"她平静地说,"但你还好吗,先生?"

"肯普,"他回答道,绝望地看着她,"欧内斯特·肯普。"

"我叫简·马普尔。当然,这不关我的事,"她说,"也许是我误解了，我经常犯这种错误。你刚才说能确定就好了，我想知道你是什么意思？"

有那么一瞬间，她担心自己太冒昧了。但随后她看到他坐直了身子。她继续编织，听他说话。

"有一个女孩，"他说，"我非常喜欢她，我以为她也喜欢我，但是……"他深吸了一口气。"她不见了。"

她的眼神尖锐了起来。"不见了？"

"她的父亲，确切地说，是她的继父，说她只是突然离开了家。加入了一家伦敦的剧团。"

"哦，我的天。"马普尔小姐喃喃地说。

"我知道你在想什么，"他很快说道，"但她不是那种女孩。我今天去了滑铁卢附近的剧院，他们从来没有听说过她。"

马普尔小姐的脑子里顿时思绪万千，她想，没有一个念头是乐观的。

"这非常蹊跷，"他继续说道，"伊丽莎白在家里过得并不开心，但她从不抱怨。她的母亲在八月初去世了，才刚刚两周。她深爱她的母亲，却在这时离家出走，一句交代都没有，也没有留下一封信。"

马普尔小姐悲哀地意识到女孩子们经常表现得不符合她们的人设；或者，更确切地说，是年轻人对倾慕对象过于天真了。

"你有多久没见过她了？"她和蔼地问道。

"两天。她母亲的葬礼是在星期一，所以我们昨天约好去散步。我想她可能需要哭泣时可以依靠的肩膀；但她没有出现，我很担心，便打电话到她家里。正是在电话里，她的继父告诉我她那天早上就不见了。"

两天似乎并不长，虽然她为这个年轻人感到难过，但她认为伊丽莎白可能只是不想见他，但缺乏当面告诉他的勇气。

"毫无疑问，发生了一些误会。你说她最近失去了母亲。她可能会去什么地方吗？会是亲戚家吗？"

"她没有其他亲戚。这个世界上只剩她一个人了。"

"除了她的继父。"马普尔小姐小心翼翼地说。

"他！库珀不关心任何人，除了他自己！"他气愤地说，然后立即为他缺乏基督的博爱而感到尴尬。"很抱歉，我的话不太得体。如果我能确定她没事就好了。"

她很同情他。"如果你真的担心你的朋友，那为什么不和她的邻居谈谈。她可能对他们说了些什么。也许他们有个女佣？"

肯普摇了摇头。"库珀太太死后，汉兹夫人被解雇了。如果他指望伊丽莎白服侍他，那就坏透了。"

火车开始减速了。他看了看窗外，再次努力让自己镇定下来。

"我们快到奇切斯特了，我在这里下车。再往前走一两分钟就到菲什伯恩了。"

"你不住在菲什伯恩吗，肯普先生？"

"是的。在找到固定住所之前，我暂时住在教区住宅。但从奇切斯特过去比菲什伯恩车站的步行距离更短。我帮您提行李吧。"

肯普把行李箱从架子上拉下来，用脚支撑着火车前行的颠簸。"您下车后可能需要帮助，因为箱子很重。"

马普尔小姐脸红了。"确实很重。我的朋友喜欢我的杜松子酒和樱桃白兰地。当然，这些日子很难弄到任何东西。因为我无法抉择，所以就把两种酒都带来了。我会在那里待三个星期。"

肯普微笑着把她的行李箱放在门边的地板上。他按下车窗闩锁，在火车开始刹车时拉下玻璃。

"您很善良,马普尔小姐。也许是我反应过度了。我可能听错了剧院的名字,或者……好吧,正如你所说,肯定会有一个解释。希望您在这里住得开心,希望周日也许能见到您。"

"是的,确实如此,"她笑了,"但愿你能和你的朋友取得联系。"

肯普点了点头,然后走上站台,关上门,向她脱帽告辞。马普尔小姐看着这位痴情的牧师,他的身影随着他渐渐远去而变得越来越小。但是,她收拾编织用具时,皱起了眉头。年轻人的一些话让她停下来开始思考。

没有时间继续思考了。几分钟后,火车驶入了菲什伯恩站,这是一个很小的车站,周围环绕着田野和树木,到处都是筑巢的秃鼻乌鸦。马普尔小姐开始寻找站长,但他正忙着转换铁路道口闸机和发送信号。这时,一个穿着浮夸格子西装,身材高大,面色红润的男人来到了车厢,从她手中接过箱子。

"我看看能不能帮到你。"

"好的,一定要当心。"她正说着,他把箱子重重地扔到了站台上,让简不禁开始担心她的瓶子和琼送给她的一罐晚霜。

"好了!"

马普尔小姐自认不是一个心胸狭窄的人。尽管她很感激,但她不喜欢别人用如此随意的方式对待她。

"谢谢你。"她说,尽量保持礼貌。

"我总是很乐意帮助在困境中的女士。"他说,抬起手指着太阳穴敬了个礼,然后钻进了车厢。

"简!简!"

马普尔小姐如释重负地转过身来。她的老朋友来了,和往常一模一样,站在站台的尽头,命令站长赶紧把手推车推过来。

3

特罗福是一座漂亮的燧石面乡间别墅，白色大门的门口种满了玫瑰，小路两旁种着薰衣草。它矗立在一块空旷的土地上，门口的僻静道路通往沼泽地，只有农用车辆和送货车才会偶尔路过。

六点，两位女士愉快地坐在埃米琳后花园的藤椅上，周围环绕着杜鹃花、映山红、铁线莲和其他喜酸植物。傍晚的阳光透过深绿色的叶子，在草坪上洒下了一道道光影。简·马普尔已经换下了路上的衣服，换上了舒适的夏装。与此同时，埃米琳穿着一件厚棉布连衣裙，戴着一顶凌乱的宽边草帽。樱桃白兰地摆在埃米琳的食品储藏室的石板架上，黑紫色的杜松子酒则放在她们所在的草坪上的藤条桌上。

两位老朋友各自端起小水晶杯抿了一口。

"这是按我祖母的食谱酿的酒，"马普尔小姐说，"你不觉得回到过去真是太愉快了吗？"

"我同意。"埃米琳缅怀着过去，微笑着说。

"在我们所有的感官中，嗅觉和味觉似乎最能捕捉过去，对吗？"

她的朋友笑了。

马普尔小姐的脸颊上出现了两团红晕。"我是不是扯远了，艾米？人很容易变得漫无边际，不是吗，只要一开口就一发不可收拾。"

"完全没有。我只是在想你怎么一点都没变，简。听着你说话，我们仿佛回到了佛罗伦萨的寄宿学校。你还记得施魏希小姐吗？"

"我记得,那些靴子!"

"你有没有露丝或卡丽·路易丝的消息?"

那对美国姐妹是寄宿学校最有魅力的女孩,而埃米琳总是被告知要坐直并提好长筒袜,她一直对她们充满敬畏。

"我已经有二十年没见过卡丽·路易丝了。她带我去考文特花园看过歌剧。我已经不记得当时看了什么,只记得那红色和金色的华丽幕布,"马普尔小姐回答道,"露丝和我不时通信。她已经结了两次婚,现在有可能是第三次了,她一切都好。"

艾米向回坐时,椅子吱吱作响。"我永远不会忘记露丝说的话,尽管你外表无辜,但总是设想最坏的情况,这太反常了。你当时不是还生了她的气吗!"

"我想我们一周都没说话,"马普尔小姐回答道,"但是,你看,最坏的情况往往会真的发生。"

艾米又喝了一口。"说到这儿,我不确定我们是否应该告诉任何人,你带来了两大瓶自己酿的烈酒。这会给村民们留下相当错误的印象。"

"我从来不倡导禁酒,"马普尔小姐说,"遇到令人震惊的事或者事故时,喝一点烈性饮料没什么不好的。"

"我们遇到了吗?"

"没有,"她眨了眨眼,"但旅行令人疲惫,不是吗?"

女仆准备晚餐的声音从屋内飘到了寂静的八月空气中。她们谈了一会儿保留仆人的问题和定量配给的重重困难。花园之外,马普尔小姐可以听到田野里拖拉机的声音和海面的海鸥叫声。在经历了城市的喧嚣之后,这里的一切都非常舒缓。

"我在火车上遇到了一个相当迷人的年轻人,"她说,"他应该是你们的新助理牧师,欧内斯特·肯普?"

"哦,是的,"埃米琳说,俯身从杜鹃树下完美无瑕的土壤中拔出了一棵小杂草,"他非常年轻,而且运动能力很强。他曾在皇家苏塞克斯军团服役,在阿纳姆打过仗。所以他已经赢得了负责轮值提供鲜花的女士们的喜爱!"

"我一点也不惊讶,"马普尔小姐苦笑着说,"他给我讲了一个相当奇怪的故事。"

讲完肯普先生的故事后,她深情地看着她的朋友。埃米琳仍然有一头漂亮的金发,也许略微借助了科学的帮助。她略带困惑的表情几乎没有随着岁月的流逝而改变。每个看到艾米的人都知道她在想什么,现在依然如此。

"艾米?"

"嗯,这很奇怪,现在我也开始思考这件事了。伊丽莎白就这样走了,没有告诉任何人。"

"真的?"她把酒杯放在桌子上,"你勾起了我的兴趣。"

"好吧,我不知道该说什么,我也没什么可说的。只是,这很奇怪。"

马普尔小姐拿起针开始编织。"继续说。"

艾米揉了揉鼻子,脸颊上留下了一抹泥土。"就像我们的牧师说的那样。她不是那种女孩。她非常书卷气,认真负责。的确,她的嗓音很可爱,在教堂唱诗班唱歌。但是我觉得她并不想当演员。"

"她在哪里遇到的表演公司?"

艾米挥了挥手。"夏天早些时候,有一个轮演剧目公司曾经在南海岸巡演,他们去的地方包括戈斯波特、朴次茅斯、博格诺里吉斯和沃辛。她一定去看了他们的演出。"

"她漂亮吗?"

埃米琳一脸疑惑。"嗯,我不确定我会这么说。她身上有种老式的美。她深爱她的母亲,尽管库珀太太不怎么讨人喜欢。她生活中唯一的兴趣是她的花园和自己多病的身体。从来没有什么是完全正确的。"埃米琳皱起了眉头,"是的,伊丽莎白居然就这么一走了之,这很奇怪。"

太阳突然躲进了一缕云层后面,在深绿色的蜡质树叶的遮蔽下,花园顿时冷了很多。

"肯普先生还说,库珀夫妇辞退了女佣。他们家是不是经济状况不好?这些日子里太常见了。"

艾米摇了摇头。"远非如此。正如人们所说,库珀是那种在战争期间'相当有用'并且能过得很滋润的人。非常快乐,待人友好,你知道那种人的——有点过于友好了。他似乎总是能够获得供不应求的东西。"

马普尔小姐很容易就想象出了菲什伯恩的战时形象。倒手优惠券、肉、鱼和黑市汽油,库珀是这一切的焦点人物。她的家乡圣玛丽·米德村也有这样的人,但这并不奇怪。人性在任何地方都大同小异。

"你说他的妻子身体不好。我可以理解成她的死是意料之中的吗?"

"完全不是。巴登医生认为,她实际上什么病都没有。不过,她感染了破伤风。"

"太可怕了。"

"是的。你知道人们会把用过的剃须刀片放在杜鹃花之类的植物根部周围,以用来增加土壤酸度吗?"

"这是一个非常愚蠢的习惯。"

"可怜的库珀太太被花园里生锈的刀片割伤了手指,几天后就死了。这真是个悲剧。"

马普尔小姐轻轻咳嗽了一声。"我猜，医生是当地人？他也是这么认为的吗？"

埃米琳点了点头。"他也是这么想的。我知道是因为有些流言，还有人某天晚上曾经在酒馆质问他，指责他完全不知道自己在做什么，但我不记得是谁了。巴登医生坚持认为这就是破伤风。"

"我想知道质问他的是谁。"马普尔小姐淡淡地说。

埃米琳瞥了一眼她的朋友。"我会努力想起来的，虽然我不知道你为什么会感兴趣。"

马普尔小姐还在思考。"那你觉得巴登医生怎么样，艾米？"

"他以前不是我的医生，我很庆幸。他固执己见，与现代思想格格不入。非常反对NHS①。"

她坐在椅子上向前探身。

"以前？"

埃米琳皱起了眉头。"库珀太太去世没几天，他也去世了。"

"天哪，怎么死的？"

埃米琳脸红了。"我不喜欢说死人的坏话。"

"这可能很重要，艾米。如果我觉得不重要，就不会问。"

她的朋友叹了口气。"他的心脏很虚弱，而且……汉兹太太发现他时，他已经死在椅子上了。汉兹太太就是库珀家的女佣。他的胳膊肘附近还有一瓶空的威士忌。大家都知道，他嗜酒如命。那又怎么样，还有他的心脏……"她不想扮演长舌妇的角色，就站了起来，"我们进去吧？简，你才刚刚到这里，可不

---

① NHS，National Health Service，即英国全民免费医疗服务系统。

能着凉了。"

马普尔小姐没有动。"库珀先生住在哪里？"

艾米不情愿地又坐了下来。"在盐山路，离火车站非常近。事实上，昨天我在等你的时候，他就在站台上。"

"啊，那就是库珀先生，"她喃喃自语，想起了他穿的浮夸格子西装。

"你想干什么，简？你觉得有什么不对劲吗？"

"是的，"她小心翼翼地回答，"当三个不寻常的事件接连发生时，就很可疑了。而女佣被辞退这件事，也有些蹊跷。"

"哪方面的？"艾米问，平静的脸上带着困惑。

马普尔小姐没有回答。"男人丧偶后，有的人会继续生活，完全不被悲伤所困扰。库珀先生如何应对丧偶之痛和继女离家出走的双重打击？"

埃米琳考虑道："我想说的是，这些事情对他的日常生活造成的冲击似乎还不如一条皱纹大。"

4

第二天早上，马普尔小姐按往常的作息起床，她在这张陌生的床上睡得出奇地好。她在餐厅里找到了埃米琳，她正在沮丧地看着一罐商店买的果酱。

"让我来吧。"

她灵巧地拧着不配合的盖子，盖子"啪"的一声打开了。"你的手应该休息。"

她的朋友拉长了脸。"我不想给人添麻烦。"

马普尔小姐笑了笑。"别傻了，艾米。不然我来这里做什么？"

两位女士在友好的安静气氛中吃着早餐。唯一的声音是餐具撞击瓷器的咔嗒声和倒茶的声音。落地窗通向后花园，一阵微风从沼泽地吹了进来。简·马普尔在读《泰晤士报》上的讣告，埃米琳打开了她的邮箱。

"今天下午我们受邀请和助理牧师一起喝茶，"她挥舞着一封信说道，"当然，我们不是非去不可。"

马普尔小姐想到了这位年轻的助理牧师。"真好，我会很乐意参加。"

埃米琳挑了挑眉毛。"好吧，我会送个信过去。你今天早上想做什么？"

"也许趁着这会儿阳光还没有变热，去散散步？我想更好地了解菲什伯恩。"

"我在特罗福生活得很开心。如果不是路……"埃米琳讲述了一个长长的故事，直通车流量的稳步增长让村庄的自然环境变得越来越糟，"但事情似乎从来没有好转的迹象。"

"哦，我不相信这是真的，"马普尔小姐反驳道，"想想医疗保健的巨大进步，我听说，其中很多都是两次世界大战期间的研究结果。坏事和好事是相互依存的，你中有我，我中有你。"

埃米琳看起来不太服气，给第三块吐司涂了黄油。

简选择了一根梣树手杖，艾米则用自己的旧手杖。九点半，她们出发去探索这个村庄。

两位女士沿着主干道轻轻漫步，经过了老面包坊、乡村学校和水处理厂。确实，交通状况很差，不断响起隆隆声，道路上全是尘土。马普尔小姐想起了圣玛丽·米德,她门外的小路不直通任何地方,这是多么幸运。

她们到达了以前的洗衣店,处于与盐山路的交界处。

"我们可以朝这边走一会儿吗?"

"那边没什么可看的,"埃米琳有些惊讶地说,"只有火车站。"

马普尔小姐已经向北走了。她们经过了一个石灰坑和一排简朴的新房,房前带有长长的花园。

"你不是说库珀先生住在盐山路这边吗?"她随口问道。

埃米琳从草帽的宽帽檐下凝视着她。"你想干什么,简?"

"我只是想弄清方向。"

"嗯。好吧,事实上,对面就是库珀先生的房子。再过去几户,就是巴登医生的家。"

马普尔小姐盯着铺着黏土砖的低矮砖墙,然后穿过马路仔细观察。窗框需要多加注意,所有的窗帘都拉上了,排水沟里长满了厚厚的苔藓,周围茅草丛生。花园很漂亮,但非常杂乱。她从手提包里掏出眼镜,隔着墙看了看。"那是铃兰,"她说,"很可爱。还有加州蓝钟花,通常种这种花是因为它能改良土壤,但长大后会开美丽的淡紫色花朵。前门旁边的那些装饰性的三叶草也很漂亮。"她走到大门的另一边。"啊,"她平静地说,"我有些好奇。"

埃米琳看起来很迷茫。"好奇什么?"

"那里长了野生的马郁兰,很受蝴蝶欢迎,还有花葱,上面开着可爱的蓝色花朵。如果我没认错的话,草坪上长满了蓝色沼泽草,这很反常。这些植物居然长在一起。"

"你很聪明,简。我唯一能认出的植物是路上的薰衣草和金银花。"

"这说明什么?"

埃米琳摇了摇头。"我真的不知道库珀太太还有园艺才能。"

"是的,确实如此,但是……"

她还没来得及解释,前门就开了,库珀先生正沿着门前的小路大步朝他们走来。

"也许我们应该继续前进,"埃米琳低声说,"我们不希望人们觉得我们在窥探隐私。"

马普尔小姐笑了笑。"两位老太太欣赏邻居的花园是再平常不过的事了。如果我们不这样做,那反倒奇怪了。"

库珀穿着一件洁白的衬衫,打着红色领带,还穿着她前一天见过的那条格子裤子。他的眼睛略带血丝。在她看来,他不像一个悲伤的鳏夫。

"早上好,女士们。斯特里克特小姐,对吗?我能为你做些什么吗?"

他的话足够和蔼可亲,但是,出于本能,马普尔小姐并不信任他。他让她想起了战前几年在海德鲁遇到的一个男人。表面上充满善意和热情,和蔼可亲的表面之下却隐藏着邪恶的内心。

"我和我的朋友正在欣赏你的花园。"埃米琳慌乱地说。

简·马普尔看着库珀重新调整他的表情。"我的妻子是园丁,"他说,把声音压低到适当的阴郁音调,"如果没有她,恐怕这里就只剩下草了。"

"请接受我的哀悼,"马普尔小姐说,"对于一个突然失去母亲的女儿来说,一定很难熬吧。"

库珀精明的眼睛眯了起来。"是的,"他简短地说,"现在,如果没有别的事,我相信你们二位还有很多事需要做。"

5

"好了!"她们走远之后,埃米琳说,"真是个不招人待见的人。"

马普尔小姐很不安。"是的,确实如此。"

她的朋友看着她。"我不确定我是否喜欢你这样说话的口吻,简。"

她回头看着库珀的房子,然后是三户之外的医生家,门口挂的黄铜牌匾在八月的阳光下闪闪发光:巴登医生,医学博士。

"我想知道,亲爱的艾米,如果你不是太累,我们回家之前能找时间去拜访汉兹太太吗?我非常想问她一两个问题。"

汉兹太太以前在库珀家和巴登医生家做过用人,她住在牛头酒馆旁边的一栋砖砌房子里,这是一排狭窄的房子,只能满足农民最基本的需求。有屋顶遮蔽,厨房的大水池上有冷水龙头,就足够了。

她们被邀请入内时,马普尔小姐不得不低头才能进去。屋内一尘不染,却整齐码放了很多不太寻常的零碎物品。

"那一定把你吓坏了,"她说,"我是说你发现巴登医生去世的事。"

汉兹把手放在心口。"是的,确实如此。后来,我收到了一封律师的信,说医生给我留下了五十英镑,还让我随意挑选他的家具。瞧,我就全搬回来了。"

她指了指房间里的一个医疗标本柜,里面放着她的瓷器装饰品,还有一把转椅。

"我猜,我们坐的椅子是候诊室的?"马普尔小姐说。

"没错。我喜欢直来直去。"

"我也是。"马普尔小姐说,瞥了一眼埃米琳,她看起来不是很乐意。

"那么,"汉兹太太说,"你想知道什么?"

"我们只是路过。"埃米琳无力地说。

"我觉得不只如此吧。"

马普尔小姐的蓝眼睛闪闪发光。"看来你比我们领先一步,汉兹太太。坦率地说,我们想了解更多关于巴登医生死亡的情况。"

女仆双臂交叉。"是时候有人感兴趣了,不过我期待的是警察,而不是几个老太太。"

"汉兹夫人!"埃米琳无力地抗议道。

"我说的是事实。事到如今,我不否认他太放纵了,因为确实如此。他的心脏是那么虚弱。人人都知道他喜欢喝酒,我也不否认。但他永远知道该什么时候停杯。"

"继续说。"马普尔小姐说。

"好吧,巴登医生和库珀是朋友,勉强算是,我就不叫他先生了。"

"勉强算是酒友?"马普尔小姐问。

"简!"埃米琳叫道,"你怎么知道的?"

"医生执业取决于他的声誉,不是吗?特别是在 NHS 出现之前,巴登医生似乎非常不满。"

"他讨厌它,"汉兹太太叫道,"他说,这'打破了付费医疗服务所带来的信任纽带'。恕我不能同意。那些负担不起'信任纽带'的人该怎么办?"

"正是如此，"马普尔小姐说，"现在，我可以请你把知道的事都告诉我吗，汉兹太太？请你放心，我很幸运，前苏格兰场局长亨利·克莱瑟林爵士是我最亲密的朋友之一。"汉兹太太看起来很是钦佩。"难道你不想告诉我你所知道的，或者你认为自己知道的事？"

汉兹太太犹豫了一下，然后身体前倾。"嗯，"她压低声音开口了，"桌子上有两个杯子。"

6

三刻钟之后，马普尔小姐和埃米琳站在了牛头酒馆外面的主干道上。清晨的云层已经消散，阳光在毫无遮蔽的蓝天下变得非常毒辣。马普尔小姐的脸色有些阴郁。

"我们还要往前走吗，简？"

"哦，我想是的。毕竟，这种案件几乎总是千篇一律。我知道书中的凶手通常是最不可能的人，但我从来不觉得这个规则适用于现实生活。除了……"

"除了什么？"

"在我看来，真相不只如此。"马普尔小姐皱起了眉头，"还有这些事发生的先后顺序。有两个杯子，汉兹太太被库珀解雇了。"

埃米琳的眼睛亮了。"你是怎么想的呢？"

"巴登医生明白自己犯了一个可怕的错误，而且后悔了，库珀先生也意识到了。"

"我不敢说自己听明白了，但这确实很令人兴奋。"

马普尔小姐的表情变得更加严肃了。"不，艾米。谋杀不是一件可以掉以轻心的事。"

"谋杀!"埃米琳大呼,"你的意思是说巴登医生是被谋杀的?"

"对,我想是的。"

埃米琳睁大眼睛说道:"我们不应该告诉别人吗?"

"有嫌疑不等于有证据。"马普尔小姐看了一眼手表,"不知道助理牧师会不会原谅我们到的时间比他邀请的早一点?"

埃米琳张了张嘴,然后又合上了。"我去看看威廉姆斯能不能开车送我们,他是村里私人运营的出租车司机。从这里到教区长住宅还是很远的。"她转身敲了敲同一排第二间小屋的门,"哦,我想起来了!和巴登医生发生争执的人就是威廉姆斯。"

"那就更好了。"马普尔小姐说,她敏锐的蓝眼睛里闪烁着光芒。

7

五分钟后,她们向东驶向格罗夫公园的教区。

马普尔小姐以晕车为由,设法与威廉姆斯坐在了前排。威廉姆斯是一个瘦弱的乡下人,身上带着苦啤酒和烟丝的味道。马普尔小姐花了好一会儿才弄清楚他为什么和巴登在牛头酒馆里互相辱骂。

"他就是该死。原谅我说脏话了,我的女儿差点死在他手里,我不会相信任何别的理由。他说是脓疱病。什么脓疱病!我和我妻子都能看出来,那是麻疹,而且不是普通的麻疹,是德国麻疹。我就没见过德国出现过什么好东西。"

"想必你的女儿康复了?"

"是的,但和他无关。他满身都是威士忌的味道,差点把我的小宝贝熏死。你见过他的花园吗？"

"我应该没见过。"埃米琳吃惊地说。

"也算不上什么花园，因为他基本都是在他的避暑别墅里过的。"威廉姆斯哼了一声，"至少，他把它叫作避暑别墅，但它充其量是个杂物间，里面放的全是他用不着的工具。你知道他用它做什么吗？"

"自己私下里待着的地方？"马普尔小姐回答。

"没错。那是他掩人耳目喝酒的地方，但我知道。"威廉姆斯把干树皮一样的手指放在他高耸的鼻梁上，喉咙里发出粗鲁的声音，有些轻蔑，又带着些自我满足。"他的屋顶漏水了，就让我过去换几块瓦片。活儿不算多，但他给我的报酬很丰厚。你知道为什么吗？"

"我相信，酒精可以让铁公鸡也变得大方。"

他钦佩地看着马普尔小姐。"没错。我看到了他存酒的地方，放在一个从战争中带回来的铁皮箱子里，半埋在泥地里冷藏。"

"你在牛头酒馆中质问过他关于库珀太太的事？"

"库珀太太？谁说的？不，我是告诉他，他连丁香花和杜鹃花都分不清，所以他愚弄不了任何人。我告诉他 NHS 如何发现这是麻疹，并免费治好了我的女儿。所以，如果他还想给我开账单，他可以……"

"正是。"马普尔小姐急忙说，看到后视镜里埃米琳震惊的表情，"那么，是谁提到库珀太太的？"

威廉姆斯熄灭了转向灯，左转进入格罗夫公园。"我觉得就是他。他看起来很滑稽。"

"是的。"马普尔小姐喃喃地说，"现在越来越清楚了。"

"是吗？"埃米琳说。

"你能等一下吗？"马普尔小姐问，威廉姆斯打开了她这一侧的门。"我们可能待会还需要坐你的车。"

"好的，夫人。"

他把埃米琳从后座上扶了下来，然后靠在引擎盖上，拿出烟斗。

"我完全搞不懂发生了什么……"埃米琳埋怨着，她们匆匆走上通往教区长住宅的道路。

"在与威廉姆斯的谈话过程中，"马普尔小姐解释说，"巴登博士意识到自己过于相信别人了。因为库珀和他勉强算是朋友。"

"可是这又有什么关系呢？"

马普尔小姐摇了摇头，拉了拉铃。

8

自我介绍之后，马普尔小姐和埃米琳·斯特里克特坐在了牧师的客厅里。即使两位女士提前到达让他惊讶，他依然礼貌地没有表现出任何不快。

"这真是座迷人的村庄，"马普尔小姐说，但她的脑子里正在不露痕迹地闪过令人不安的想法。"但即使在最好的地方，也会发生悲剧。例如，可怜的库珀夫人的死亡。"

"确实。"牧师带着职业的同情喃喃自语道。

"然后他的继女也离开了，就像低俗怪谈。我想你开导过他吧？"

"嗯……"牧师疑惑地说道。他看起来很惊讶，这位脸颊红扑扑的女士居然不像其他人那样说一些老式针织品和插花。"我也只是尽人事,听天命。"

"库珀先生经常去教堂吗?"

"不,我不这么认为。但伊丽莎白是我们唱诗班最重要的成员。"

"他会参加周中的晚祷吗?"

"现在已经不如从前了,马普尔小姐。库珀先生在外地有生意,下午要去朴次茅斯,所以……"

"每天都去?"马普尔小姐马上说道。

"我相信是的。"

"那库珀太太呢?"

牧师看起来很不舒服。"她偶尔会参加周日的礼拜,但那不算数。她的精力主要在她的花园上。"

"她和库珀先生般配吗?"

牧师眯起了眼睛,可能是由于明亮的阳光照射在他的眼镜上,或者是因为马普尔小姐的提问过于尖锐。"我真的不好说。对于亡者,唯有赞美。我相信你不会逼我继续评论了。"

"当然,"马普尔小姐说,但还是继续问下去,"请问伊丽莎白的生活幸福吗?"

牧师在椅子上坐立不安。"我认为她家里的情况相当困难。葬礼结束后,伊丽莎白问是否可以和我谈谈,但库珀先生很着急,赶紧把她赶走了。悲伤对人类的影响方式各不相同,马普尔小姐,我相信你知道的。"他叹了口气,"我很遗憾当时没有坚持让她留下。"

马普尔小姐已经得到了足够的答案。在一个小村庄里生活了一辈子,她已经对人性有了一定的了解。她以惊人的敏捷站了起来,让牧师和埃米琳都大吃一惊。

"我想知道你的助理牧师是否在家,可否为我抽出几分钟时间?"

埃米琳和牧师都困惑地看着马普尔小姐站在花园里和欧内斯特·肯普说话。他的表情从惊讶,到专注,再转为急切。

几分钟后,她回到了屋里。

"肯普先生已经同意陪我们去盐山路了,"马普尔小姐说,看着壁炉台上的时钟。她向牧师点了点头,说:"谢谢你的款待,但我们可能要先走了。我们必须抓紧时间。"

"天哪,简,为什么?"

"去阻止第三次谋杀。"

埃米琳张了张嘴,但似乎不知道该怎么回答。

9

这个奇怪的三人组匆匆从小路走了出来,威廉姆斯一跃而起。

"去特罗福吗,斯特里克特小姐?"他问。

回答的是简。

"去盐山路,如果你愿意的话,石灰坑过去就是。尽可能快点。"

"我们要去哪里?"埃米琳问道。他们飞快地拐了第一个弯。

"去库珀家。牧师证实了汉兹夫人所说的话,也就是他每天下午都会去朴次茅斯。如果假设他乘坐的和我昨天下车的是同一列火车,我们可以把登门时间安排在他不在家的时候。"

"可是为什么……"

车子刹车停了下来。

"如果有必要的话，强行破门或破窗，肯普先生，务必要找到伊丽莎白。"马普尔小姐说。

肯普沿小路朝房子跑去，飘荡的教士服拍打着他的腿，威廉姆斯跟在后面。两位女士看到肯普敲了前门，但没有得到回应。他弯下腰，通过信箱叫了一声，然后退后一步，抬头看着房子侧面一扇拉着窗帘的窗户。

他又叫了一遍，这一次，显然有人回应了。

"她在这儿，"肯普回头对马普尔小姐喊道，"她没事。"

简·马普尔没有意识到她已经屏住了呼吸，现在她终于松了口气。"这个消息真令人高兴。"

肯普从视线中消失了，片刻后带着梯子再次出现。威廉姆斯在下面扶着梯子，助理牧师系上教士服并开始往上爬。

"简！"埃米琳喊道，扯了扯她的袖子。

"别担心，艾米。一切都会好起来的。"

"不，"她说，声音里带着恐慌，"你看。"

马普尔小姐转过身来。库珀从路上冲了过来，他的脸因为生气而变得通红。

"一定是去朴次茅斯的火车取消了，"埃米琳喊道，"威廉姆斯，做点什么。"

库珀从他们身边冲了过去，怒气冲冲地沿着小路前进，他显然是打算把欧内斯特·肯普从梯子上拽下来。这时，马普尔小姐把她的梣树手杖插在了他的两腿之间，将他绊倒在地。库珀咆哮着，试图一拳打过来，但肯普和威廉姆斯马上就和他打了起来。他根本不是退役军人和当地人的对手，很快就被制服了。威廉姆斯解下腰带，将库珀的双手绑在背后。肯普翻找他的口袋，最终找到了门闩的钥匙，然后跑了进去。

"嗯，艾米，"马普尔小姐说，"刚才真险，不是吗？"

10

八月漫长的一天结束了，太阳沉入了地平线。

马普尔小姐和埃米琳回到了特罗福宜人的花园，周围都是喜酸植物。欧内斯特·肯普和伊丽莎白·库珀一起坐在长凳上，虽然遭受了囚禁，但她毫发未损。牧师坐在藤椅上。储藏室的樱桃白兰地已经被取了出来，桌子上放着三个玻璃杯。为先生们准备的则是威士忌和苏打水。

"现在，马普尔小姐，告诉我们一切吧，"牧师说，"是什么让你怀疑库珀太太的死另有隐情？"

简·马普尔歪歪头。"其实并没有费尽心机的情节。复杂的事情只在故事中发生，在现实生活里并不存在。这是个老生常谈的可悲故事，犯罪动机在于库珀的贪婪以及他显然已经受够了妻子这一事实。"

"所以巴登医生弄错了？"埃米琳说，"她不是死于破伤风吗？"

"不，她确实得了破伤风。只是库珀所说的感染原因不是真的。"

欧内斯特·肯普身体前倾。"恐怕我没听懂，马普尔小姐。"

她对年轻的助理牧师笑了笑。"我家里有一棵漂亮的茉莉花树篱。我让女仆在植物根部周围放茶叶，以增加土壤酸度。我想，使用剃须刀片可能会达到相同效果，尽管在除草时有一定程度的受伤风险，并且……"

"是的，这些我们都知道。"埃米琳说。

"库珀的花园里全是喜欢碱性土壤的植物。他的房子隔壁就是一个石灰坑,这是碱性营养的来源。库珀夫人喜欢园艺,不可能分不清酸性土壤和碱性土壤。她知道花园土地酸度永远不可能达到种植杜鹃花的要求,因此永远不会在花园里放剃须刀片。"

埃米琳坐回椅子上。"如果是这样,一切都似乎很明显了。"

"那他是怎么做到的?"肯普问道。

"牧师虽然很谨慎,但是能听出来库珀太太不是一个容易相处的人。伊丽莎白还说她的母亲割伤了自己的手。"

女孩点了点头。"伤得很严重。"

"我想库珀在帮她包扎伤口时发现了某种感染伤口的方法。人很难照顾自己受伤的手,不是吗?"

埃米琳想到了自己的绷带,点了点头。

"这就是让我担心的原因,"伊丽莎白说,"我母亲总是担心她的健康。他对她越来越不耐烦了。他们经常吵架,所以他突然如此殷勤似乎不合常理。"她转向牧师。"这就是为什么我在葬礼后试图私下找你说话,但他一定感觉到我可疑了,就马上把我赶走了。"她深吸了一口气,"我们回到家后,他强迫我上楼,拉上了所有的窗帘,把我锁在了房间里。"

"我怎么就没想到你在那里,"肯普皱起眉头,"我甚至都不知道。"

伊丽莎白对他笑了笑。"可你去伦敦是为了找我。"

肯普脸红了。"嗯,我觉得有些不对劲。你为什么不趁他不在家的时候呼救呢?"

"我本来想大声喊,但我被吓坏了。房子离主干道很远,我的房间在侧面,所以没有人能看到。我不知道他打算关我多久。也不知道他要做什么。"

马普尔小姐注意到肯普伸出手来握住伊丽莎白的手,她默不作声。

"我想库珀会等到外面的议论平息后再做打算,接下来的事,我就不敢再想了。太邪恶了。"她摇了摇头,"当然,这也是他辞退汉兹太太的原因,这样就不会有证人了。"

"当他说我去了伦敦时,你为什么不相信,马普尔小姐?其他人都相信了。"

"肯普先生就没有相信,"她带着宠溺的微笑回答。"这让我觉得不太可能,就好像他是从一本书中获得了这些想法,"她停顿了一下,"侦探小说的作者有很多问题需要解释。而且,大家都说这不像你的作风。"

"在你指出这点之后,这听起来很明显。"埃米琳又说了一遍。

"可是你怎么这么确定伊丽莎白在屋里呢?"肯普问道。

马普尔小姐歪了歪头。"我不确定。但库珀先生不是一个遵守礼法的人。在他妻子葬礼后的几天内,他的着装已经说明了这一点。他穿的西装非常不合时宜!既然如此,在我看来,他不太可能遵守维多利亚时代的礼仪,即在葬礼后拉上所有的窗帘。"

埃米琳扇着自己的帽子。"当然,这也很奇怪,尤其是这种高温天气。"

"还有巴登医生,"马普尔小姐继续说,"是威廉姆斯让我意识到了这一点。当他在牛头酒馆中和巴登医生对峙时,医生突然和我一样意识到,库珀夫人感染破伤风的解释不可能是真的。艾米,你还记得吗,汉兹太太说她在发现巴登医生的那天早上发现了两个玻璃杯?"

牧师一脸惊骇。"你是说库珀也谋杀了巴登医生?"

"尸检应该能证明，"马普尔小姐郑重地回答，"但我担心确实如此。我猜想，巴登医生邀请库珀到他家谈事。这很容易让谋杀看起来像是一场意外。库珀在饮料中加些东西本来就不难。他在打赌，每个人都会认为巴登医生是因为醉酒而死，所以不会认真调查。"

伊丽莎白浑身发抖。"真可怕。"

"可是，为什么？"埃米琳问道，"库珀为什么要这样做？原谅我，伊丽莎白，如果他只是厌倦了他的妻子，离婚已经不像我们的时代那样是件丑闻了。"

牧师摇了摇头。"恐怕还是丑闻。"

马普尔小姐转向伊丽莎白。"为了钱，就是这么简单，"她说，"我说得对吗，亲爱的？"

"你真聪明，马普尔小姐，"女孩回答道，"几个月来，他一直在向我母亲施压，要求她签署一份对他有利的新遗嘱。他在朴次茅斯有一些商业利益，需要钱来投资。我不知道他是如何说服了她，但是，八月初她就屈服了。我的生父给母亲留下的遗产相当丰厚，所以这将是一笔可观的钱。"

艾米喝完了一杯樱桃白兰地。"嗯，简，你才在这里待了二十四小时，就已经破解了两起谋杀案，而且其他人甚至都没有意识到这是谋杀。竟然在菲什伯恩！"

"你一直过着安稳无忧的生活，艾米。但是邪恶无处不在。"

埃米琳·斯特里克特在第一次世界大战期间曾在法国驾驶过救护车，并在战场上照顾过濒临死亡的士兵，但她明智地什么也没说。

"当然。"马普尔小姐补充说。"库珀先生让我想起了一个叫桑德斯的人。几年前，我在凯斯顿水疗中心遇到过他。他和库珀先生很像，和蔼可亲，面色红润，但外表之下隐藏着一些让人不安的东西，你能明白我的意思吧。我看到桑德斯的第一眼就知道他打算除掉他的妻子。"她的蓝眼睛一瞬间黯淡了下来，"那一次，我的行动不够迅速。我一直在后悔[①]。"

埃米琳浑身发抖。牧师低下了头。助理牧师将伊丽莎白的手捏得更紧了，不再介意是否有人看到。花园之外，传来男人黄昏时分从田野里回家的声音。一只黑鸟正在给她的伴侣唱歌。平凡的日常生活永不停歇。

"我们非常感激你，马普尔小姐。"肯普说，向她举起酒杯。

马普尔小姐高兴得满脸通红。"我很高兴能起到作用。不过，我确实希望我在这里剩下的日子里不会遇到那么多事。"

[①] 此段故事参见阿加莎·克里斯蒂短篇小说集《死亡草》中《圣诞节的悲剧》。

: %PDF-1.4
失踪谜案

利・巴杜戈（Leigh Bardugo）

马普尔小姐从自己的许多羊毛围巾中挑出一条，围在她瘦削的肩膀上，打算再喝一杯茶。伦敦的夏天本应温和宜人，但她的外甥雷蒙德的时尚公寓永远凉风习习，因为整面墙都是窗户。这种设计几乎无法保证任何隐私，但他们告诉马普尔小姐落地窗是必不可少的，非常受追捧。

"看这光线多灿烂。"雷蒙德的妻子琼解释说，她正急着赶去画室，但马普尔小姐注意到她在发抖。

"确实很灿烂，"马普尔小姐喃喃地说，把腿上的编织品收拢了一些，"但也许最好在火炉旁享受。"

书房的电话响了，就在这时，大厅里的门铃也在欢快地嗡嗡作响。

"有人接电话吗？"雷蒙德在厨房里喊道，他正在那里装午餐冷盘。

"我还得开门呢！"琼喊道，从一堆排列巧妙的丝线中飞快地穿过。

这里总是人来人往，到访的艺术家、作家络绎不绝，间或穿插着送来的香槟或鲜花。雷蒙德和琼通常会在温暖的季节移居至法国乡村或南部，但今年琼正忙于画廊展览，雷蒙德则要完成即将在第二年春天出版的新书，他声称那不是小说，而是"一本颇具革命性的音乐诗"。这里一幅热火朝天的忙碌场景。

马普尔小姐很感激他们邀请自己来这里消暑；但是，她还是更向往自己家的宁静。远处能听到彻丽在厨房忙活的声音——还有那金色的阳光，也许不如穿透雷蒙德家里的时髦窗户的炽热阳光那样强烈，但会在光线逐渐昏暗的下午轻轻地照在她的花园里，每一朵花都像浸在琥珀中一样散发着光芒。

雷蒙德出现在门口，打破了她的遐想。"简姨妈，"他说，语气充满指责，"是找你的。"

"找我？"她顿时有些紧张。家里出什么事了吗？她一直担心管道无法撑到冬天，但也许它们提前罢工了。

"是多莉·班特里，"雷蒙德慢悠悠地说，"她听起来比平时更着急。"

"多莉到底有什么事？"

"我当然不知道，我也不想问。"

马普尔小姐知道多莉自从搬到伊斯特小屋后就一直睡不好，即使今年她的儿孙取消了假期拜访也无济于事。他们住得很远，这是可以理解的。多莉坚持说她很庆幸不用操持这么多人的饭菜和家务，但简觉得她还是有些失落。

马普尔小姐匆匆把编织品夹在胳膊下，和雷蒙德一起来到书房。电话放在一张杂乱的桌子上。

"多莉？"

"哦，简！"多莉大喊，"你必须马上回家。我需要你那神奇的大脑。"

"我要到八月底才回家，"马普尔小姐抗议道，"雷蒙德夫妇下周要带我去看一场很有趣的话剧。那是一部非常有争议的话剧。"

"完全正确。"雷蒙德说，点燃一支烟，靠在壁炉架上，"演员们只用红漆表演。即使在夏天也很难买到门票。"

马普尔小姐压抑着寒战，问道："怎么了，多莉？"

"我说不明白。"

"你说说看。"

多莉深吸了一口气。"你知道搬进戈辛顿庄园的那家人吗？巴恩斯利-戴维斯一家？他们的儿子失踪了，你必须回家帮忙找到他。"

马普尔小姐瞥了一眼她的外甥，他交叉着双臂，困惑而又期待地看着她。

"失踪了？"她问。

"我就知道！"雷蒙德叫道，"我知道你们的那个小村庄肯定发生可怕的事了。"

"是的，两天前。"多莉的声音低了下来，"巴恩斯利-戴维斯家的客人还丢了几件珠宝，我的蓝宝石耳环也不见了。"

"你祖母的那对耳环？"

"正是！简，你必须立即回家解决这个问题。他下周就要结婚了。"

雷蒙德悄悄贴近，坐在桌子上偷听。他笑道："下周就要进入婚姻的坟墓了？难怪他会失踪。"

"我几乎看不出我能做什么……"马普尔小姐说。

"不要这样，简。我等你明天回来。"

"但是这场戏剧怎么办呢？"雷蒙德说。

"怎么了？"他的妻子琼问道，一手拿着一瓶香槟，一手拿着装满脏画刷的罐子走进图书室。

"最迟星期六，"多莉说，"拜托了，简。他的未婚妻已经急疯了，我们不能承受戈辛顿庄园再发生丑闻了。"

马普尔小姐开始思考。她知道雷蒙德和琼会失望,但她不得不承认,她不介意有机会早点回家。

"我看看能做什么,多莉,"她最后说,"现在去给自己泡点茶,加点白兰地吧……不,不要和我争论。喝点加白兰地的茶,好好休息。你会感觉好很多。"

她放下了听筒。

"你不能只是因为戈辛顿发生了一些可怕的事就要赶回去,"雷蒙德抱怨道,"这几乎每年春天都会发生。这次圣玛丽·米德又遭遇了什么悲剧?"

"庄园主的儿子失踪了。"马普尔小姐平静地说。

琼一屁股坐在扶手椅上。"巴恩斯利-戴维斯一家不是搬到了戈辛顿吗?"

"你认识他们?"雷蒙德有些惊讶地问道。

"去年夏天我们遇到过迈克尔·巴恩斯利-戴维斯,不是吗?在一个叫科特什么的地方?"

"哦,对了,金发碧眼,牙齿雪白,迷人地有点讨厌。"

琼笑道:"雷蒙德讨厌他只是因为他喜欢成为焦点。"

"我当然不会。作为一名作家,我必须自由观察,最好远离聚光灯。"

"不过,迈克尔确实很高兴,"琼说,"完全被他的未婚妻迷住了。你的意思是说他真的失踪了?"

"这对简姨妈来说有些大材小用了。"雷蒙德一边说着一边寻找烟灰缸,然后决定把烟灰掸在壁炉架上的兰花盆中。"迷人的年轻人英俊的脸庞下隐藏着黑暗的秘密,为了逃避暴露的风险就索性失踪了。真相大白。"

"暴露什么?"琼愤愤不平地喊道。

"比如赌债，一个死气沉沉的秘密婚礼，也许他对未婚妻的迷恋没有大家想象的那么多。她看起来确实比黑暗的剧院还要黯淡。"

"纯属猜测。这些听起来都不像我们认识的迈克尔。他肯定是突然有什么事临时去别的地方了。"

马普尔小姐清了清嗓子。"问题在于，还丢了一些珠宝。"

"这可能只是巧合。"琼含糊地说。

雷蒙德苦笑着看了她一眼。"圣玛丽·米德没有巧合。"

"多莉似乎真的很不安，"马普尔小姐慢慢地说，"我认为她不会大惊小怪。"

"你骗不了我，简姨妈，"琼说，"你已经厌倦了我们伦敦的喧嚣，你想回到你的花园里。"

"我这些天确实很难保持状态，"马普尔小姐承认道，"你肯定也想把客房给你亲爱的朋友朱丽叶空出来吧？嫁给导演的那位？"

琼眨了眨眼。"朱丽叶·亨德森和这有什么关系？"

"当然，她离开丈夫时，需要找个地方住。"

雷蒙德差点把壁炉架上的兰花盆打翻。"她什么时候做了什么？她为什么要离开安布罗斯？"

但琼却盯着马普尔小姐。"简姨妈，你怎么知道？除了我，她没有对任何人说过，我也没有告诉过任何人。"

"好吧，亲爱的，如果我没记错的话，你们两个本周和上周都去过珠宝店，还是同一家珠宝店。"

"所以呢？"雷蒙德问，"女人喜欢小饰品。这没有什么凶兆吧。"

"是的，但她们什么都没买，对吗？我想朱丽叶知道自己很快就会需要钱,所以就把自己的珠宝拿去估价,然后必须再去一趟取回来。"

"可是……"雷蒙德结结巴巴地说,"他们上个月才来这里吃过晚饭。她的眼神几乎粘在他的身上了,我亲眼所见!"

马普尔小姐一脸狐疑。"一个结婚那么久的女人不会对她的丈夫那么微笑。这不自然。"

琼哈哈大笑。"朱丽叶当时在几个小时前才哭过,我以为她掩饰得很好。"

"可怜的安布罗斯。"雷蒙德说。

"我不太担心他,"马普尔小姐说,"我想那个女演员可以很好地安慰他,我们在那个……麦克白的有趣改编剧里看到的女演员。他选择她参演不可能是因为才华,所以一定是因为爱情。"

雷蒙德举起了双手。"把女巫送回她的村子。如果她再待久一点,我们所有的秘密都会曝光。"

马普尔小姐笑了笑,继续开始编织。

马普尔小姐回电话说自己将于星期六中午回家。多莉坚持说:"直接来我家。"

但马普尔小姐已经不是会听从这种急切要求的年纪了。她想在去伊斯特小屋之前先洗把脸,或许再吃点东西。

她的小屋已经近在咫尺,紫色铁线莲挤满了凉亭,马普尔小姐立刻感到全身平静了下来。彻丽在门口向她挥手,她那新染的白金色头发在脑后束了起来,腰间系着一条整洁的红色围裙。

"你是坐出租车回来的吗?真是浪费钱。如果我知道你回来，我会派吉姆去接你的。"彻丽责备道，匆匆走下门前小路，接过马普尔小姐的行李箱。"你收到我的信了吗？还是你只是受够了……城市生活？"

马普尔小姐注意到了她的停顿。彻丽向来都不太喜欢雷蒙德的势利或琼的自命不凡。

"恐怕我错过了你的信，彻丽。"

彻丽挥手打消了她的顾虑，把马普尔小姐领进了凉爽的门厅。"我会把一切都告诉你。我给你留了一些昨晚的猪排，可以加热吃。"

"但我已经告诉多莉我马上就去伊斯特小屋。"

"多莉·班特里可以等一会儿。她总是那么专横，仿佛她还是庄园的尊贵夫人。前几天我在肉店遇到了她，她逢人便说迈克尔·巴恩斯利-戴维斯的事。"

"哦？"马普尔小姐说，急切地想听听彻丽的乡村八卦能提供什么信息。如果要专心解决这个问题，她需要信息；而她这个夏天的大部分时间都不在圣玛丽·米德，在信息上已经处于劣势。"你觉得迈克尔怎么样？"

"像魔鬼一样英俊，但只有魔鬼的一半聪明。"

"据我所知，还丢了一些珠宝。"

彻丽放下一盘猪排，配菜是一些胡萝卜和新土豆。"目前我还没有听说过。你就是因为这个回来的吗？丢失的珠宝？"

"这不是你写信的原因吗？"

"当然不是！是那个可怜的女孩，那个从老磨坊旁的桥上掉下去的学生。警方说她是自己掉下去的，就像他们对罗斯·埃莫特的判断那样，但是……"

"但是？"

"嗯,有一些流言。她在庄园里干了很多活儿。"

马普尔小姐一点也不惊讶。"她年轻吗?漂亮吗?"

"年轻,"彻丽一边思考一边说,"但不漂亮。你知道那种类型:常年不施粉黛,出门总是穿着工作靴和工作服,不是那种能吸引男人眼球的类型。在这里,我为你把这个故事从报纸上剪了下来。"

那篇新闻很简短:十九岁的吉纳维芙·安德鲁斯小姐来自汉普郡的林德赫斯特,是附近穆尔兰兹学院的植物学学生,夏天住在圣玛丽·米德,在当地的一个庄园里工作。八月二十三日晚上,她出去散步,再也没有回到租住处。第二天,人们发现了她溺水的尸体。

"这么年轻,"马普尔小姐说,凝视着吉纳维芙·安德鲁斯模糊的照片。"她经常去戈辛顿?"

"是的,"彻丽急切地说,"她在那里工作。"

"然后她自杀了。这件事发生在迈克尔离开之前还是之后?"

彻丽身体前倾过来,几乎把胳膊肘插在了剩下的胡萝卜里。"我也是这么想的,马普尔小姐。巴恩斯利-戴维斯家的男孩与那个女孩的死有关。他勾引了她,她威胁要去找他的未婚妻或者做类似的事。他没能控制住自己,把她推了下去。"

"你说的很多都是假设。他看起来是那种人吗?"

彻丽皱起了眉头。"我不能这么说。他一直都对他的未婚妻莉迪娅·亚当斯非常体贴。他是真的爱她,而不仅仅是为了炫耀。莉迪娅可能是我在生活中见过的最漂亮的女孩。"

"这是一座很危险的桥。"马普尔小姐说,她想知道为什么多莉没有提到年轻的吉纳维芙的死。她慢慢地吃着午饭,看着窗外的云朵掠过,听着时钟滴答作响。

"如果你不喜欢吃，我可以给你做点别的。"彻丽提议道。

"不，这很好了。"马普尔小姐安慰彻丽。是她自己分心了，无法显示出彻丽应有的烹饪水平。

"不过你觉得发生了什么？"彻丽问道，"是不是他把她残忍地推进了河里？难道是他逼着她自杀，然后出于羞愧而逃之夭夭了？或者他是无辜的，他自己也是恶意谣言的受害者？"

"彻丽，你真的不要再听那些耸人听闻的广播剧了。告诉我，你希望迈克尔是还活着的坏人还是遭遇不测的无辜者？"

彻丽停顿了一下，拿起马普尔小姐仍然半满的盘子，放在水槽旁。"我想……好吧，我想我希望他是无辜的，即使那个美丽的莉迪娅小姐不得不失去他。这样，她就知道他一直真心爱着她。"彻丽靠在柜台上，双臂交叉。"但是，你怎么想呢，马普尔小姐？"

"我想吉姆最好把车开出来，开车送我去伊斯特小屋。"

"简！"多莉大喊着，推开了伊斯特小屋的门，快步走上了门前小路。"你去哪儿了？"她显然一直在看着窗外，等待着马普尔小姐的到来。

"我已经快马加鞭了，多莉。我本以为你会在花园里忙活。你的花坛打理得太好了。"

"确实很不错，不是吗？"

"冬青、飞燕草，那些是紫苑吗？"

"今年夏天，我必须找点事做来填补这些空闲时间，伯特伦和爱丽丝已经带着孩子们去度假了。我们进去吧。我已经准备好了茶。"

"你是怎么做到的,多莉?"

"恐怕有些厚脸皮。我可能提到过,你是解开亚瑟图书室尸体之谜的人。"

"你也许在暗示两个孤独的老妇人在星期天下午无事可做?"

"每个人都有必须做的事。"

"非常正确,多莉。"

多莉挽着马普尔小姐的胳膊,朝斜坡上走去。那天不太热,尽管真相尚不明朗,马普尔小姐还是忍不住为远离伦敦的烟雾和喧嚣而欢欣鼓舞,她终于能在蔚蓝的夏日天空下漫步了。

"给我讲讲那家的事,多莉,但不要像平时那样。我需要知道细节才能厘清局面。"

"你就不能自己想出来吗?你知道我对这种事是很不在行的。"

"我知道你只要努力就能做到。"

多莉叹了一口气。"那我试试吧。那个母亲有些疑神疑鬼,总是对亲爱的迈克尔叽叽喳喳,永远把医生的嘱咐挂在嘴边;我没怎么见过那个父亲,我觉得他是靠龙头或小部件之类的机械零件谋生的,我不记得了。很难说这个男孩的魅力是遗传自谁,也许是隔代遗传。"

"他的未婚妻呢?"

"莉迪娅?可怜的姑娘。她很可爱,美丽动人,健谈爱笑。"

"但也许不太聪明?"

"你为什么这么说,简?"

"就是因为你说的这些,多莉。你描述她的方式听起来更像是亚瑟喜欢的类型。"

"好吧,"多莉说。经过灌木丛时,她摘下了一朵枯萎的玫瑰。"我想她是可能会让亚瑟心动的那种女孩。但这并不意味着她的未婚夫是窃贼。"

"当然不是。其他客人都有谁呢？"

"有薇拉·福勒。她是莉迪娅最好的朋友，在婚礼的宾客名单里。她很妩媚，但说话总是有气无力的，好像说话这件事本身让她感到无聊，若非如此，她也许会很有吸引力。还有一位教授和他的侄子，他们都是考古学家。我不记得他们的考古对象是文物还是人。我觉得他们希望让巴恩斯利-戴维斯先生为他们下一次探险投点小钱。"

"我们暂停一会儿，多莉。我需要喘口气。"

多莉在一棵枝繁叶茂的紫杉树下停了下来。"你没有哪里不舒服吧，简？伦敦对任何人的健康都没有好处，我一直这么觉得。"

"只是变老了，恐怕我们不能把这件事怪到伦敦头上。从这里看风景真漂亮。我都忘了从这里看这个村庄有多可爱。"

"只要你能眯着眼睛，假装看不到那些开发工程。"

马普尔小姐转过身来，凝视着戈辛顿宏伟的砖砌外墙。"我看到新主人已经做出了不少改变。就好像……"

"我知道。仿佛他们把它带回了过去。玛丽娜·格雷格买下这个地方时，做了多处改变。但我不确定村里其他人是否喜欢。"

"不，这感觉现在更像你的戈辛顿了。"

多莉什么也没说，因为这当然再也不是她的戈辛顿了。

"我知道你对这个地方并没有伤感，"马普尔小姐补充道，"而且小屋在取暖和维护方面更加实用。"

"哦，是的。非常正确。"

"但也许对于大型聚会来说不太方便？"

"不，"多莉沉思着，她们继续说了下去。"我认为并非如此。如今，人们有很多地方可以去。"

"你为什么没提那个从桥上掉下去的可怜女孩？"

"吉纳维芙？"多莉惊讶地说道，"那是个悲剧，但我看不出这与任何事有什么关系。"

"她和迈克尔·巴恩斯利-戴维斯不熟？"

"我从未见过他们在一起，但人们一定会谈论迈克尔为什么在她死后这么快就失踪了。让莉迪娅经历这一切真是无比残忍。"多莉弯腰从一个开花植物的盆里拔出一根杂草。"简，把你的注意力放在手头的任务上。抓紧时间至关重要。"

"接着说。参加宴会的还有其他人吗？"

"还有迈克尔的一个相当狡猾的美国朋友。我认为他们是同学，他只出现了一个下午。他非常富有，嗓门很大，但是……"

"继续。"

多莉按响了铃，压低声音说："我认为他的愚蠢和粗鲁都是刻意让大家相信的表象。"

众人喝下午茶的地方曾经是多莉破旧但舒适的客厅。玛丽娜·格雷格接手后，它已经变成了一个宏伟的会客室，充满了现代艺术和雕塑。但在新主人的管理下，它又变回了有着深色家具和地板的传统客厅，并配了高档家具，几乎就像一个为在英国乡间别墅取景的戏剧而布置的舞台。

下午茶很丰富，但又有些奇怪。忙前忙后的龅牙女仆摆放了精致的瓷质餐具。用胡萝卜丝制成的饼干代替了烤饼或蛋糕，而通常用毛巾盖着以保持湿润的柔软三明治白面包则被一种由各种坚果和种子组成的饼干所取代。

"我的医生，"巴恩斯利-戴维斯太太说，穿着生菜色的束腰外衣，戴着一串彩色珠串。"让我严格饮食，只吃根茎、坚果和各种豆类。他是马丁·比克福德医生，非常受追捧。你知道他吗？"

"我没听过这个人，"马普尔小姐回答说，小心翼翼地把没吃完的胡萝卜藏在餐巾纸下面，"但我对医学的进步并不了解。"

"那你对庸医很了解吗？"雷金纳德·马什坐在靠窗的椅子上，懒洋洋地问道。他就是多莉所说的美国佬，她的描述似乎相当贴切。他穿着破烂不堪的裤子和蓝色的条纹衬衫。这种效果既令人讨厌又具有艺术性，马普尔小姐怀疑，这正是他的目的。

但玛乔丽·巴恩斯利-戴维斯似乎一点也不生气；事实上，她怜爱地看着雷金纳德。"雷金现在对我来说是一种安慰，迈克尔已经……好吧，迈克尔……"她从宽大的袖子里掏出一块手帕，擦了擦眼睛，"迈克尔暂时不在了。但雷金确实喜欢挑衅。比克福德医生说，这是因为他吃了太多红色食物。对脾脏不好。"

"脾脏？"巴恩斯利-戴维斯先生问道。他走进房间，搓着手，脸红红的，胡子竖了起来。"他的脾脏没有问题。他只是不想工作。"

"客气一点，莱昂内尔。"他的妻子责备道。

"是的，莱昂内尔，客气一点，"雷金纳德·马什说，"那是我的工作。"

"你唯一的工作。"

"胡说八道。我也追求无所事事的养生之道。"

这下，马普尔小姐正好有机会在仆人倒茶时观察屋内的人。迈克尔的未婚妻莉迪娅·亚当斯像多莉说的一样美丽，她长着一头蜜金色的秀发,衬托着蓝色的眼睛。如果不是哭得红肿,那双眼睛会闪闪发亮。她坐在那里,盘子放在膝盖上,但什么也没吃,目光飘忽不定。她的朋友薇拉坐在她旁边的椅子上,穿着一件亮黄色连衣裙,头倚在手上。被介绍给马普尔小姐以来,她们一句话都没有说过。

多莉所说的德国考古学家赫尔穆特·勒德雷尔教授和他脸色苍白的侄子坐在沙发上。他笨拙地站了起来,说:"莱昂内尔,能否听我一言……"

"可恨!"莱昂内尔·巴恩斯利-戴维斯咆哮着,没有理会教授,大声咀嚼着一块坚果饼干。"这个房子里就不能好好喝杯茶吗?"

"比克福德医生……"巴恩斯利-戴维斯太太开始说了。

"不想再听到那个老骗子的事了,玛乔丽。"

"莱昂内尔……"勒德雷尔教授又试着喊了一次。

"赫尔穆特!"巴恩斯利-戴维斯先生大声嚷道,教授倒在沙发上,仿佛被一阵狂风吹倒了。脸色苍白的侄子缩在垫子里,变得更加苍白了。"我儿子都不知道跑到哪个犄角旮旯去了,你居然还好意思来赚我的钱?我不会再给你一毛钱,直到你证明你能找到的东西不仅仅是一堆泥巴和一些旧蛋奶杯的碎片!"

"我知道,也许时机不太理想,"教授结结巴巴地说,"但是我们发现的陶器对于理解第二王国至关重要……"

"至关重要?有黄金吗?有珠宝吗?"

"哦,莱昂内尔,"巴恩斯利-戴维斯太太抱怨道,"你一定要这么粗俗吗?"

雷金纳德·马什笑着说:"也许最好不要在这个节骨眼儿上提到珠宝。"

莱昂内尔·巴恩斯利-戴维斯的额头上蹦起了一条青筋,剧烈地跳动着。"你这个忘恩负义的小崽子。如果你有胆量……"

那一刻,莉迪娅泪流满面,抽泣着跑出房间。

"也许……也许我们应该去追她?"脸色苍白的侄子喃喃自语,她的脚步声在楼上渐渐消失。这是他第一次说话。

"不会有什么用的。"马什说,他的声音里充满了痛苦。他站起来,走出了花园的门。"在浪子回来之前,一切都不会正常。"

"浪子是谁?"马普尔小姐问道。巴恩斯利-戴维斯夫妇和其他客人也离开了,也许他们很高兴能远离胡萝卜饼干。现在只剩下薇拉·福勒了,她懒洋洋地坐在椅子上,冷漠地盯着多莉和马普尔小姐,以及那个开始清理茶具的女仆。

"黄金男孩,"薇拉抽了抽嘴角,在大家走后的一片寂静中点燃了一支烟,"迈克尔最亲密的人。"

"你不喜欢他吗?"马普尔小姐问。

薇拉挑了挑眉。"你不会拘泥于仪式吧?"

马普尔小姐的脸颊有些泛红。"哦,你必须原谅我,亲爱的。老妇人的消遣活动太少了。我们对年轻人的剧情和浪漫没有任何抵抗力。"

薇拉耸了耸肩。"我没有发现亲爱的迈克尔有任何缺点,如果你是这个意思:他有钱,英俊,对孤儿有爱心。"

"他有没有……嗯……"

"天啊,你不是个老偷窥狂吧?不,他从来没有占过我便宜,如果你是在暗示这方面。十分遗憾。"

"好了,好了,"马普尔小姐温和地说,"你不是那个意思。你并不像你假装的那么冷酷无情。"

薇拉慢条斯理地抽了一口烟。"不，我不这么想。迈克尔看上去是个大好人，莉迪娅非常爱他，我完全不明白发生了什么。"

"你以为他受伤了。"

"我确实这么想。他没有和小明星私奔。他从来没有对我或我们的任何朋友进行过性骚扰，他绝对有机会向从这里到德文郡的每个漂亮女孩提出这种要求。"

突然，响起了一声响亮的盘子和银器坠落的声音。马普尔小姐转过身来，看到龅牙女仆蹲在地板上，颤抖地清理破碎的瓷器和食物。"非常抱歉，小姐。非常抱歉，夫人。"

"你觉得他去哪儿了？"多莉探身向前问道。

女孩盯着修剪整齐的草坪。"我也想知道。我认为……尽管他很有魅力，但我认为迈克尔引起了某人的愤怒或嫉妒，然后就发生了一些可怕的事。"

马普尔小姐仔细端详薇拉的轮廓和她的黑色眉毛。"当我问你是否喜欢他时，你并没有真正回答我。"

"我没有吗？事实是我没有理由不喜欢他。"

"不，你没有回答。"

"不，我不知道为什么。但我不相信他会对莉迪娅好。现在……"

"现在你觉得内疚，因为你认为他已经遇到了可怕的事。"

"我确实这么想。我觉得自己很糟糕。"她冷笑了一声，"这不是很荒谬吗？好像这能改变什么似的。"

"多莉，"马普尔小姐说，"我想我们应该去和莉迪娅谈谈。"

"她才是我真正关心的人，"薇拉说，"她迫切地希望他回来。你认为还有希望吗？"

"当然有希望。"多莉回答。但马普尔小姐什么也没说。

"这个女孩真奇怪。"多莉低声说。她们离开了客厅。

"也许吧,"马普尔小姐说,"但她一点都不愚蠢。"

"去找可怜的莉迪娅吗?"雷金纳德·马什问道,他正懒洋洋地从花园里的一个侧门走上来。他不知道在哪儿找到了一个网球拍,用力在空中挥舞着。"你肯定会发现她在闺房里哭泣,美得像幅画。亲爱的迈克尔不配得到这样的情感。"

"你们在学校不是朋友吗?"多莉问道。

"我们现在还是朋友。"

"如果你这样谈论你的朋友,"多莉说,"我还是不问你都是如何对待敌人的了。"

"你看,"马什说,靠在墙上交叉着长腿,"迈克尔很有趣,总爱脸红,总是想开玩笑,但他不是能帮你遮风挡雨的男人,明白吗?"

"我不相信你是被邀请来参加婚礼的,"多莉冷冷地说,"事实上,我认为你根本没有被邀请。你是不请自来的。"

"这已经不是你的房子了,你还管这么多干什么?"

多莉绷紧了嘴唇。

马什在距离花瓶附近几英寸的地方挥舞着网球拍。"我碰巧在这附近,就想着不如登门拜访。也许你们英国人会遵守礼仪,但迈克尔非常乐意去我在美国的家敲竹杠,所以我也会投桃报李。"

"迈克尔·巴恩斯利-戴维斯去过你在美国的家?"马普尔小姐问道。

"那又怎么了?我们有足够多的房间。"

"有一个大家庭是多么幸运啊,"马普尔小姐兴奋地说,"人独处时,听到亲戚的消息会很高兴。"

"也没那么大。"

"但肯定有兄弟姐妹。也许是妹妹?"

雷金纳德·马什从墙上起身。"也许吧。薇拉现在在哪里?我相信我还能在黄昏降临之前再得罪一个人。"

"这个人真粗鲁,令人难以忍受,"多莉皱着眉头说,她们走上了楼梯。"简,你这么大费周章,到底在卖什么关子?"

"真的没什么,"马普尔小姐说,"只是……你看到他拿球拍的方式了吗,多莉?他的手指关节很白。"

"我确实想知道他是否会向我们挥杆——这个恶棍。"

她们在莉迪娅的卧室里找到了她,她正蜷缩在靠窗的座位上,周围是杏黄色的垫子。她蜷起膝盖,泪痕斑斑的脸靠在交叉的手臂上。

"哦,亲爱的,"多莉说着走向她,"你不能再为他流眼泪了。"

"我不明白。"她说,她大大的蓝色眼睛里又涌出了泪水。

"你怎么会明白呢?"马普尔小姐说,把一块干净的手帕放在她手里,"这种事情真的无法理解。"

"他不会就这么离开的!他说过他爱我。他说过想尽快和我结婚。"

"你最后一次见到他是什么时候?"马普尔小姐温柔地问道。

"花园派对的那个下午。他一直待到敬最后一杯酒。他说我像朵黄色水仙花。"她轻轻拍了拍眼睛,补充道,"我当时穿着奶黄色的衣服。"

"啊。"多莉说。

"他要赶火车到伦敦。"

"他是坐车去车站的吗?"马普尔小姐问道,"还是自己开车去的?"

莉迪娅擤了擤鼻涕。"都不是。他说他想走路。"

"走这么远的路?"多莉问。

"他喜欢走路。"莉迪娅替他解释道。

"我明白了。"马普尔小姐说。

"他在伦敦有一套公寓,"莉迪娅继续说,"但那天晚上门卫从未见过他,车站里没有人能确定他是否上了火车。"

多莉拍了拍女孩的手。"车站非常繁忙。他可能很容易被看漏(missed)。"

"但没有人错过(misses)迈克尔。他……他很出色。"

"请原谅我,亲爱的,"马普尔小姐小心翼翼地试探道,"但我必须问一下。他之前有没有说过或做过什么不寻常的事?有没有和谁争吵?或者你能想出想伤害他的人吗?"

"没有!"莉迪娅喊道,"大家都喜欢迈克尔!"

"所有人?"

"那个教授总是向他要钱,让他向父亲施压,要钱。也许马什先生也不喜欢迈克尔,但他谁都不喜欢。"

"我怀疑这并不完全正确。"

莉迪娅泪流满面。"我该怎么办?距离婚礼只有一周的时间了!"

"我想你应该回伦敦去。"

"但是如果迈克尔回来了呢?"

多莉鼓励地拍了拍她的膝盖。"那么他会给你打电话,你会让他为这些不妥的行为道歉,也许让他给你买点好东西作为补偿。"

她们给莉迪娅拿了一块湿毛巾敷眼睛。她躺在床上,很快就睡着了。

"可怜的女孩,"多莉在走廊里说,"你真的认为迈克尔只是出去清醒头脑,当他准备好时会回来吗?"

"我不这么认为。但我认为莉迪娅是一个非常漂亮的女孩,在伦敦会有大把的人追她,那样对她更好,而不是在这里抑郁消沉。而且,我猜她很快就会有雷金纳德·马什陪伴。"

"马什?"多莉难以置信地问道,然后抓住了马普尔小姐的胳膊,"但是,如果他爱上了他最好的朋友的未婚妻,那么他就会有充分的动机让迈克尔消失。"

"他会的,"马普尔小姐同意,"但让我非常怀疑的是发生了什么。我们回伊斯特小屋吧,多莉。我们打电话让吉姆来接我。我需要休息一下,好好思考。"

"我们可以从这里打电话,简。"

"不,"马普尔小姐坚定地说,看着雷金纳德·马什和薇拉·福勒走在花园上方的露台上,"我们已经待得太久了。"

那天晚上,马普尔小姐没有和吉姆、彻丽一起在厨房里吃晚饭,而是自己在房间里用托盘吃。通常,她很喜欢他们的陪伴,但今晚她需要安静,趁机观赏暮色中聚集的萤火虫。

彻丽强忍着什么都没问,直到她拿走托盘,给马普尔小姐端来一杯热牛奶。

"你一直在沉思。"她说。

"是的,彻丽。变老是一件可怕的事。"

"你没有那么老,马普尔小姐,你比大多数比你年轻一半的人都敏锐。"

也许是这样,但今晚马普尔小姐感受到了每一年、每一小时都重重地压在她的骨头上。彻丽在房间里忙碌着,拉上窗帘,拉直靠垫,直到最后马普尔小姐微笑着说:"彻丽,你可别再大惊小怪了。有什么想法就说出来。"

彻丽把手放在臀部上。"等你让我别这么痛苦时,我就不再大惊小怪了!到底是不是他干的?是不是迈克尔·巴恩斯利-戴维斯杀的那个园丁女孩?"

"你这样称呼她很有趣。但是,不,我不认为他是凶手。"

"那他为什么就这么失踪了?"

"这是个好问题,彻丽。"

"你会告诉我答案吗?"

"你以为我有答案吗?"

"因为你总是有答案!"彻丽生气地喊道。

"吉姆怎么看?"

"哦,你知道吉姆是个什么人。他只是笑了笑,说是管家干的,然后翻身就睡觉了。"彻丽叹了口气,"我想我最好也去睡觉。"

"你能打开窗户吗,彻丽?"

"今晚很凉,"彻丽说,但还是打开了窗户,"小心别感冒。"

马普尔小姐听着花园里的声音,夏天的昆虫嗡嗡作响,还有在篱笆里筑巢的某种生物轻柔的沙沙声。她应该关上窗户,去睡觉了。但她躺在床上又开始思考。

* * *

第二天早上,马普尔小姐起床穿好衣服,草草吃了一顿早餐,只是一点吐司和茶。然后她让吉姆带她去伊斯特小屋。

"需要我在这里等你吗,马普尔小姐?"他们到达时,吉姆问道,"或者你想让我待会儿再来?"

"去忙你的事吧,吉姆。我相信你今天有很多事要做,不用担心我。"

"班特里太太的花园看起来不错。无论天气如何,她总是在那里,戴着那顶松软的大帽子,自己看起来也像一朵花。"

但是多莉今天在屋里,所以马普尔小姐慢慢地沿着小路走了进去,观赏着新的植物。

"简!"多莉在开门时惊呼道,"你破案了吗?"

"我想是的。"马普尔小姐说,高兴地摆脱了阳光,走进屋内凉爽的前厅。

"嗯?"多莉说,"是那个贪婪的考古学家吗?是那个嫉妒的美国人?还是那个浑身充满敌意的闺蜜?"

"至少可以给我倒杯茶吧,多莉。"

多莉不耐烦地翻了个白眼。"好吧,"她一边说一边大步走进厨房,"但我希望水烧开之后,就能听到一个好故事。"

"你把你可爱的黄铜水壶扔掉了。"

多莉哼了一声。"伯特伦和爱丽丝在上次来时对它抱怨得没完没了。他们说这个水壶年头太久了,可能会有毒素,对我和客人的身体不好。新的电热水壶加热速度更快,更卫生。"

"也许是这样,"马普尔小姐说,"但我们不是那种为了时尚而抛弃心爱物件的人。"

"简,你人老了就开始多愁善感了。"

马普尔小姐笑了笑。"这一点毋庸置疑。"

她们在前厅安顿了下来，多莉坐在舒适的扶手椅上，马普尔小姐坐在沙发上。多莉再也忍不住了。

"是那些人中的哪一个？"她问道。

"哪个都不是。"马普尔小姐说。

"那他只是离家出走了？"

"不，不完全是。"

多莉沮丧地咕哝了一声，完全没有淑女的样子。"是他把那个可怜的女孩从桥上推下来的吗？"

"也不是他。我很遗憾地说，可怜的吉纳维芙是自杀的。你看，她那么年轻、那么恐惧，我觉得迈克尔·巴恩斯利-戴维斯对她行为不端，直到当他发现她在某种意义上成了他的家人……"

"但薇拉说迈克尔不是那种人，他从来没有占过她便宜，或者……"

马普尔小姐举起一根手指。"他对漂亮的女孩不感兴趣。他要找的是那些害羞的，长相一般，容易被忽略的姑娘。我猜是像雷金纳德·马什的妹妹这样的女孩。他知道她们更脆弱，不太可能被人认同。你没注意到女仆对薇拉说的话的反应吗？我怀疑迈克尔也和她发生过关系。吉纳维芙不算漂亮，是吗？"

"对，"多莉平静地说，"我想她不算。"

"但她还有很多其他的优秀品质，不是吗？"

"她擅长种花。但这不是男人关心的事。"

马普尔小姐看着朋友的脸，伤感地陷入了沉思。"他威胁过你吗，多莉？"

多莉猛地抬起头。壁炉架上的时钟滴答作响，周围的房间阴影似乎越来越深。她喝了一口茶，然后把杯碟放在一边。"我想我早该知道你会看穿我,简。你总是会这样。"

"我一开始没有想到,"马普尔小姐说,"我无法理解,如果是你做了什么,为什么你会把我叫回圣玛丽·米德。但后来彻丽提到她在肉店那里遇到了你。她告诉你,她正在写信告诉我吉纳维芙的死讯,不是吗?"

"是的,"多莉说,"我想如果我是那个要求你回家的人,你可能不会怀疑我。吉纳维芙是一个可爱的女孩,非常可爱——那么年轻,充满野心,那么热爱园艺。每次她来工作时,我们都会聊天。伯特伦和爱丽丝今年没有来……嗯,我很寂寞。她很善良,可以容忍一个老妇人。"

"她自杀是因为迈克尔·巴恩斯利-戴维斯。因为她怀了他的孩子。"

多莉的眼睛闪了闪。"你觉得他在乎吗?在他们发现她的尸体的第二天,我在花园里看到了他,吹着口哨,脸朝着太阳,好像他对这个世界毫不在乎。"

"你和他吵架了。"

"是的。就在这个房间里。我透过窗户看到他正在走向火车站。我挥手让他过来,请他喝茶。他不知道吉纳维芙向我倾诉过,不知道她曾经坐在沙发上为他哭泣。"多莉握紧拳头敲打着椅子的扶手,"但他不在乎,一点也不在乎。他说吉纳维芙是自作自受,有些人就是太懦弱了。当我说他残忍时……他还嘲笑我。他问我打算怎么办。我告诉他,我会告诉莉迪娅,还有他的父母,我会告诉任何愿意听的人。"

"那太危险了,多莉。这样的男人不喜欢被人揭发。你不记得鱼贩的儿子拉尔夫·怀尔斯吗?他每天都笑容满面,逢人便说早上好——直到有人质疑他的收据。然后他把陈列柜砸得干干净净，试图假装这是一场意外。"

"没错，"多莉低声说，"迈克尔的确生气了。"

"你必须告诉我，"马普尔小姐坚定地说，"你必须告诉我这一切。"

多莉犹豫了。然后，带着跳崖般的决绝，她开口了。"他变了……仿佛所有的幽默和英俊都从他身上消失了。当吉纳维芙说他威胁她时，我不太相信。我以为他只是一个鲁莽的年轻人，被情绪冲昏了头脑。但现在我好像是第一次真正见他。"她深吸了一口气，"他说他当时就可以杀了我，没有人会怀疑。他们只会认为我摔了一跤，又多了一只没人会想起的老蝙蝠。他说……他说我可能已经死了好几天，直到尸体都发臭了，也没有人会知道。"她抬起头，眼睛里充满了泪水。"你知道还有最糟糕的部分吗，简？他是对的。年龄是残酷的，对女人更残酷。当女人不再值得一看时，她就会变成鬼魂。"

"鬼魂可能很可怕，"马普尔小姐喃喃自语，"但鬼魂也许能逃脱一切。"

多莉粗暴地擦干了眼泪。"他把手放在我的喉咙上。他还在微笑。我认为……我认为他很享受。我吓坏了——我拿起水壶，然后……打了他。"她在颤抖，"他就倒下了。"

"只靠你自己移动他的尸体一定很困难。"

多莉微微点了点头，不再流泪，挺直了背脊。这个女人养育了四个孩子，管理着拥挤的家庭，她看着自己的丈夫经历了近乎谋杀的指控。"我等到天黑之后，把他拖到了花园里。我一直在布置其中一个花坛，但还没有决定种什么。在夜幕的掩盖下，我花了几个小时才把洞挖得足够深。然后我就……把他推了进去。"

"你把花坛里种满了紫苑,从大厅里出来到处都是。"

"园丁买了太多。没有人会注意到。"

"这就是让我起疑的原因,多莉。你向来都不喜欢紫苑。我知道你只有在需要匆忙填补一个空间时才会选择它们。珠宝也是你藏起来的,不是吗?你的耳环和宅子里的一些小东西,是为了制造一种动机?"

"我祖母的蓝宝石。我喜欢那些耳环。"

"我想,它们都和他一起埋在花园里。"

多莉点了点头。"真的只是紫苑暴露了我吗?"

"不只是那些,"马普尔小姐说,"请原谅我这么说,但莉迪娅不是那种能引起你如此同情的女孩。而且,当然,当我坚持昨天从伊斯特小屋给吉姆打电话时,我发现水壶不见了。"

"这就是你,简。你似乎总是无所不知。"

"我不确定,"马普尔小姐说,"直到我们在客厅里坐下。你选择的椅子背对着窗户。我从来没有见过你这样,多莉。你总是喜欢享受坐在花园里的乐趣。"

多莉朝窗外看了一眼,露出悲伤的眼神。"现在全都毁了。但我认为这并不重要。你必须告诉警察——可怜的巴恩斯利-戴维斯。"

马普尔小姐沉默了很久,看着花园小径旁的花朵摇着头,好像在说"早上好"。

"这很不幸,"她最后说,"男人在这个世界上拥有如此大的权力。但你知道,多莉,生存真正需要的并不是力量,而是智慧。"

班特里太太一动不动。"是吗?"

"我的外甥雷蒙德邀请我去加那利群岛过冬。这个提议太慷慨了。我没打算接受,但现在我想在温暖的气候中度过一段时间。我们可以一起去。"

多莉的眉头扬了起来。"我们可以吗？"

"是的。谁知道在拥挤的市场上，我们会遇到谁，甚至可能会远远地看到一个高大的金发年轻人。当然，什么都不确定。"

"但是，什么也不能否定，对吗？"

"正是。我们要不要在天热起来之前去花园里散步？"

"我非常愿意。"多莉说。

两个朋友手挽手，走出小屋，让夏末的阳光温暖着她们的老骨头，听着蜜蜂的哼唱。她们背靠着新花坛，红艳艳的紫苑迎风招展，绿色的花茎在夏日的微风中轻轻折腰，花瓣鲜红如血。

作者简介

- 内奥米·奥尔德曼（Naomi Alderman），英国侦探小说作家，英国皇家文学学会会员。

  代表作：《违抗》(*Disobedience*)，《权力》(*The Power*)。

  所获奖项：2013 年格兰塔最佳英国小说家之一，2017 年贝利斯女性小说奖。

- 利·巴杜戈（Leigh Bardugo），美国奇幻小说作家。

  代表作："格里沙宇宙"(*Grishaverse*) 系列，《第九宫》(*Ninth House*)。

- 艾丽莎·科尔（Alyssa Cole），美国爱情、惊悚小说作家。

  代表作：《无人注视》(*When No One Is Watching*)，《非凡联盟》(*An Extraordinary Union*) 以及《不情愿的皇室成员》(*A Princess in Theory*)。

  所获奖项：美国图书馆协会 2018 年 RUSA 最佳爱情小说，2021 年埃德加最佳初版平装奖。

- 露西·福利（Lucy Foley），英国侦探小说作家。
  代表作：《宾客名单》(*The Guest List*)，《狩猎聚会》(*The Hunting Party*)。
  所获奖项：入围英国图书奖年度犯罪与惊悚小说奖，《泰晤士报》和《星期日泰晤士报》年度犯罪小说。

- 艾莉·格里菲斯（Elly Griffiths），英国侦探小说作家。
  代表作：《陌生人日记》(*The Stranger Diaries*)，《谋杀案后记》(*The Postscript Murders*)。
  所获奖项：2020年埃德加最佳犯罪小说奖，英国犯罪作家协会金匕首奖。

- 娜塔莉·海恩斯（Natalie Haynes），英国作家，古典主义者，喜剧演员。
  代表作：《潘多拉的罐子》(*Pandora's Jar*)。
  所获奖项：入围2020年女性小说奖。

- 珍·郭（Jean Kwok），美国作家。
  代表作：《中国女孩耶鲁梦》(*Girl in Translation*)，《唐人街的曼波》(*Mambo in Chinatown*) 以及《寻找西尔维·李》(*Search for Sylvie Lee*)。

- 薇尔·麦克德米（Val McDermid），英国作家，资深播音员，专栏作家和评论员。
  代表作："心理追凶"(*Wire in the Blood*) 系列。
  所获奖项：英国侦探作家协会钻石匕首奖，柴克斯顿老牌诡异犯罪小说奖。

- 凯伦·M. 麦克马纳斯（Karen M. McManus），美国青少年惊悚小说作家。
  代表作："谁在说谎"（*One of Us Is Lying*）系列，《你将成为我的死神》（*You'll Be the Death of Me*）。

- 德雷达·塞伊·米切尔（Dreda Say Mitchell），英国作家，记者，文化传播者，社会活动家。
  代表作：《空房间》（*Spare room*），"黑帮女孩"系列（*Gangland Girls Series*）。
  所获奖项：大英帝国勋章，英国犯罪作家协会的约翰·克里西纪念匕首奖。

- 凯特·莫斯（Kate Mosse），英国作家，英国皇家文学学会会员。
  代表作：《迷宫》（*Labyrinth*），《城堡》（*Citadel*）以及《燃烧的房间》（*The Burning Chambers*）。

- 露丝·韦尔（Ruth Ware），英国惊悚小说家。
  代表作：《黑暗森林》（*In a Dark, Dark Wood*），《10号小屋里的女人》（*The Woman in Cabin 10*）和《说谎游戏》（*The Lying Game*）。

Marple: Twelve New Stories
Copyright © Agatha Christie Limited 2022
www.agathachristie.com
AGATHA CHRISTIE, MARPLE and *Agatha Christie*® are registered trademarks of Agatha Christie Limited in the UK and elsewhere.
The individual authors assert their moral right to be identified as the authors of this work.
Published by agreement by ACL.
Simplified Chinese edition copyright: 2023 New Star Press Co., Ltd.
All rights reserved.

著作版权合同登记号：01-2023-4195

图书在版编目（CIP）数据

马普尔小姐历险记 /（英）阿加莎·克里斯蒂等著；苗淼译 . —— 北京：新星出版社，2023.10
ISBN 978-7-5133-5290-1

Ⅰ . ①马… Ⅱ . ①阿… ②苗… Ⅲ . ①侦探小说－小说集－英国－现代 Ⅳ . ① I561.45

中国国家版本馆 CIP 数据核字 (2023) 第 140935 号

午夜文库
谢刚 主持

马普尔小姐历险记

[英] 阿加莎·克里斯蒂 等 著；苗淼 译

责任编辑	曹晓雅
责任校对	刘 义
责任印制	李珊珊
装帧设计	冷暖儿

出 版 人	马汝军
出版发行	新星出版社
	（北京市西城区车公庄大街丙 3 号楼 8001　100044）
网　　址	www.newstarpress.com
法律顾问	北京市岳成律师事务所
印　　刷	北京天恒嘉业印刷有限公司
开　　本	910mm×1230mm　1/32
印　　张	11
字　　数	255 千字
版　　次	2023 年 10 月第 1 版　2023 年 10 月第 1 次印刷
书　　号	ISBN 978-7-5133-5290-1
定　　价	59.00 元

版权专有，侵权必究。如有印装错误，请与出版社联系。
总机：010-88310888　　传真：010-65270449　　销售中心：010-88310811